花盐

HUA YAN

龚静染 著

四川文艺出版社

图书在版编目（CIP）数据

花盐 / 龚静染著. — 成都：四川文艺出版社，2022.11
ISBN 978-7-5411-6430-9

Ⅰ.①花… Ⅱ.①龚… Ⅲ.①散文集－中国－当代 Ⅳ.①I267

中国版本图书馆CIP数据核字（2022）第169777号

HUAYAN
花盐
龚静染　著

出 品 人	张庆宁
责任编辑	张亮亮
装帧设计	叶　茂
责任校对	段　敏
责任印制	崔　娜

出版发行	四川文艺出版社（成都市锦江区三色路238号）
网　　址	www.scwys.com
电　　话	028-86361802（发行部）　028-86361781（编辑部）
排　　版	四川最近文化传播有限公司
印　　刷	成都东江印务有限公司
成品尺寸	143mm×210mm　　开　本　32开
印　　张	9.5　　　　　　　　字　数　220千
版　　次	2022年11月第一版　　印　次　2022年11月第一次印刷
书　　号	ISBN 978-7-5411-6430-9
定　　价	58.00元

版权所有·侵权必究。如有质量问题，请与出版社联系更换。028-86361795

序

我小时候是在小城五通桥长大的,那是个产盐的地方,是岷江边有名的盐码头。

桥盐最盛的时候是在道咸年间,"架影高低筒络绎,车声辘轳井相连"(杜廉诗句)。到我们那时,小城里还有一点高高的井架,远远近近地矗立在山水之间,是一道独特的景观。其实,那个时代已是古法制盐的晚期,井架逐步被淘汰,到20世纪80年代中后期,就很难看到那些高耸的天车了。

那是盐业生产逐步向机器化过渡的年代,既能看到老井取卤,也能看到真空制盐,是个新旧交替的时代。五通桥盐厂是小城里最大的企业,它有很多个车间,分布在东南西北方圆几十里的范围内,靠盐谋生者不下万人。记得最大的是第八车间,完全采用的现代制盐技术,生产的盐像雪山一样堆在那里,我每天上学都要经过,心里就想,人每顿只能吃一点点盐,这座盐山就是让小城里的人吃一百年,恐怕都吃不完。

八车间在一个山坡上,有很长一段时间采用的是人力板车拉盐,它们要穿过大马路把盐运到岷江边。那是在一个长长的斜坡上，大概有个两三百米距离，上百辆的板车上装着沉沉的盐包子，挨个从上往下放。拉车的都是赤身的壮汉，他们其实不是在拉，而是用双肘压住上翘的木杠，双脚如快翻的轮子一样，其间整个人弹到空中，又飘落下来，像张薄薄的纸。这个景象非常震撼，一辆接着一辆的板车嗖嗖地往下冲，直到河边码头，中间没有间断。那座盐山就是这样被一车一车地运走的，运到了湖北、贵州、云南。

过去，我家院子里有户人家，外公是个搬运工，是下苦力的人，哪怕是在寒冬腊月，他们都是赤着上身扛盐，老了会被压出一身病。当时他已有近六十岁，但身板结实，红光满面，一头银发，相当的英武。他每次到我们院子里来看他的外孙女，总要坐在院坝里剥花生、吃酒，给我们摆龙门阵。他说他还能扛百来斤重的盐包子，一口气背它十来趟，两腿不会打闪。在我心里，他就是个老英雄，身在社会底层却活得那样气宇轩昂，真是了不起。

过去，五通地界上盐井密布，民国三年（1914）统计是有五千多口。其中有口最奇特的井在城郊一个叫杨柳湾的地方，据说比当时玉门油田的油井还深，是范旭东的永利公司西迁到这里时打的。其实，它看上去很平常，仍然是立着一个高高的井架，仍然是碗那么大的井口，实在想不出下面有什么奥妙。但这口井不简单，它证明了这个小城能够打深井，出黑卤，这对抗战来说是个巨大的支援，桥盐是当时大后方军供民食的主力军之一。如今那口井早已不在了，每次我回到小城的时候，走到杨柳湾，总会想起它，对着那个地方发一发呆。

小城里到处都能看到输送卤水的笕管，笕管就像是小城经络一样。笕管是用大斑竹做的，里面凿通竹节，外面用麻线缠，再涂上桐油，卤水就在里面流向四面八方，当然，它们最后的归宿是运到灶房熬制盐。笕管随势起伏，连绵几十里，相当壮观。那时的小孩子们喜欢在笕管上走，两臂张开，感觉像走绳一样；笕管是竹子做的，本身有弹性，特别是遇上个悬空的地方，踩在上面就是闪悠闪悠的。我总是使劲去跳，想把自己弹起来，弹得比小城还高。

五通桥是一座因盐聚市、因盐设邑的盐城，小城里的每一个人可能都与盐有千丝万缕的关系，而这样的关系可能是从你一出生就被定下的。在我的同学朋友中，有不少是盐业子弟，父母不是在盐厂工作，就是祖上有过盐业营生，做过盐巴买卖，就像在一池湖水里，总有一个沉渣、气泡、涟漪、浮萍与你有关。

我从十多年前就开始关注五通桥被遮蔽的盐业历史，查寻档案史料，走访盐业老人，采录口述史。作为一个民间观史者，总会倾心于历史碎片的迷人之处。在十多年的时间中，我的写作一直围绕着盐这个题材，总感觉还有很多东西值得去写，新史料不断在涌现，故事渐渐汇聚成线，我相信无论从历史还是文学的角度，那里都是一块富饶的土地。

《花盐》就是在这样的状况下的一部新作，但关于这本书的来由，还需要作一点说明。七年前，我写过一本叫《桥滩记》的书，去年出版社要再版这本书，我便开始对它进行修订。但在这个过程中，我发现又有好多东西要讲，单靠修订是远远不够的。怎么办呢？只好另起炉灶，还要大兴土木，这样一来，立意与构思均迥异于前者。在这本书的写作中，我更集中于对盐的讲述，突出了小城与盐的历史关系，把时间框定在从清初到现在的三百余年中，因为这是小城成为蜀中大盐场的重要时期，也是一个江湖飞地变为工商业重镇的关键时期，对川盐之兴衰也有所映照；同时在文本结构上也隐约有史的脉络，内容中增添了不少新鲜的东西，并在考证上力求真实客观，我认为它已经具有非虚构写作所应有的面貌。但作为讲述者，在盐、小城之间还有一个"我"的存在，这样的三位一体或许会产生更大的叙事张力："我"是忽远忽近的，是清晰的，也是模糊的，能穿越到往事的彼岸，也能回到现实的此岸。当然，我一直都在寻找着那个"我"，就像寻找失散多年的影子。

　　为了写这本书，我去年又到五通桥，把民国盐业档案卷宗重新查阅了一遍，大大丰富了这本书的内容。中间有件小事让人感叹，档案馆管理员小赵多年来一直在为我查找资料，当时她很年轻，如今也已到了中年，时间匆匆而过，不免又生蹉跎之哀。这本书在不经意间留下了岁月的痕迹，但它并非仅仅是写给过去的，我想也是写给现在和未来的，所以就借此书留下一只故事的茶碗，不断为它掺上滚烫的开水，使之热气腾腾，余味不散。

2022年2月25日于成都

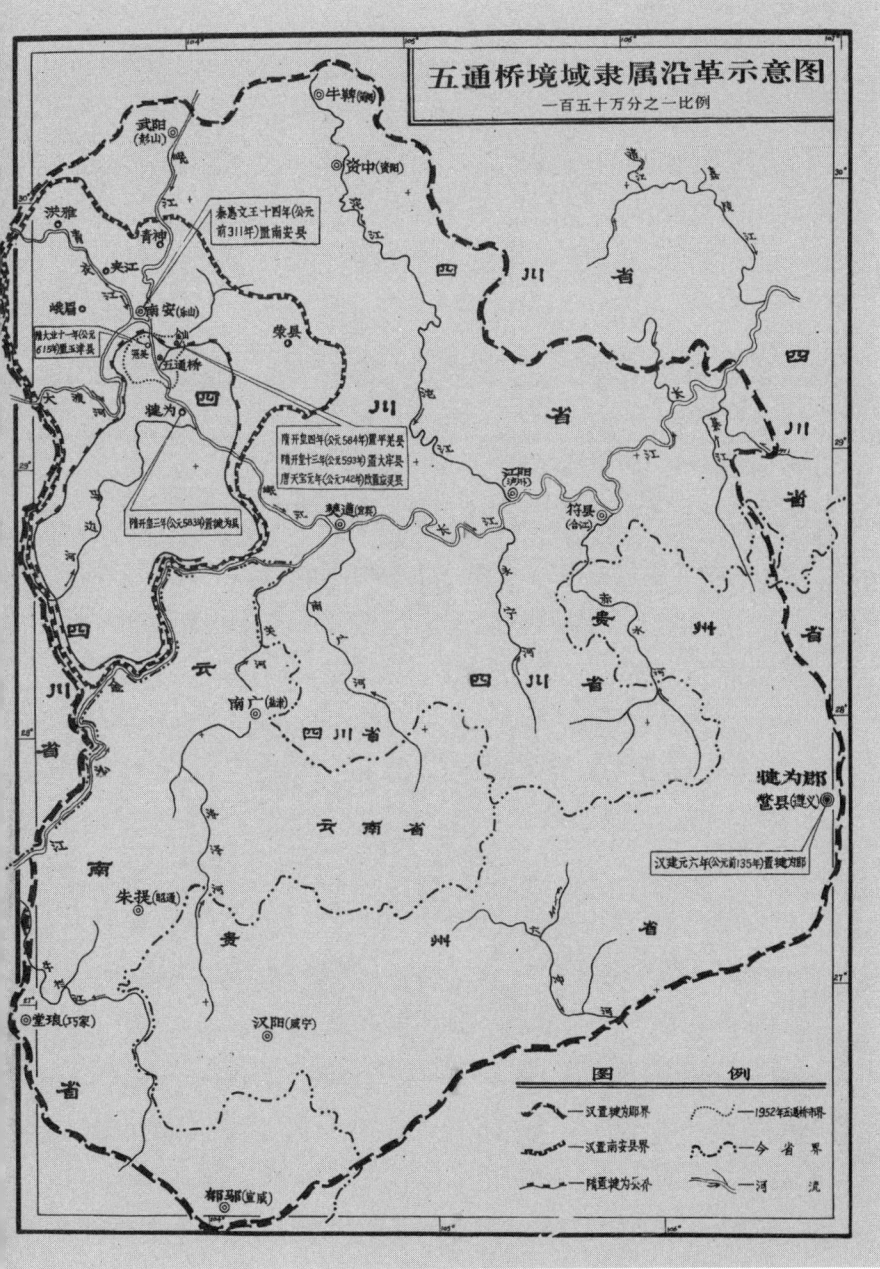

五通桥境域隶属沿革示意图

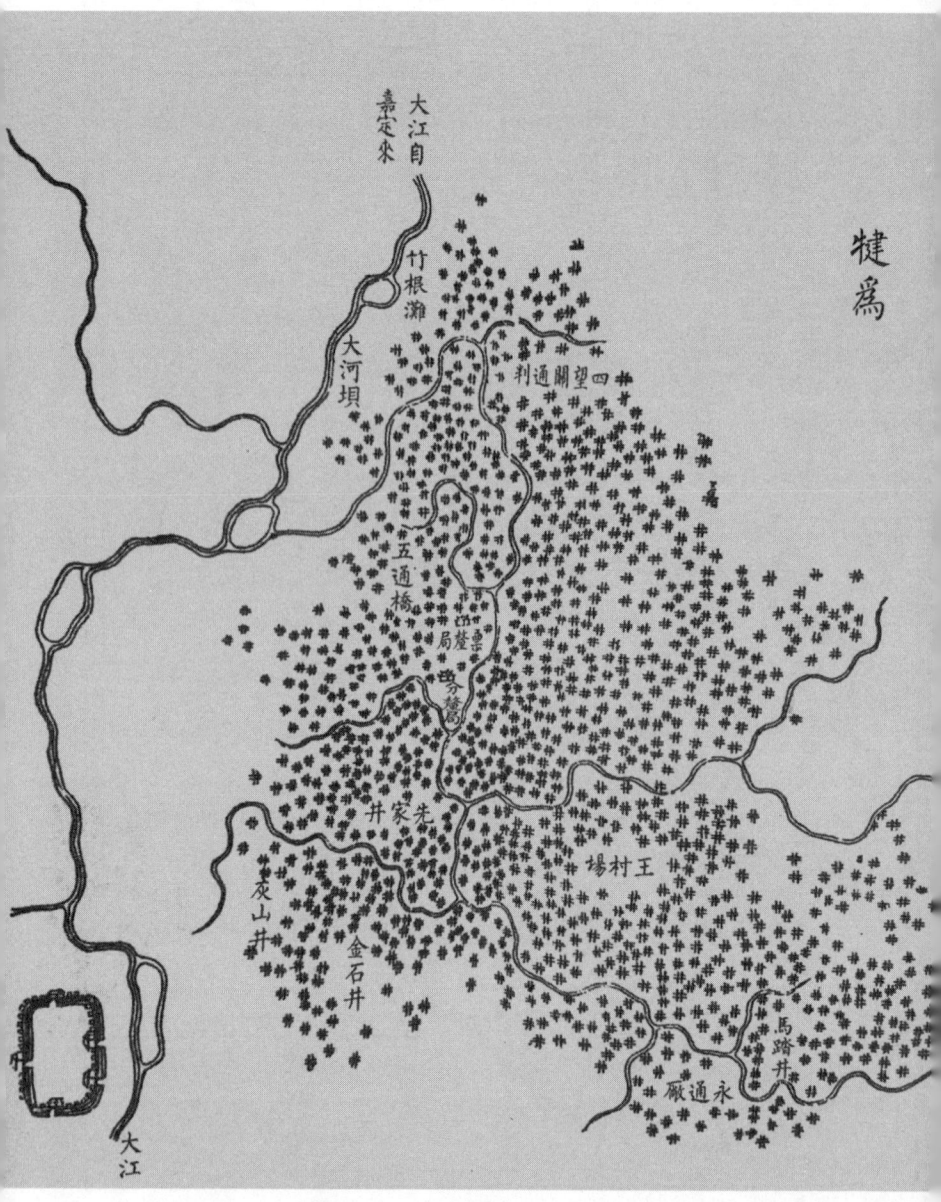

《四川盐法志》中的犍为盐场图。图中的"井"代表井灶。犍为盐场与乐山盐场合称犍乐盐场,其盐井主要分布在五通桥境内。

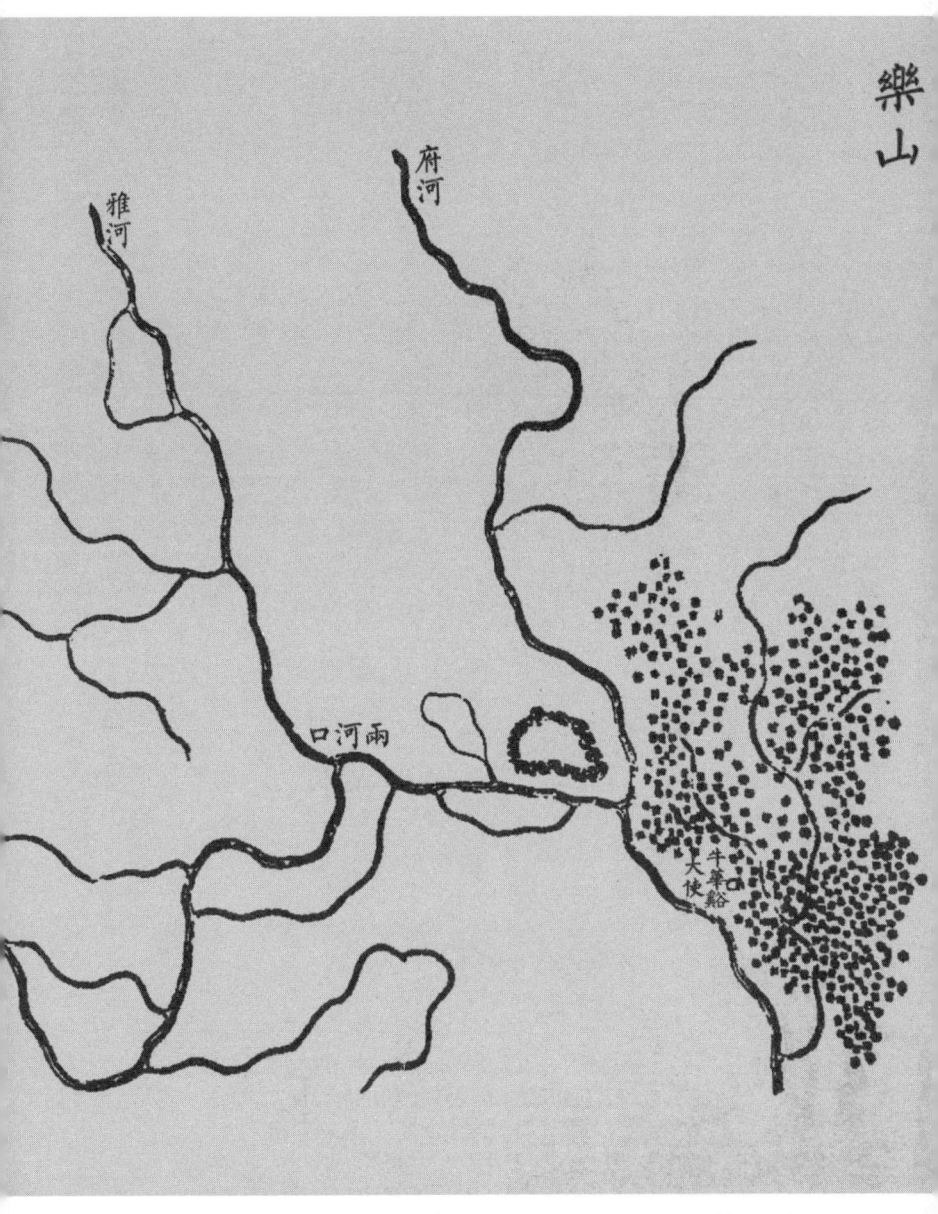

《四川盐法志》中的乐山盐场图。图中的"井"代表井灶,其主要分布于五通桥牛华溪一带。

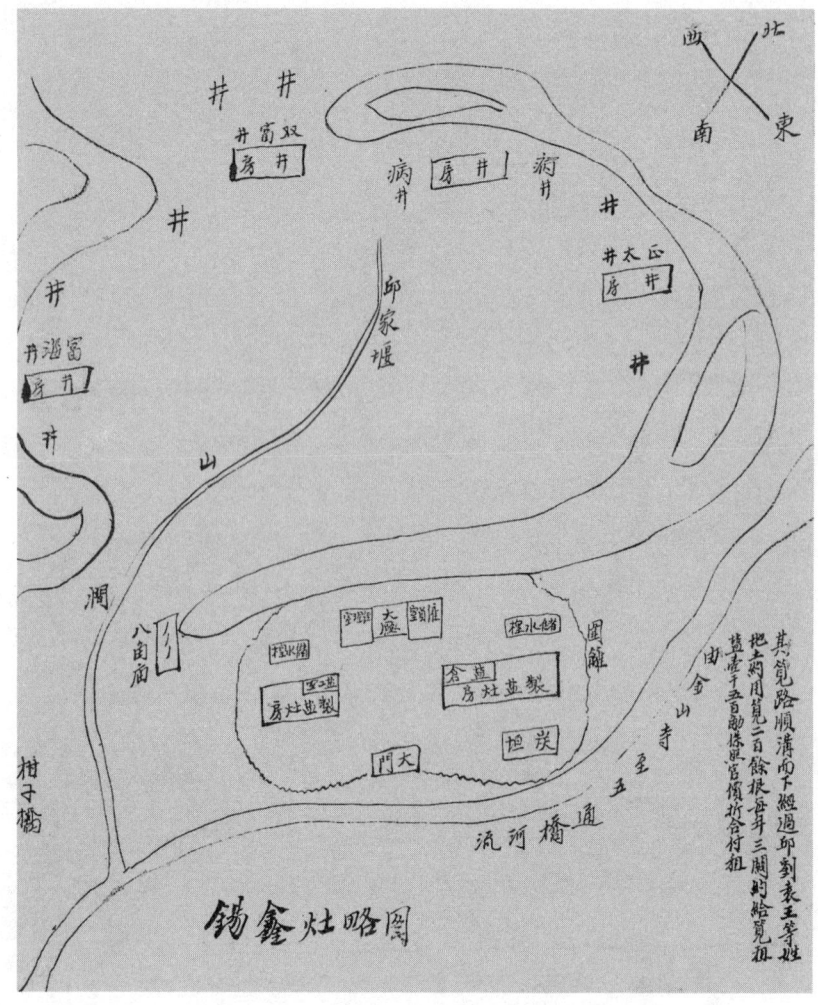

"锡鑫灶"在五通桥金山寺附近的茫溪河畔，因输卤笕管要经过别人的田地，则需付给相应"笕租"，此图为笕管经过的草图。图中附有说明："其笕路顺沟而下，经过邱、刘、袁、王等姓地土，约用笕二百余根，每年三关，约给笕租盐壹仟伍百斤，系照官价折合付租。"此图是双方契约中的附件，比较直观地反映了清末五通桥地区盐灶的布局与营建状况。　图存乐山市档案馆

目录

壹 卤泉涌动

复活的玉津县　　　　　　003
滇黔道上的犍乐盐　　　　010
盐区来了五通神　　　　　020
观井识咸　　　　　　　　028
川南盐码头　　　　　　　037

贰 凿井之地

在异乡遇到竹根滩　　　　047
四望关上　　　　　　　　056
岷江边的"盐溉"　　　　063
天下花盐　　　　　　　　071
道士观的骷髅　　　　　　081

叁 鹾商春秋

荒庙遗诗：清末盐吏的故事　093
晏安澜入川　102
洋员住在上公馆　110
庭院深深"贺宗第"　119
消失的"吴景让堂"　129

肆 西迁重镇

江上驶来"永利号"　139
新塘沽：重振河山梦　149
一口黑卤深井　163
抗战小盐都　176
环翠新村纪事　188

伍 戏里有盐

小城里的玩友时代　　199
戏班过桥滩　　208
集益社的名票们　　218
逃伶蒋叔岩　　227
寻找大业盐号　　236

陆 咸味江湖

1943：犍乐盐区调查记　　247
陈蝶仙办厂记　　256
熊十力在黄海社　　263
盐商的火车　　274
枪声乍起：新的时代来临　　283

壹

卤泉涌动

复活的玉津县

过去，出川入蜀，岷江是最重要的水路通道，而船过乐山，南下几十里就是五通桥。

五通桥是江边上的一座小城，榕树成荫，白鹭纷飞，远处的二峨山时时涌来苍茫之气，而若天气晴好，它就会变成天边一根细细的银线。

去过五通桥的人总会对它有独特的印象，清人吴省钦过江时就曾写下一诗："盐井冬留策，渔家霁著蓑。果然风物好，有女亦曹娥。"

然而，就是这样一个山清水秀、女人淳朴美丽的地方，在古代舆图上却是个空白。

这事得慢慢道来。1950年以前，五通桥境域一直在四川犍为县的辖地内，这其间也穿插有几个历史上曾经出现后又废弃的遗县，如大牢、应灵、玉津等，可以说是几经变迁。但在历史上出现的区划更替中，最能跟现在的五通桥重叠的是玉津县，它是隋大业十一年（615）从犍为县里分出来的一个县，"分县地置玉津县"（《嘉定府志》）。由于这个县覆盖了现在五通桥的大部分境域，可视作五通桥的前身,也就是说,小城五通桥在一千三百年前就独立存在过一次,只是它的名字叫玉津。

为什么取名叫玉津县呢?"玉津者,以江出璧玉,故名"。

清人张传耜在《玉津观涨》中有诗句:"成都城外濯锦江,岷峨雪消初滥觞。嘉州以下合黎雅,入犍为境尤汪洋。"这里面似乎可找到地理上的解答。岷江、大渡河、青衣江合并后流经的第一个地方就是玉津,是巨川汇集之地,大河纵横,激越奔腾,不出点宝贝好像说不过去。

到了唐代,玉津县的建置基本没有变化,仍然是一块紧邻夷区的边地,"犍为玉津之间地旷而人稀,民良而俗朴"(《元志》)。但到了宋代,情况就变了,北宋乾德四年(966),改玉津县为玉津镇,重新并入犍为县,玉津这个名字也从地理版图上消失了,它一共单独存在了三百五十多年时间,跨越了隋、唐、宋三个朝代。

玉津虽然不存在了,但当年的玉津县令宋白却是个很有意思的人。他学问宏博,后来官至吏部尚书,是"北宋五凤"之一,可以说史书里对他的记载比玉津县的还多。

宋白好酒,是个性情中人,常常喝得酩酊大醉,"病与慵相续,心和梦尚狂"(《中酒诗》);他也好游,"梅雪初销腊酒香,嘉州属县且寻芳"(《玉津春日》),天冻地寒,但有梅香和酒肉相伴。所以玉津虽然远在西南边陲,京师遥不可望,宋白倒也逍遥自在。但对于一个胸怀大志的人来说,小小玉津还不能让宋白一展抱负,他偶尔也会感到一点"玉津县里三年闷,金粟山前九月愁"。

宋白在玉津县当县令的时候,有何政绩已无从知晓了。但他在任中,"与峨眉县令杨徽之、洪雅人田锡雅相善,文酒之会无虚日"(《宋史事略》),后来宋白、田锡都在朝廷做了高官,但他们仍然

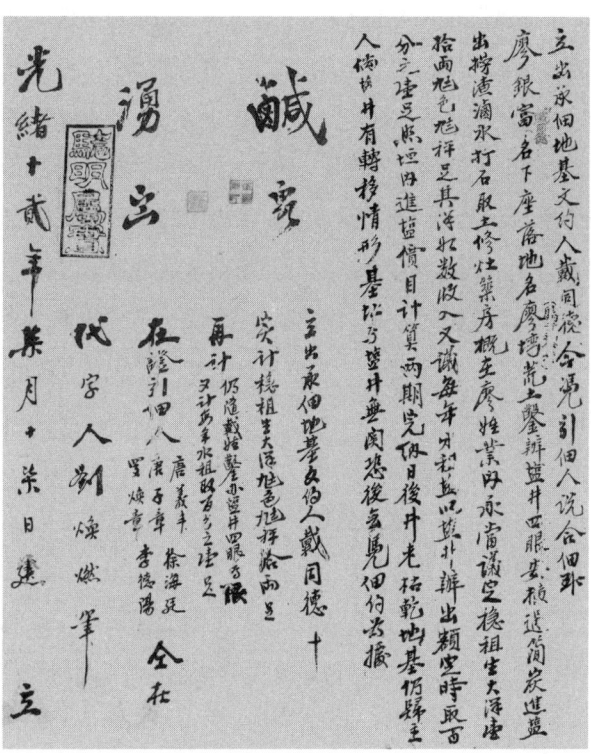

光绪十二年（1886）7月，犍乐盐场盐商戴同德与廖银富签订了一份盐业契约，商定在廖银富的荒土上，由戴同德凿办四口盐井，进行"打石、取土、修灶、筑房"；井成之后，每年给予地主一定报酬，而井老枯干后地基仍归地主。在这份契约的签名上方有"醎泉涌出"四字，是当地盐业契约的特定格式。 原件存乐山市档案馆很怀念在玉津的相聚,田锡就曾写有"翠忆玉津官舍竹,繁思金马故城花"的诗句来表达对往昔的思念之情。

值得一说的是,宋白可能是玉津最后一任县令,因为在他离开一年后,玉津就重新并入了犍为县,原玉津县治地就渐渐废置了。

又过了一段时间,这个地方出现了一些新鲜事:"男事农桑,女勤纺织,杂处居民多务煮海。"(《嘉定府志》)"煮海"也就是熬盐,农耕之外,能够熬波出素是一种很大的进步,这反映了当时玉津地区新的生活状况。而正是这些零星稀疏的制盐活动,在几百年后演变成蔚为壮观的盐场景象,这却是宋白永远也想不到的。"江出璧玉"只是一个美丽的传说,而地出盐卤则是真实的故事。

但玉津之后,官府撤走,治理荒疏,这一带就成为嘉州与犍为县之间的一块飞地。

我对这段历史非常好奇,毕竟是存在了三百五十多年的一个城邑,城墙、房屋、庙宇该有的吧,至少也得留下几片砖瓦下来。于是,我就按照古志上说的方位"(嘉州)东南三十里……导江水,在县西五里",找到了古玉津县治所在地,也就是乐山以下岷江边的龙池坝一带,想去发现点什么。但那天我在附近转了半天,除了那几声狗叫是真的以外,什么遗迹都没有发现,这玉津完全是人间蒸发,全都成了灰。

且说时间又过了很多年,玉津旧地有了新的变化,一个叫五通桥的地名出现了。原来是有人还惦记着那个消失了的旧县,一直想恢复玉津县,重振玉津的辉煌,这又是怎么回事呢?

1942年10月,乐山当地报纸《诚报》刊登了一条消息,提议将五通桥、竹根滩、牛华溪这三处工商特区合并起来,单独成立一个县,要成立"桥溪地方自治设计委员会"。

这条简短的消息有着非同寻常的意义。玉津在一千多年中一直虚为旷地，再也没有城垣出现，只在后来生长出了像五通桥、竹根滩、牛华溪这样的小地名。当然，它们不足以与玉津相提并论，但是，这几处插花飞地并非寂寂无名，自明末清初之后，相反是日益重要了起来，绾毂川南，富甲西蜀，在岷江一线的名声是越来越响亮了。

有人就想到了最早的那个传说，这几个小地方原来才是真正的几块璧玉。

当时五通桥的人口已达二十五万之众，紧靠岷江大航道，境内有川中、乐西、犍桥、犍乐等公路，四通八达；邮政、电报发达，通信畅通，跟大城市毫无差别。区域内机关林立，驻军众多，银行纷纷入驻，每年贡献盐煤税款三百亿元……也就是说，五通桥已经成为四川的一个富饶之地，而且急欲步自贡之后尘，独立成为一方经济重镇。

民国三十三年（1944），"犍乐盐场绅民代表及四十四机关法团"联名向四川省政府呈文，要求脱离犍为县的行政管辖，实行自治，"以慰民望，而顺舆情"。实际上这一年的7月，四川省主席张群就到五通桥走了一圈，表示支持当地的想法。

盐商是最积极的一股推动力量。1946年1月，犍乐盐区地方自治设计委员会将《各乡镇拥护设治志愿书》直接用快邮方式送交四川省政府，要求"成立五通桥管理局或恢复旧有玉津县治"。

志愿书在"设治理由"中写道：

> 明代以前设玉津县，嗣废。清代设嘉定分府，又于清末请准设县，旋因反正中止。近来经济、文化、交通、人口益趋发达，故区党部、警察局、防护团等均已改隶省级，早有设治准备，自应提

前设局或恢复旧有玉津县治。

　　川省增设二十余县市局,皆不及犍乐盐、煤区条件之优。虽目前产盐不及自贡之多,惟据地质专家考察,黑卤丰富纯处女地,如以科学方法开采,必驾自贡之上。亟应设治,促进开发,保持川盐地位,维持永久生存。

不仅如此,犍乐盐区地方自治设计委员会甚至已经物色好了首任长官人选。此人叫陈仁兴,学过法政,服过兵役,有官场多年的历练,此等重任非他莫属。既要独立,就有领土的要求,他们又规划了新玉津县的区域图,划疆为界,甚至考虑到了一些细枝末节的边地归属问题,确实是费了不少心思。与此同时,他们还组织了一帮遗老遗少,请出了曾任过道尹的退休官员高鹏程出马,领衔赴省请愿……

　　张罗新玉津县的动静是越来越大了,水已煮沸,只等泡出一壶酽茶。

　　但是,此时的五通桥跟千年前的玉津其实是两回事。一个是古代良邑,一个是工商业重镇。那个成天闲得发愁、只有喝酒赋诗的宋白先生要是生在当下,可能还适应不了这红尘滚滚。虽然是发生在同一块地上的事情,却是两重天地,当年的玉津是山水清秀、田园牧歌,而如今的五通桥则是井架林立、烟尘腾腾。

　　五通桥为何要取玉津而代之呢?根本原因还是现有的行政设置不足以应对迅速发展的商业格局,它如果一直还是犍为县下的一个区署,诸事都感掣肘,一句话,窝小了鸡不下蛋。但话还得说得好听一点,"中枢大员、欧美外宾时来游览,考察工矿,现设区署不足以资接待与保护"①。

那么人们可能要问,要想回到玉津的五通桥到底是个什么样的地方?它是怎么来的?后面的故事又是如何发展的呢?

---

① 犍乐盐区地方自治设计委员会《各乡镇拥护设治志愿书》,文件存乐山市档案馆。

滇黔道上的犍乐盐

嘉州地区有盐的记载远在汉朝，唐时"嘉眉有井十三"，宋代"嘉州十五井，岁煮盐五万九千余斤"（《蜀故》）。但这都是大而无当的描述，五通桥自然也在此范围中。

元代，全国盐井增加，出现了十二个大盐场，嘉定场就是其中的一个。不过盐井仍然很星散，稀稀疏疏，"在嘉定路管州县万山之间"（《元史·地理志》）。

到了明万历年间，《嘉定州志》中说到了凿井之术："始创筒井用圜刀凿如碗大，深者数十丈，以巨竹去节牝牡相衔为井。"这是嘉州历史上最早出现关于新凿盐井技术的记载，因为当时的人大多还只"知食盐而不识其法"。

明确的盐井记载是在明朝，"明犍为县东山出盐"（《一统志》）。具体时间是明洪武年间，"永通等七井，盐课司盐八十四万四千七百七十斤"（《四川盐法志》）。当然，这是正式被纳入了朝廷征收范围内的盐井，之前民间零星的"煮海"活动并没有算在内，永通是第一次被提及。

永通在哪里呢？《犍为县志》里是这样说的："在王村上游五

里，包清、安二乡，绵亘数十里。"这个王村现在属于四川省井研县管辖，它的地理位置是在犍为、井研、五通桥三地交界之处，但它一度是在犍为县域范围内，为犍为县所辖。

王村在五通桥东界，将它与五通桥相连接的是一条蜿蜒的小河，叫茫溪。此河系岷江支流，流经王村，又从五通桥四望关汇入岷江。值得一提的是，这条河也是我童年的河，对之极为熟悉，在我的印象中，河中盐船穿梭，碧波荡漾，蔚为壮观。

茫溪从清朝以后，就成为盐运孔道，且不断在疏浚，成为嘉州盐运的动脉。从康熙二十六年（1687）到康熙五十七年（1718）的31年间，那一带的盐井已达到了529眼，煎锅594口，课银1650两。这是官方数据，而此地也有了一个官方的命名：永通厂。毫无疑问，永通是嘉州地区的盐兴之地，也可以说是犍乐盐场最重要的发源地。

永通厂大兴之后，盐远销川边地区，"据额商陈请，石砫厅（今重庆石柱）额盐不敷，愿全数认增，以乾隆六十年为始纳税领引，赴永通厂配盐"（《清实录·乾隆朝实录》）。过去，盐要运到当年的石砫厅是走水路，从茫溪河转入岷江，再进入长江，一舟可达。

嘉州出盐的地方并非只有东面王村一带，在五通桥西面的红岩子一带也出盐。

据康熙版《嘉定州志》载："红岩山在马安山之下，州治东南十五里界犍止。此山色正赤，产盐，商、灶丛焉。"所谓"犍止"，就是犍为的西界，即嘉州与犍为县的交界处。

红岩山又称红岩铺，当地人叫红岩子，不过是个不起眼的小乡场。但这个地方有点怪，场上的土特产是盐巴。所以在记载这个小地名的时候，州志中就说到了这件事，撰史的人是这样说的："颇盛于场，然亦无奇。"看得出他颇为纠结，将它收入风物志中吧，又感到只是民间买卖现象而已，并无新奇。

但远在千里外的朝廷就不这样想了，既然此地产盐，民食与税收应该两不相误。于是，四川巡抚年羹尧为了展现勤政，就积极地上了一奏，要把这里的井灶正式纳入官盐的管理中，发给盐引①，征收税银，朝廷当然就爽快地答应了。

这件事发生在康熙五十三年（1714）。

> 户部议覆：四川巡抚年羹尧疏言增引行盐，原属裕课便民，查成都所属犍为等七州县灶民，请增水陆盐引一千一百四十五张，征税银七百三十两有奇，于康熙五十三年为始征收。应如所请，从之。（《清实录·康熙朝实录》）

盐灶一兴，"锅课"②也就紧跟着来了。到了乾隆时期，盐业生产越来越兴旺，就不只是简单征几个税的问题了，便开始派驻盐官驻守。这一派还不是小官，嘉定府通判，正六品，相当于副州长。前面说犍乐盐区曾设置嘉定分府就是说的这件事，它的正式名字叫"督捕盐务通判衙门"，堂堂的一级官府，在民间它也叫"通判署"，级别是高于"知县署"的，可见盐业在古代嘉州社会经济生活中的比重加大了。

> 移嘉定府通判驻犍为县马踏井；添设犍为、井研盐场大使二

---

① 盐引：即盐票，也称引票。
② 锅课：指古代对盐灶征税。

盐成入载图:"凡花盐成包,荷以人;巴盐成勘,驮以骡马,由官检后入船,载运各岸。"《四川盐法志》

员,并乐山井盐为所司。(《清实录·乾隆朝实录》)

但不久又有了变化,乾隆十八年(1753),原来盐官驻守的"马踏井",换到了黄桷井,黄桷井就在现在五通桥的地界上。"嘉定府通判原议驻马踏井,今附近马踏井之井灶寥寥,地非扼要,请移驻井灶繁多之太和县场黄角(桷)井"(《清实录·乾隆朝实录》)。

地点的变动,其实是盐业生产的布局发生了变化。所谓"盐井地脉,迁徙不常",说明了井灶变化的自然规律,这同矿脉的发现、开采等有很大的关系,嘉庆版的《犍为县志》中就有"国初,王村盛。今盛在五通桥,(井)几以千计,深者百余丈。出产之富,无踰此矣"的记载。而在这一过程中,盐井生产渐渐在从嘉州、犍为县的东西两面,往五通桥区域集中和发展,一块昔日的江湖飞地,急遽蜕变为了盐业重地。

《嘉定府志》上的记载,也是现实的反映:"嘉定府通判前于雍正十二年驻马踏井、太和场,居中总理嘉定、犍为并川西井研等州县盐务督捕事务;乾隆十八年详请改驻四望关。"也就是说,不久后,嘉定分府又移到了四望关,"凡出厂引盐船只,到关听其验引截角,盘吊放行"(嘉庆版《犍为县志》)。

四望关是岷江与茫溪河的交汇处,在五通桥的中心地带。由此可以推断,乾隆十八年(1753)之后,嘉州、犍为的盐业生产和管理主要汇集在了五通桥,犍乐盐场雏形初现。盐业的核心区域得以确立后,一个新的盐业时代开始了。

由于"出产之富,无逾此矣",五通桥的盐除了运销本省之外,已开始走出省外。乾隆四年(1739),"犍为拨盐一百万一千余

五通桥岸边的运盐船

斤，招商运至滇境，悉交滇商接运"（《四川盐法志》）。这应是川盐入滇之始。

川盐入滇是四川古代商贸的大事件，它可以与当年的南方丝绸之路相提并论，而盐的货殖与数量远甚于丝绸。那么，川盐入滇的路线是怎么走的呢？"犍盐由长宁、高（县）、珙（县）、筠连、屏山，运到镇雄境落垓塘罗坎关、昭通境水脑塘副官村行销"（《四川盐法志》）。值得一说的是，这条线路就是从蜀南到云南的五尺道，即与南方丝绸之路的一段是重复的，而盐是这条路上最主要的运输物资。

当年川盐入滇有两个重要的口岸，即云南的镇雄和昭通，它们处在云贵川的三省交界处，是鸡鸣三省之地。多年前，我曾在宜宾、镇雄、昭通、毕节一带旅行，发现车在乌蒙山区里转来转去，一会四川，一会云南，一会贵州，云里雾里就跨省过了境。所以，川盐入滇、川盐入黔的路线其实很相似，都是在这片土地上穿梭。

不过，运销贵州的盐多走水路。乾隆十四年（1749），贵州巡抚爱必达派黔商到犍为县来购盐，一个叫游斯信的商人就领到了"水引[①]四百一十六张，陆引[②]五十二张，由仁岸行黔"（《四川盐法志》）。很明显，他领到的水引比陆引多很多，可以看出水运比陆运的量大，水运是主要方式。

当时行销贵州的盐有三条路可走，一条是走永宁县（今叙永），一条是走涪州（今涪陵），一条是走綦江。三条路都是"在永通厂采配，经由四望关验明出关，运由县门关、江安县盘验"（嘉庆

[①] 水引：水路运销盐票。
[②] 陆引：陆路运销盐票。

版《犍为县志》），然后再分头入黔。但其中主要是永宁这条道，从岷江转入长江，再折入赤水河，由仁怀进入贵州。

这一条水路极为艰险，并非坦途。赵藩（1851—1927）是清末著名诗人、学者，当过四川总督岑春煊的启蒙塾师，后被推荐去永宁道做官，他就在叙永一带看到了盐船负盐入黔、载铅返川的景象，为江中运盐人的艰辛求生而悲叹：

负盐人去负铅回，筋力唯共一饱材。
汗雨频挥揩拄立，道旁看尔为心衰。

——《永宁杂咏》

仁岸即仁怀边岸，盐商云集于此。当时大部分盐商为山西人，长期在此生活，便开始用汾酒工艺来酿酒，遂有了"家唯储酒买，船只载盐多""酒冠黔人国，盐登赤虺河"的景象，茅台酒之兴与盐商大有关联。有趣的是，在雍正时期，遵义府下的仁怀、遵义、绥阳等五县原本是属于四川的，而永宁县恰巧属于贵州，后来为了管辖方便，才以赤水河为界，将仁怀等地划给了贵州，而永宁则归入四川。

但这事就有些奇怪。永宁河一带为中国名酒云集之地，1907年的时候，永宁县的县治还一度设在古蔺场（今古蔺县城），永宁与仁怀仅一江之隔；如果按现在酒源分布的情况，茅台应属于四川，而郎酒则属于贵州，正好换了个位。这样的变迁非常有趣，要不是这一天然形成的边岸，凸显了仁怀的商贸地位，促成了盐与酒的因缘际会，茅台酒会不会有今天的辉煌还真的难说。

这个故事的背后，是盐业历史的演变。随着盐场的扩大和生产力的提高，到清朝初期，四川成为内陆的产盐大省，犍乐盐场在其中脱颖而出，而盐业资本的快速积聚，也让其发展逐渐呈现出扩张的趋势。同一时期，引岸制度[①]高度强化，政府意在建立一种盐业流通秩序，计岸[②]的划分、边岸的出现就是明证。

过去，不管是到省内各地的计岸，还是去滇黔的边岸，走水路下行之盐都要过犍为县的"县门关"，而上行之盐必经"玉津关"，"玉津关，县北六十里（宋玉津县），今废"（民国版《犍为县志》）。可以看出，此时的古县玉津已仅仅是个盐关了，但出关入岸，是开启千里盐路的第一步。

在盐的流通上，川盐入滇、川盐入黔最具代表性，它是四川历史上最为重要的商贸活动之一，其货殖之重、商利之裕、对民生影响之大，实无其他商品可以相提并论。由于水路的险恶和山路的崎岖，川、黔、滇用盐作为载体，形成了跨越地理屏障的民族融合和信息互通，更为重要的是，它们代表了古代川盐由自足型向输出型的转变，意义非同寻常。

而五通桥作为当时最重要的盐产出地，是川盐入滇、川盐入黔的源头之一。"金犍为、银富顺"[③]之说就来自于这一时期，这个美称实际上指的是犍为县地域上的一块"边角余料"——五通桥，让盐变成了"金"。而此时的五通桥犹如古代的一个经济开发区，从农

[①] 引岸制度即盐业专卖制度，根据各盐场的产量情况，配给引票，划分销售区域，实行产销对口贸易。

[②] 计岸是盐政名。雍正七年（1729）经四川巡抚宪德奏准，在四川境内实行计引行盐之制。即按照计划，以县为单位，划分区域来进行盐的销售，这样可以防止私盐泛滥，以及平衡四川各地盐场之间的竞争。

[③] 犍为、富顺均为四川大盐场，但在清乾隆、道光时期，民间便有了"犍盐最旺，富盐次之"一说。而金犍为实指五通桥，当时犍为一带的核心盐区就在五通桥。

耕文明中脱颖而出,在商品经济中光彩夺目。

从乾隆二年(1737)到嘉庆十七年(1812)的七十五年间,犍为县向国库上缴税银"四万八千六百二十两七钱二分一厘",这其中大多是五通桥盐商的贡献,因为这时候的永通厂已不断萎缩,而五通厂却越来越兴盛,它已经逐渐取代了前者。

盐区来了五通神

我小的时候，五通桥小城里还能看到很多老式的井架（也称天车）。那些井架高达数十米，全用原木搭成，一级一级而上，直刺蓝天，其雄姿让人过目难忘。

输送卤水的管子是用楠竹做的，叫笕竿。那也是一道壮观的景象，碗口粗的大竹子，一根一根连接着，绵延数里，犹如小城的脉络。

由于笕竿是竹制的，容易破漏，途中爆管的事情经常出现，卤水溅得很高，路人常被"突袭"，这几乎也成了五通桥的街头一景。那时候，当遇有男孩在路边随地撒尿时，就有人在一旁起哄，大喊"笕竿子爆啰"，引来路人侧目，孩子狼狈不堪，尿被吓了回去，拔腿便跑。

有趣吧，这样的叫声只能在五通桥才听得到！

但在明朝以前，史书上还查找不到五通桥三字。那么，这个名字的来历是怎样的呢？

五通桥跟五通神有很大关系。在宋代，五通神是财神，是个独角山魈，也就是一种山神吧。开山凿盐就要敬山神，也就敬到它的名

从五通桥通往马踏井的石拱桥，桥下即为茫溪河。

下了。还有一说是，在明清时，吴地有些奇怪的民俗，叫"三好"：斗马吊牌、品河豚鱼、敬五通神。前二者好理解，玩的、吃的，人都喜欢，但为何要敬五通神呢？这是因为五通神主管瘟疫，当时的盐商最怕牛瘟，牛要拉卤，没有它不行，所以对五通神是崇拜有加。为了趋利避害，于是盐商们就在五龙山下、印石溪旁修了一座五通神祠，而此地正是盐商灶户云集之地，每天炭进盐出，非常繁盛。

寺庙与盐就扯上了关系。过去五通桥这一带建有井王庙，地点在黄桷井，当年嘉定府通判署从王村移出，最早就是搬到这里，并逐渐成为重要的盐务中心，光绪三十四年（1908）成立的"犍厂商会""井灶公会"就附设于此。也就是说，井王庙从宗教之地最后与盐务重地合二为一了。

那么，井王庙有何功用呢？"犍厂祀井神于井王庙……傥先农、先啬①有功，则祀者欤"（民国版《犍为县志》）。人们期待井神要像农神一样大显神灵，保佑顺顺当当发大财，商人喻于利，由此可见。

井王庙和五通神祠相类似，都与盐有关，它们的存在也让周边的景物也跟着有了宗教祭祀的意味。五通神祠附近修了一座小石拱桥，就有了五通桥之说。

> 五通桥，县东北八十里，通乐山。长六丈四尺、高一丈六尺、阔一丈五尺。乾隆五十八年修，今为盐筴②聚会之所。（嘉庆版《犍为县志》）

---

① 先啬：啬通穑，先啬即先穑，与先农一样，意指古代传说中最先教民耕种的农神。
② 盐筴：筴通策，盐务之意。

五通桥"老桥" 季富政绘

按此记载，乾隆五十八年（1793），应该就是五通桥一名最早出现文字记载的时间，而这个名字天然就带有盐的印记。

其实，这段话中最值得关注的是"县东北八十里"这一句。显然，这是个地理方位，在东经103度，北纬29度的交汇点上。而就是这个点上，盐泉大开，出现了一个"五通厂"，接着又诞生了五通桥。

"县东北八十里"附近有小河叫井筒溪，是茫溪河的支流。"井筒溪，县东北八十里。井筒溪今名五筒溪"（嘉庆版《犍为县志》）。不过，这个五筒溪可能有误，也许就是"五通溪"的讹音。但不管叫井筒溪还是五筒溪，也都与盐有关。

这是一条清澈的小溪。"每八九月，有鱼出，形如鲫，长寸许。上至水（羴）草滩，下至四望关，他处绝无。出时群聚，一网可得数百，年丰则少，歉则多。味肥美"（嘉庆版《犍为县志》）。这段风物记载很有趣，而"形如鲫"的鱼也可一辩。据童年的生活经验，我认为它可能就是这条江上随处可钓的"串串"，它们常常一片片地浮在水面，泛着一层光。钓它的方式是刷，鱼钩在水面上一晃，常有收获。记得那时我家有个邻居，是鳏居的老人，他喜欢钓鱼，每天扛着渔竿到茫溪河去钓上半天；每当他从河边一回来，我们就去翻他的鱼篓，里面总有几条小虾和"串串"，有的还在跳，但不一会儿就进了他的油锅，那香味在院子里乱窜，让人口水直流。

"县东北八十里"上还有一座桥，叫丰乐桥，也值得一说。

丰乐桥是乾隆三十三年（1768）修的，比"五通桥"要早二十多年。它是什么样子的呢？"为墩者八，为拱者七，高三丈三尺，宽二丈二尺，长二十有三丈"。此桥看起来，单凭那七个拱，就要威风不少。相比丰乐桥，"五通桥"长不足它的三分之一，高仅有一半，差得很远。当年丰乐桥在落成之日,"观者如堵",风光一时,但"五通桥"保存至今,而丰乐桥早已不在。

"五通桥"俗称"老桥",这是因在上游不远处曾有一座"新桥",两桥之间的距离仅一两里而已。但新桥在嘉庆十九年(1814)时就被冲塌了,它的命运跟丰乐桥差不多,毁了之后无人再修。桥亦如人,命运各异。

"老桥"至今虽有两百多年的历史,却并无可观之处。桥下蔓草丛生,溪水断断续续,桥拱如一佝偻的老叟,灰暗、卑微。

但就是这座桥,曾经有人那样爱着它。季富政先生是四川古镇研究专家,也是位钢笔画画家,他曾经告诉我,他当年就坐在桥头画这座小桥,笔在纸上慢慢地抖,那些房屋、树木、小桥、流水就活灵活现地出现了。记住,是抖,夹笔的指尖轻轻地抖,一天就过去了,过瘾得很!他说这话的时候,牙齿已经缺了,他吸了一口烟,烟从缺牙中漫出来,我觉得他就是桥的一部分。几年前,季先生患病去世,他说的那个抖字我却永远记得。

走过"老桥",就进入了"五通厂"旧地。

沿印石溪而上,附近有红豆坡、老井坡,它们跟其他地方的乡村没有任何区别,田里土中种满了农作物,一望无际的青翠。但是,人们看到的是表面,它的下面是很厚的一层炭渣,都是当年制盐留下来的。记得在十多年前,我在红豆坡见到了一位九十多岁的老人,他说此地过去有"三多":牛多、灶多、人多,炭进盐出,全靠人力搬运,夜里都是灯火通明,人声鼎沸。但都过去了,现在一切都恢复了乡村的景象,田畦相连,郁郁葱葱,而老人就是到这里享清福的,你看那繁华溜得好快!

从"老桥"到红豆坡有一段距离,中间有条街。小街上行人稀少，很少有汽车通行，只是偶尔会有一辆摩托从前面的弯道处突然驶来，骑车的年轻人莽撞得很，一闪而过。但我喜欢在这样的街上慢悠悠地走，能把刚才的轰鸣消弭得无声无息。

街上有几家茶铺，里面有不少人在打牌，是当地的字牌"贰柒拾"，据说这也是因盐而生的。此时，只听见他们不断在喊"碰""吃起""胡了"，零钞都摆在桌上，赢得最多的一个用茶盖把厚厚的一叠钱压着。老人们抽着叶子烟，吧嗒吧嗒地吸着，烟雾缭绕，空气中弥漫着一股呛人刺鼻的辣味。街上有几条乱跑的土狗，自恃是这里的主人，脾气还不小，瞪你两眼不说，汪汪就送来几声狂叫。

老街还有盐务洋房、盐商私宅等遗迹，时时提醒游人这里曾经是个产盐的地方。你不得不承认，"老桥"当年是生逢其时，处在了一个极佳的位置上，地守通往盐场的入口。后来五通桥成了一座城，其实是桥名的延展，如今的"老桥"既老又陋，却承载起了这一地区的盐业文明。

老街上两旁多是旧房屋，矮矮的腰门，似拦非拦，妇人们坐在门边竹椅上缝补编织，小孩爬在门槛上玩耍。突然间，吱嘎一声，从门里走出一个水灵灵的妹子，时间就定格在了这个恍惚的瞬间。

房屋的外墙，有木板的，有青灰砖的，有用河中卵石砌的，也有竹编夹泥的墙，它们的色彩错落有致，完全是天然的图案。还有那些各种样式的窗子，窗扇是不同的样式，方格的、直棂的、回字形的、菱花形的、冰裂纹的。而在窗子下，或许正有个读书郎，在沉思着什么，微微熏风，面容清秀……

五通庙早没了，盐井也消失了，五通神隐了身，而印石溪要入夏后才会涨水。

走在这样的街上，人的整个心境很快就凉了下来。你就会想到时间，时间是什么呢？时间也许就像季先生一样把画画完，然后起身走了，那些抖在画上的点，其实本无意义，但它们聚合了生命的分分秒秒。

观井识咸

　　五通厂盐卤大开，四川盐业的格局为之一变："其在四川，始以潼川府之射洪、蓬溪产盐为旺，嘉定府之犍为、乐山、荣县，叙川府富顺次之。不数年，射洪、蓬溪厂反不如犍、乐、富、荣。"（《清史稿》）这是道光、咸丰年间的事。

　　盐兴之后，"犍为之盐，洪雅之茶，商车贾舸，络绎相寻"（《嘉定府志》）。

　　作为一地的父母官，嘉庆年间的犍为知县王梦庚在亲自考察当地盐井之后，写了一首《观凿盐井》的长诗，这应该是反映五通桥盐业最重要的古代诗歌作品。此诗长达六十行，佶屈聱牙，能一口气读下来的人恐怕难找，但字里行间是古代制盐之大观：

　　　　地脉灵谁测，天根巧独探。寻源窥一线，论价溢双南。
　　　　波静凝熬素，烟腾荡蔚蓝。盐形夸虎似，泉眼借驼参。
　　　　雷奋黄金錾，云搜白玉龛。半规循曲坞，百丈濬寒潭。

犍为盐场灶房煎盐图 《四川盐法志》

030　花盐

虹影连蜷注，星光的鰈含①。钁②穿泥滑滑，锹剔草毨毨③。
修绠洰青条，圆机斫紫楠。侧听凭巧匠，斗捷驾连骖。
仞惜泉迷九，流欣峡倒三。卤浓争置缶，沙净罢倾蓝。
辨水阴阳判④，逢源左右谙。瓮⑤深千竹引，波满万钟涵。
提瓮辞贤妇，牢盆⑥集健男。转车迟误蚁，抽茧曲逾蚕⑦。
樯竖遥分缆，藩周密结庵。积薪威渐盛，燃石力能堪。
冻讶冰痕似，堆惊雪影惭。霏微夸玉屑，磊块杂瑶篸⑧。
凿出横阶础⑨，春余列盉甗。水精佳种别，阿鹊好歌贪。
梅和羹能作，荶调豉共妠。桃花凝翠簪，青子俪黄柑。
收幕喧清夜⑩，银瓶驻碧岚⑪。官山谋溯管，盈谷善师聃。
问火羲之帖，征油楚客谈⑫。估商豪舴艋，灶户困鹈鹕。
蜃蛤饶同利，醎醝味独酣。不穷资井养，稼穑最为甘。

　　这是一首详细介绍井盐制盐全过程的诗作，诗里主要写的是复杂的制盐工艺和劳动场面，需要慢慢去读，慢慢去体会。其中有很多专业用语，包含了特定的意思，堪称古诗中的最烧脑之作，但如

---

① 星光的鰈含：原注释为"竹条悬錾，引机以凿，口仅数寸"。
② 钁：古代一种铁制刨土工具。
③ 毨毨：细长的样子。
④ 阴阳判：原注释为"浮面淡水曰阳水"。
⑤ 瓮：井壁。
⑥ 牢盆：这里指煮盐器具。
⑦ 抽茧曲逾蚕：原注释为"凿竟，即悬筒以汲"。
⑧ 磊块杂瑶篸：原注释为"卤牛干如沙如块曰花盐。一种簸箕"。
⑨ 础：原注释为"煎成，凿出如础石曰巴盐"。
⑩ 喧清夜：原注释为"长夜汲卤曰夜班"。
⑪ 银瓶驻碧岚：原注释为"筒或坠井则停汲，取筒必费旬日之力"。
⑫ 征油楚客谈：原注释为"油井明正德间始著，李时珍谓即石脑油也"。

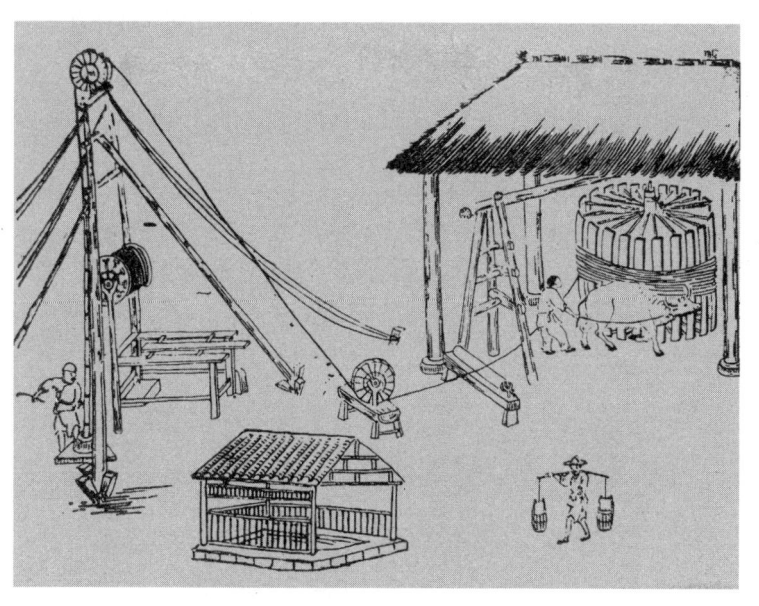

犍为盐场牛车推卤图 《四川盐法志》

果你真正把诗中的每一个字都弄懂的时候,大概就对古代制盐懂了一半。

当年在五通厂一带,满山遍野都是井架,高高低低、层层叠叠,非常壮观。乐山有个叫王秉钟的人写过一篇《盐井赋》,他看到的盐场是这样的:"辘轳而上,高高下下,散形随谷而差。开当道之草皮十里五里,榜作鹹之门额千家万家。"说的是到处都在开荒凿井,井架林立,制盐活动已经遍及寻常百姓家。

在产盐之地做官,难免写到关于盐的诗,何况当年的官是科举而来,是必须要喝几斗碗墨水的。王梦庚的上一任犍为知县程尚濂也写过一首诗,叫《五通桥观煎盐诗》,其中有"轮囷推出炮车云,十里晴岚冻成墨"句。试想,方圆之内,灶火熊熊,浓烟滚滚,把天空都染黑了,岂不撼人?这样的场景不亚于18世纪英国蒸汽机带来的山呼海啸,但它却发生在一个川南丘陵地区的小山沟里,这就是资本主义最早萌芽的地方之一。虽然盐场所呈现出的工业形态仍是作坊式的,但在开凿、熬制的过程中对技术的不断改进,甚至在后期对机器生产的渴求,都体现出了某种先进性。

从乾隆十四年(1749)至乾隆五十年(1785),五通桥盐场"共增陆引一万七千三百九十六张,水引四千一百三十张"(嘉庆版《犍为县志》)。当时的陆引每张为4包,每包重115斤,每张陆引重4600斤;水引每张为50包,每包仍重115斤,每张水引重5750斤。这36年间增加的盐产量总计达到了1亿多斤,堆起来就是一座山。所以,在两年之后,即乾隆五十二年(1787)任职的犍为知县严士宏在诗中写道:"见说四望溪[①],频年增井额。中间连公井,盐车地无隙。"

[①] 四望溪:即茫溪河,因在五通桥段有山名四望山。

(《别犍为道经四望关有作》)这首诗就是靠前面的数据来支撑的。五通桥盐业之兴在乾隆时期,而道光年间达到极盛,井盐产量居全川之冠,号称"川省第一场"。

每一口盐井都是一个故事。盐井常常深达百米以上,竹筒从地下不停地汲卤,然后经过大火熬制出来,才成了白白的盐。当年,程尚濂去观看了之后,非常感慨,说是"九仞功成在一勺"。那么,"九仞"是如何变成"一勺"的?这在王梦庚的《观凿盐井》中已经描述得非常详细了,漫长、艰辛、原始、野蛮,却生机勃勃。

王梦庚、程尚濂、严士宏这几位乾隆年间的犍为知县是幸运的,他们在五通桥盐场都看到了盐的兴盛,留下的诗作就是最好的见证,那是五通桥盐业的黄金时代。但王秉钟似乎还要深刻一些,他看到了商业的本质,"朝翻雪浪,暮入金钱"(《盐井赋》)。

我小的时候,在五通桥还能看到不少井架,山上、河边,远远近近,是一道风景。当时离我家附近不远的杨柳湾还有几口盐井,井架就像上了年纪的老人一样站立在那里。因为经常路过那里,就特别好奇,想去看看。那些井当时还在用牛拉卤,一根巨竹做成的推水筒,从碗口大的井眼中呼噜呼噜落下去,又呼噜呼噜拉上来,中间的过程犹如列车进入了漫长的黑暗隧道。卤水汲入筒中,刚一冒头,就哗哗一大股喷涌而出,随即又推下去,往返不止。

这个过程被称为赶水,不仅小孩子觉得新奇,大人也觉得是个奇观。杨静远[①]当年是西迁到乐山读书的一名大学生,有一次与朋友们

---

① 杨静远(1923—2015),湖南长沙人。1941—1945年就读于乐山武汉大学,曾任中国社科院外文所编审。著有《写给恋人·1945—1948》《让庐日记》《飞回的孔雀——袁昌英》等。

邀约到五通桥游玩，她在这天的日记中就留下了一段珍贵的文字：

> 井是菜碗口粗的一个洞，深约数十丈到一里，我们看见竹索子下到洞里，上面大轮子转个不停。等了十几分钟才见竹索子上升，升了很久，看管的人知道快到了，就拉一下铃绳，通知那方的人，于是轮子转得慢些。果然不一会儿竹筒子吊了上来，一直上升，冲到顶上的管子里，长约五六丈。筒底出来后，看守的人把它移到一个浅浅的半圆石槽上，拔开塞子，盐水就倾出来。上面的压力大，所以就泻得快，水声大震，白沫满地。石槽里有竹管通出去，一直流到煮盐的房子里。这是最旧式的盐井，看守的人说这井有几百年了。（《让庐日记》）

观盐井如此有趣，如此奇观自然会吸引外地游人的好奇。1939年1月，时到乐山不久的叶圣陶给他的朋友写了一封信，信中写道："距乐山二三十里均产盐之区，闻盐井之开掘与盐汁之抽取，皆有可观。缓日将一访之，再以所见奉告。"（《嘉沪通信》）他所说的"产盐之区"指的就是五通桥，但他"再以所见奉告"不知为何没有了下文。

观盐井其实还需懂点门道。制盐的专业化分工是非常细密的，"有司井、司牛、司篾、司梆、司漕、司涧、司灶、司火、司饭、司草，又有医工、井工、铁匠、木匠"（温瑞柏《盐井记》）。在民国时期，五通桥有郑位之创办的"汲卤索同业公会"，也就是专门生产拴井筒的绳子的组织；也有何威如创办的"盐场中医公会"，是盐工问医求药的组织，可谓分门别类，非常之细。实际上哪怕就是在过去，懂得井盐整个制作工艺的人恐怕也是少数，这就不难理解王梦庚的《观凿盐井》确实是包含了很多学问，凿盐的难度远远超过了冶铁、造纸、制糖等传统工艺。

但我们更应该品尝到的是盐后面的历史滋味。

盐与咸相连。四川人一直把咸读hán（音"寒"），比如："味道寒不寒？"咸（繁体是鹹）是盐业的专用字，表示卤水的浓度，与井的深浅有关。过去五通桥的巴盐色泽细匀，咸头足，云南宣威火腿用之为腌料，据说才有三针清香的风味。

盐与贾有关。在字源考证里，"商贾"的"贾"字出于古代的"卤"，可以看出商人同盐的关系。但在过去，商重于农常常被认为是本末倒置的事，"烧盐"是不务正业，"市肆之中，多一工作之人，即田亩之中少一耕稼之人"。为此，嘉州府官员余承勋曾在《理鹾说》中申辩："擅山泽之利而资其用于公家者，灶业也。……民以熟盐之道，而且公私利之，其解池之南风已乎！"这个余姓官员的思想是开放的，放在今天也不落伍。

过去，五通桥民间曾有"百猪千羊万石米，当不了桥滩一早起"之民谚，这句话说的就是盐场的繁富程度。一早熬出的盐，定有千金的货殖，此时的五通桥已经成为乐山与犍为之间的一个新兴城镇，人口之多甚至已经超过了犍为县。民国版《犍为县志》中就记载："五通桥盐泉大旺，日需煤数十万斤，水运陆负，日活数万人。"人丁一旺，五通厂的规模不断扩大，因盐兴市、因盐成邑就是顺理成章的事了。

此时的五通桥是什么样的呢？不妨来读一首诗。

波撼长堤万灶烟，轻舟双桨水中天。
人居四望云湘外，桥隐五通山寺前。

架影高低筒络绎，车声辘轳井相连。
江头日暮乡心远，景仰峨眉月正圆。

诗中把小城风光与盐场盛景融为了一体，而关键是它的描述极为概括、准确，特别是"桥隐五通山寺前"这句，实际就隐藏了我们前面讲到的那段城镇变迁的历史。

关于这首诗的来历还有点故事可讲。1978年的时候，历史学家徐中舒曾经收藏有一把浅绛山水团扇，扇面上画是五通桥盐场图，诗就题在上面。这件团扇的作者是杜廉（字任之），作于光绪乙酉年（1885），是送给"西棠司马大人"的，一百多年仍然保存完好。我相信这中间一定有些故事，"西棠司马大人"是谁？为什么要画幅五通桥盐场图送他？这中间经历怎样的辗转？但奇怪的是，扇子落到徐中舒手里后，他竟然将这件精美的细绢团扇捐赠给了自贡市盐业博物馆，以丰富其馆藏，而它的诞生地则无缘拥有，真是让人感叹。

川南盐码头

1943年6月，英国著名学者李约瑟在中国植物学家石声汉的陪同下来到五通桥，他们准备从这里坐船到宜宾的李庄，继续他们的西部科技考察之旅。6月3日这天，他们坐上了一艘船，李约瑟在他的日记中写道：

> 这艘船是盐船。是五通桥的盐务专员为我们选定的。船很新，因此就没有旧船上成群的臭虫。在激流中顺水而下很令人兴奋，且船行进得很顺利。在船的前半部，船夫站着摇橹，像古埃及人一样。船的中部是有篷的地方，褥子铺在船板上，乘客躺在上面；后部是船老大的舱；在这两部分之间是舵；船工站在乘客舱后面的舵桥上。（《李约瑟游记》）

李约瑟讲述的只是盐船中的一种，船体不大，比较轻巧快捷。过去各种盐船在五通桥江上非常普遍，船来船往，随处可见。

但在我小的时候，已经很难见到李约瑟坐的那种船，江里行走的都是大盐船，宽约丈余，长达六七丈，也可作为趸船使用。在岸

茫溪河上的竹筏

边，搬运工人扛着盐包子整齐地码在船上，船被压得低低的，有时候载得太多，船都快要平水面了，一个浪子打来，就有倾覆之险。

大盐船的两侧甲板有一臂宽的船舷，可供人来回走动，一般是左右各一名船夫撑船。热天的时候，他们赤裸上身，皮肤黑亮，在阳光下有种雄健有力的感觉。撑杆长约三丈，杆往水中一扎，一斜，然后用杆头顶着肩膀反向推杆，船便破浪向前飞奔。大盐船载重达一二十吨，非一般小船可比，由于长期顶杆，他们的肩膀上会留下一个窝。有人就说，肩膀上有窝的人，一看就知道是船工。那时我喜欢站在江边看撑船，船来来去去，觉得是个有趣的事情。

五通桥盐场旧称犍乐盐场，其中主要包括犍场[①]和乐场[②]，两场均在岷江岸边，盐灶沿着江边连绵二三十里，气势恢宏，是个名副其实的大盐码头。

过去，盐业实行的是引岸制，以岸配厂，实行专销。政府对盐引的管理非常严密，每一担盐都要经过各个口岸的查验。引票有四个角，每过一个关就会在加盖大印后截去一角，称为"截四角法"，少一个角都不行，否则将视为私盐。当然，走岷江的盐，四角中要截掉的第一角就在五通桥。

五通桥的盐，"乐厂供给成都以南、以北、以西及雅州东西各处；犍厂供给犍为以南、成都以东暨云南全省，贵州西北一部及泸州、万县中间一带"（丁恩《改革中国盐务报告书》）。也就是说，桥盐的主要销售范围是在成都、雅安、乐山、泸州、万州地区及云南全省和贵州西北部、湖北销岸横跨四省。民国时期，核定犍厂边岸，

[①] 犍场：也称犍厂，主要场域在今乐山五通桥一带。
[②] 乐场：也称乐厂，主要场域在今乐山五通桥牛华溪一带。

巴盐每引800斤纳税银125两。当年四川省征收盐税在1000万元，而犍乐盐场要缴纳200多万元，占了五分之一多。而这些盐多靠水运，光绪三年（1877），年定引额为8000张，到民国四年（1915），五通桥盐场每年引额已达到1万多张。

车辐先生是民国时期成都有名的记者，他对各地的风土人情都比较了解。在他的长篇小说《锦城旧事》中曾写到过锦江边上的景象，而五通桥的盐船显然是其间最耀眼的景物：

从东门大桥起，一直到南河口，沿江两岸，木船鳞次栉比地排列着。从下水来的满载船，载的青冈、松柴、杂柴；还有五通桥的盐巴，那是一种黑色的、很好吃的锅巴盐，炒过后做过年腌肉分外生香，运到云、贵两省去，就更值价了。

过去有"一灶、二商、三炭帮"的说法，核心是"商"这个环节，商又分坐商、行商，而行商最为重要。五通桥有水运优势，盐区内河流密布，水路交通四通八达，行商在其中大显身手。

据史载，在民国十七年（1928）前，犍厂下运宜宾以下销岸，称为南货船，每只载盐二百到八百担，共有三百四十只；行销湘楚的盐在纳溪换长船，下放渝州、万州；行滇岸者即换小船入云南小河。乐厂引盐，在牛华溪公仓人力抬至河下装船，称为大半头船，有七百多只船，由岷江上运府河岸；销府岸者直运成都，枯水期须换用驳船运中兴场，再用板车陆运到岸；上运南河岸者为中板船，有三百多只，到彭山转新津河到新津。运雅岸的盐则在乐厂装竹筏，每只可载一百担，有船六十多只，由青衣江逆水而上，经夹江、洪雅到雅安。

江有宽窄，水有平湍，由大河转入小河，就需要换船，这就叫转江。以川盐入黔为例，一般的情况是在五通桥起运后，盐船下行至宜宾转入长江，然后"永岸由纳溪转江至永宁入黔；仁岸由合江转江至仁怀入黔；涪岸有涪州转江至酉阳属龚滩入黔；綦岸由江津转江綦江入黔"（民国版《犍为县志》）。

如此周折，也加重了盐的成本。在宣统年间，由五通桥运往贵州遵义，最近的道路也在一千里左右，远的则在一千四百里以上。"巴盐一包司马秤一百四十斤，运至遵义，需钱四千文"（民国版《犍为县志》）。在清朝中期，四千文大概等于四两白银，运费不菲。而且，运费还要分大水、小水、枯水三种情况，"每年五月初一至八月十五为大水，八月十六至十月及二三四等月为小水，冬、腊、正等月为枯水"。所以在不同时期的价格不一样，枯水期的价格最高，小水次之，大水最低。

但大水之时，也是江中险情最多的时候。在岷江上，单犍为县境内的险滩就有十六个之多，其中道士观、叉鱼㴲（鱼涪津）、猪桊门（岩门滩）这三处，被视为最险。还有一个蟆颐滩，也曾被视为"极险"，好在明朝时就平了。嘉州人安磐曾描述了过此滩时的险状："石牙中横，江水走其上，前拥后迫，势不得不起而立，冲撞喷薄，叫号怒激，声闻数十里外，舟人上下缄默朒重足，睁目屏息，以幸无事。"（安磐《平蟆颐滩》）水运之难，由此可见。

但凡事均有利弊，相比同为盐场的自流井，五通桥的水路优势就比较明显。1914年冬，盐务稽核总所会办、英国人丁恩为考察川、滇两省盐务，来到自贡和五通桥这两大盐场，他在考察中就有个比较：

就运输之便利而言，犍厂为最，乐厂次之。乐厂重要之井多在岷江左岸，大渡河及铜河两岸亦有之，大、铜两河皆岷江右岸之支流也。犍厂最富之井则在岷江左岸之五通桥地方，及桥沟两岸，直至马踏井界。犍乐两场最富之井均系丛聚一处，与自流井无异，管理上皆甚便利，只有马踏河一带之井略形散漫，管理较难耳。乐厂之盐运赴销岸，须溯江而上；犍厂之盐则须换船始能运至岷江，然以运输之便利而言论，犍厂仍远胜自流井。盖当井河（一名自流井小河）水落以后，由自流井运盐前往内江（一名泸江）殊属困难，井河沿途巉岩夹岸之处有坝五六道，天寒水枯时每须积水六日之久，水过石面盐船始能至坝，以故盐船自自流井河驶往邓井关转入内江，动需月余始能达到。且内江水浅时，大船仍不能行，故运下长江尚须在泸州地方换船转载。按之上述情形，可知犍厂之盐由水路运至泸州，较由自流井运往者所需运费为廉。（《改革中国盐务报告书》）

岷江在五通桥境内全长二十七公里多，自北向南纵贯全境。可以设想，如果没有岷江这条黄金水道，五通桥很可能深埋在川南丘陵地带之中寂寂无闻。可以说，岷江对盐业的帮助是巨大的，它开启了桥滩的三百年盐业盛史。

作为川省内最大的盐码头，五通桥曾经是各方利益的争夺之地。当年，刘文彩在五通桥设天福商号，专做运商生意，他每年在五通桥购盐，然后销往永岸、滇岸、涪岸等地。他能有此便利，是因为当年五通桥在刘文辉的防区内，"犍乐井仁盐场治理委员会"实为刘家控制，"清岸缉私大队"无异于一帮刘氏家丁。这一点，连刘文辉自己都是承认了的，"盛产盐糖的五通桥、自流井和资中、内江等地又都在我的防区内，盐糖税收为我和刘湘所瓜分"（《走到人民阵营的历史道路》）。

除了军阀之外，地方的刮削也重。"每年陋规需索，上而道署，下而地方官吏，繁费滋多。终至商人负欠国帑，相继受累，而官吏已饱飏矣"（民国版《犍为县志》）。

确实，产盐之地的富庶是优越于周边郡县的。1944年，正是抗战最艰难的时期，上海复旦大学教授夏炎德曾经到五通桥一游，感触良多，他在《泛舟五通桥》一文中写道："两岸屋舍栉比，大半为盐户所居，盐锅沿路可见，街上蹀躞往来的很多是盐工，船家与苦力为的是运盐，银行与钱庄为的是融通盐业资本，还有公会、公所与税局等等机关，无不是为盐业而设立。洵哉这是盐之府库！靠了这汲不尽的井卤，居民得过着富足的生活。尤其是那些盐商，衣服华奢，举止阔绰，绝不是战时贫窭的公教人员所能企望。就从这里，可以想见《盐铁论》中所写的盐商大贾，富埒王侯的话，不是虚语。"

清末民初时，五通桥境内已建有上百座祠堂会馆，寺庙如南华宫、禹王宫、万寿宫等，会馆有陕西馆、湖广馆、江西馆等。而依托盐业生存的各种行会也纷纷涌起，如煤炭业、盐锅业、胆巴业、船筏业、米粮业、土布业、茶社业、铁器业、油麻业等，这些行会都有自己的集会，并有不同的祭祀会期。显然，这些都是五通桥盐业生态的一部分。

在一个盐城里，盐会影响到每个人的生活。我小时候，幼儿园是过去盐务局的地盘，房子是盐务局的旧址；中学是过去盐商办的，住家的院子里有不少盐厂职工，我的同学中有很多是盐厂子弟……也就是说，在走出这座小城之前，我一直都生活在盐的世界之中。

五通桥是水城，河流纵横，到处可见盐码头，各式各样，这是最为奇特的一道风景。当年盐商们出于风水、朝向等地理条件的考虑，在河边垒石、砌坎、筑台，形态不一，各具风格，但细细观之，韵味十足。你可以在这些码头边坐下来,慢慢地你也会静得像块石头。如今,码头上绿苔丛生、落叶掩弥,它们在江水的涨跌中时隐时现。静静的江边或有三五闲人垂钓,一二渔舟过往,要是在过去,你可能还能听到这样的民谣:

说江湖,道江湖,哪州哪县我不熟?
成都府管嘉定府,桥滩两地把盐出……

贰

凿井之地

在异乡遇到竹根滩

1947年初春,李劼人开始在报纸上连载长篇小说《天魔舞》。他自从1937年前写完《死水微澜》《暴风雨前》《大波》之后,便深陷于嘉乐纸厂的经营之中,经历了近十年的文学荒芜,而此书是他重新动笔,恢复写作的一部长篇小说。

在这部小说中,李劼人写到了很多亲身体验的生活。如他在成都、乐山、重庆三地来回旅行的见闻和感受,而李劼人写得最多的,也是完全真实记录的就是五通桥的竹根滩。

竹根滩是岷江边的一个大码头。五通桥之所以称为桥滩,是因为有一桥一滩,而滩就是竹根滩。

过去的交通主要靠走水路,来往皆为坐船,《天魔舞》的故事就发生在岷江这一段上。小说的开头讲了一个情节:书中的主人公陈登云从重庆到乐山,眼看就要到乐山了,不料在竹根滩要住一晚。当时税警在此设卡,所有行船都要留待检查,需得在此滞留一日。人们在这里就有个选择,一是住下来第二天继续坐船去乐山,二是下船穿过竹根滩,走旱路经五通桥、牛华溪到乐山,行程有二三十里地,当日可到,不过就要多花一些人力车钱。陈登云选择的就是第二

连接四望关和竹根滩的浮桥　张致忠摄于20世纪80年代

种,其实这也是李劼人的亲身经历。

在小说中,陈登云登岸后穿过竹根滩,不料竟有意外之获。李劼人写道:

> 竹根滩有几里长的一条长街,是犍为、乐山两地盐的出口,是各盐灶必需的煤的进口,是财富区域,可也与其他码头一样,靠船的码头还一直保存着原始的面目,极简陋的房子,极崄巇的河岸,还照例的垃圾遍地,肥猪、赖狗与人争道,却也照例的在码头内面才是整齐的马路,才是整齐的商店,也才有上等茶馆,上等饭馆。令陈登云惊奇的,尤其是一条长街走完,来到运河边上,一望对面的五通桥,简直是一幅幽美图画。
>
> 一条相当宽的运河,随着山势曲曲折折流出,两面的山不高,有些有树,有些没树,倒不甚出奇。而最勾人眼睛的,便是那两道河岸上的大黄桷树,每一株都那么大,每一株都浓荫如幄,人家、盐灶,甚至盐井,都隐隐约约的被枝叶掩映着。近三年来,陈登云一直没有忘记那景致,也一直想到去重游。

陈登云从竹根滩登岸,然后穿过长长的一条街,足足有数里之遥,沿途市廛繁富;走到头,却发现里面还有一条内河①,对岸是"一幅幽美图画",大有柳暗花明之感。

李劼人的这段文字完全是实景描写,1941年5月西南联大教授罗常培从重庆到乐山途经此地,也有同样的经历。他在日记中写道:

---

① 即李劼人说的运河。实为拥斯江,岷江在竹根滩分流后形成的内河。

到竹根滩登岸后，因为检察行李耽搁了半点钟。十二点从船码头走到"车码头"，雇黄包车到乐山，每辆价十八元。竹根滩是岷江沿岸的一个大码头，市面繁荣，街道整齐，比起小县城来还显着富庶。对岸就是五通桥，可惜我们赶路太匆忙，也没能过去看看。事后听说，那里有好些人在期待着我们。沿途看见对岸有好些盐井，老远望起来，又像吸水塔，又像警钟台，恨不能叫车子停下来，过河去看看这个流传已久的制盐土法子。（《蜀道难》）

罗常培这一行是四人，另外三人是梅贻琦、夏鼐、郑天挺，那无疑是个豪华的旅行团，个个都是中国文化界了不得的人物。其中，夏鼐当天的日记写道："十一时抵五通桥，船在竹根滩停泊，由小船渡至东岸，雇洋车赴箅子街。"（《蜀道难》）

梅贻琦的日记也写道："十一点半到竹根滩，因水浅船不上行矣。下船运行李至街上，未及午饭，雇洋车往嘉定。"（《蜀道难》）

他们的日记都证明了一个事实：当时从重庆到乐山，船到竹根滩大都要下船改走陆路。梅贻琦说船停留在竹根滩是因为水浅不能上行，而是李劼人则说的是"奉了驻军和税警的命令"，应该都是实情。

其实，当时不仅船上行到竹根滩要下船等一晚才能继续到乐山，就是从乐山下行，也要到竹根滩去坐船。齐邦媛在《巨流河》一书中就写道："暑假我与同伴欢天喜地地由五通桥搭岷江江轮到宜宾，由长江顺流而下回了重庆。"她当时在乐山武汉大学读书，而父母暂时在重庆，她就要在此借道。

由此也可以看出竹根滩的地理独特性来，青衣江、大渡河、岷江在乐山汇流，它就处在了一个重要的位置上，相当于是高速公路进入一个城市前，前面会有个服务区，竹根滩就具有了这样的功能。实际上在过去，竹根滩就是岷江中下游真正的分界点，也是载重航轮吃水线的一个节点，而这点历来被人忽略。

光绪二十七年（1901），英国炮舰"乌得科"号首次从长江驶入岷江来到竹根滩，船上飘着五颜六色的旗子，就停在码头上。岸上的老百姓从来没有见过这种船，觉得非常稀奇，纷纷拥到岸边围观。后来法舰阿纳利号、德舰华特兰号、日舰伏见号、美舰盖巴乐斯号纷纷驶进了岷江航道。那是外国人进入中国内陆河流上游的开始。

竹根滩这个名字在清嘉庆以前就有了，但更早却无从稽考。过去蜀中曾有"七津"一说，也就是有七个大渡口，其中有两个在犍为境内，"江水入犍为有二津，曰玉津、东沮津，与蜀都五津通为七津"（嘉庆版《犍为县志》）。这个说法来自常璩，那是在西晋时期，当时的犍为还是一个郡的概念，地域范围很大，渺不可寻。但后来有了玉津县出现，又有玉津渡，东沮津的位置是不是也跟着变了呢？我比较相信东沮津在竹根滩一带的说法，也就是玉津下面一点的岷江东岸，当然，主要是离我童年时的家很近。

这仅仅只是历史的想象，而如此推断是为了说明竹根滩在岷江中的重要性。

竹根滩是岷江中最大的河心洲坝。岷江浩浩荡荡地流过这里时，在竹根滩一分为二，形成了内外两河。但水一过竹根滩又合二为一，向犍为方向流去。由于地理位置的特殊，竹根滩成了天然的港口。

竹根滩历来是一个商贾云集、商贸昌盛之地，罗常培写道："竹根滩是岷江沿岸的一个大码头，市面繁荣，街道整齐，比起小县城来还显着富庶。"（《蜀道难》）日本人中野孤山在20世纪初也曾来到这里，记录了此地的物产："煤炭、巴豆、红糖、烧酒、白蜡、蚕丝、猪鬃、茶叶、叶子烟、黄白姜。"（《横跨中国大陆——游蜀杂俎》）但实际上这里真正最有名的是盐。自明、清以来，由于盐业繁荣，竹根滩就成了犍乐盐场一个巨大的盐运港。

竹根滩当年是什么样的呢？只要翻翻过去入蜀出川的旅行杂记之类的旧书，就能看到不少零星的记载。如1933年冬，民国教育家侯鸿鉴游历大西南，曾经在竹根滩短暂驻留，他在日记中就写道："昨晚舟住竹根滩，未开。今日天未明，闻舟子解缆摇橹呼唤声，知已开船。余蒙眬入睡。迨曙光已透，觉滩水声盈耳，舟且摇动不定。而逆水之舟，纤夫负重声喧嚷不堪。"（《西南漫游记》）毫无疑问，这是水乡的韵味。

竹根滩上有个江声码头，因桥而建，是连接四望关和竹根滩的必经之地。由于正处于两江汇合处，听江声，看船来船往。

过桥，徒步上岸，抬头就是几十步的石梯，就像竹根滩给你的见面礼。这个码头，我不知道走过多少回，数得清那些石梯上磨凹了的"窝窝"，也踩过那些像馒头大小的千脚泥。那时候，竹根滩沿岸一带是一些依岸而建的民居，江边多为吊脚楼。一上江声码头，就进入了几条繁闹的街道。这一带是当年的江湖之地，商铺、馆子、茶铺、肉店、剧院都在这一带，扒手、乞丐、地痞也在四处游弋，人间的各种行当能在这里晃得人眼花缭乱。

码头临江的街是条让人嘴馋的小街。芽菜包子、叶儿粑、泡粑、黄豆糍粑、粉蒸牛肉、豆腐脑、糖水米花……它们在空气中飘出阵阵香味，以至于我在很多年后只要闻到它们的味道，就会又回到那个已经过去的年代，这有点像《追忆似水年华》中的那个马德兰甜饼，它在空气中总是飘浮着记忆的味道。

有这样记忆的人还有谢瑞五。他的父亲是抗战时期西迁而来的工程师，小时候他曾在五通桥生活过一段时间。大概在七八年前，我们相约在成都骡马市附近的一个小茶楼里见面。谢瑞五跟我讲了很多五通桥的往事，其中就说到了竹根滩有个冠生园，那是他童年一个美好的记忆。冠生园是上海的一个师傅逃难到五通桥时办的，店里卖西餐，有刀叉、面包和果酱，这在过去少见。这家店也卖海式包子，谢瑞五说那包子是又大又白，又甜又香，有芝麻、水晶、玫瑰等品种，里面还有一块半透明的猪油，有股特殊香味。请注意，那是在物质贫乏的年代，家中有罐猪油，那基本就是小资生活了。

关于竹根滩，我也有自己独特的记忆。当年江声码头上曾有家制面作坊，里面有一台手摇的小型绞面机，面条一出来，用剪刀一绺绺剪下来，整整齐齐码在面板上。师傅光着膀子在案板上揉面，面条从机器里流出来的时候，像女孩子额头上齐齐的刘海。

作坊旁边还有家小馆子，卖臊子面。锅里的水开了，师傅在隔壁喊一声："送面来！"面很快就送过去。面馆前面常有农民卖菜，箩筐、篮子一路排开，姜葱蒜都是刚出地的，也是叫一声就送来，难怪这家面馆能把一碗小面做得活色生香。那时候，每次我同母亲走过这里的时候，就去扯她的衣角，母亲装着不知道，继续往前走，我就又扯，肚皮早就在咕咕叫了。

20世纪70年代，舅舅第一次从外地来看我们，母亲在家中做饭，我就带他到处转。从四望关出发，过浮桥，然后穿过竹根滩，直到岷江大河边的王爷庙。这一条线路正好是李劼人当年走过的路。过去码头下面是陡峭的河堤，江水湍急，石梯直下，层层叠叠深达数丈，人们盘旋而上，景象颇为撼人。当时我使劲伸头去看，舅舅使劲地把我抓住，怕我一不小心掉下去。其实他要真的一放手，我就一定会飞出去。

李劼人对竹根滩的熟悉，还有另外的原因。那时他经营的嘉乐纸厂在乐山，常常到竹根滩购米，这是因为当地的米价比乐山市区要便宜不少。在1947年时，米价不断高涨，购米也成为厂中的大事，这在嘉乐纸厂的来往信函中就有反映："乐市米价每市石昨已涨至二十五万，仍不能多购。派员在汉阳坝收购之米，每市石约二十二万元。查竹根滩米价每市石十四万元，相差极巨。"[1]上百人的柴米油盐关系到了工厂的存亡，李劼人恐怕不会不操心。

竹根滩虽是盐运码头，但特产是"小菜、油、米"（民国版《犍为县志》）。每日早市，非常兴旺，那是个烟火味很足的地方，所以罗常培会说这里"比起小县城来还显着富庶"。但侯鸿鉴在竹根滩曾借宿了一夜，却有点异乡人的孤独，当然，这也是一种久远的记忆了：

> 今日孤行感不禁，竹根滩畔自沉吟。
> 夕阳峰影披云絮，野岸溪声渡石岑。
> 听尽猿啼催鼓桴，惊残狮梦拥寒衾。
> 遥知此夜家园话，沧一黄花蜀客心。

同侯鸿鉴有相似经历和感受的还有日本学者鸟居龙藏[2]，他也曾在竹根滩"系缆停船"，住过一晚。那一夜下起了雨，他"听着篷窗雨声和滩浪声，不由得涌出一股天涯倦客之惆怅"（《西南中国行

---

[1] 1947年6月14日，嘉乐造纸公司乐山分公司简报，原件存乐山市档案馆。
[2] 鸟居龙藏（1870—1953），日本著名民族学家、人类学家和考古学家。他是最早对中国少数民族进行调查研究的日本学者，1939—1951年期间曾在中国任燕京大学客座研究教授。

纪》）。也许在竹根滩很容易会感受到旅人的寂寞，产生人世的漂泊感：我从哪里来，要往何方去？本想在此地有奇特的偶遇，却不料是一场黯淡的梦幻。

四望关上

大黄葛树下，围着一大群人，钻进去一看，是个耍把戏的场面。一个壮汉赤裸着上身，肌肉几大块，正在用单手砍一块砖头。只见他手到砖断，人群中掌声雷动，接下来那人就要卖那长在深山老林、悬崖陡壁的灵芝仙草了。他端着铜锣，挨个转上一圈，就看见有人主动掏腰包往里扔钱。但我口袋里一分钱都没有，脚就往后挪，想的是得在他的铜锣敲在我的面前之前赶紧溜掉。

母亲说，那些人都是些骗子。但我不信，难道砖头是纸糊的？而关键是他们看起来就跟英雄一样威风凛凛。那天晚上，我做了个梦，跟着那个壮汉走了，离开了小城，去了我从来没有去过的地方。当然，我从此就学会了武功，再也没有人敢欺负我……

这就是我童年时的四望关，渴望外面的世界，它也许就是一个隐喻，来来去去，变幻不居，犹如人生的一个浮岛。在清人王培荀的《嘉州竹枝词》中，他把这种由时空的流动带来的漂泊感写得淋漓尽致：

盐船个个似浮鸥，四望关前且暂留。

贾客不知离别恨，又随明月下渝州。

从视角上来看，这首诗的作者应该是站在一个制高点上，点点浮鸥有远视的效果。四望关的得名正是因为处在"四望山"下，"四望溪"边。后来，"四望山"上因有菩提寺而改称"菩提山"，"四望溪"因"拥斯茫水"而易名"茫溪"，山和水都变了，但四望关的名字一直没有变。

四望关在县志中的描述是："雄特耸峙，为盐场门户，登高四望，烟井迷漫，风景绝佳。"（民国版《犍为县志》）

那山、那水都是我熟悉的，我敢说我的脚板儿早把它们都翻遍了。但四望关"为盐场门户"，却不为我所知，这是一段被尘封的历史。当年我虽然天天在上面滚铁环、打弹子，被灰尘裹成了乌猫皂狗，甚至在捉迷藏的时候，试图把自己藏在它的一个深处，却从来没有真正走进过它，直到很多年后，我才知道那是一块特殊的土地。

四望关最早是个盐关，在此曾设有巡检司，那是在明末，"犍为东北有四望溪流入焉，有四望溪口巡检司"（《明史·地理志》）。其实这个"四望溪口巡检司"就是四望关的前身，四望关就是验税、缉私、秤放的盐关。据《川盐纪要》记载，1916年前四望关还设有正、副秤放员七名、稽查员三名、秤手六名、马夫三名。

前面已经讲过，早在清乾隆时期还在此驻守嘉定府通判。在《嘉定府志》的记载中，先后在四望关做过通判的多达七十多人，而其中不少是旗人，他们叫海林、德清、图明阿、德克谨、穆克登布……但这些人连个影儿都没有留下来，倒是那些算命的、练气功的、逗猴的、卖药的、耍杂技的、敲丁丁糖的，个个都在我们的记忆中，他们才是一幅活灵活现的民间景象。王培荀还写到过四望关的另一种场景:"河干妇女负盐于船,为人作工,觅钱以食。"他为此很感叹:"自幼不知脂粉贵,煤灰满面似涂鸦。"(《听雨楼随笔》)这好像又是另外一种人世况味了。

纷纭境上过,这个弹丸之地总是让人难以忘怀。左舜生①是民国政坛上叱咤风云的人物,抗战时期他曾在五通桥住过一夜,站在四望关头,竟然被这片山水给迷住了,"竹根滩与五通桥之间的山水结构,大概也是我此生永不能忘的印象之一"。

这是左舜生在回忆录《近三十年见闻杂记》中写到的。当时我在读到这段文字的时候非常吃惊,一个异乡客,凑巧到了这里,人与时空之间居然产生不小的碰撞。但他是偶然的,人生境遇只此一次,而我在那里生活了十五年之久,难道也是偶然的吗?

四望关是我童年的成长之地,自然我对那里的"山水结构"有更丰富的感受。两江交汇,气象不凡,再加之远远可以望到峨眉山,那就更能感受一种山水的大魂魄,这大概就是左舜生被震撼的原因吧。

当年四望关头是很入画的地方,山、河、桥、船、井架、码头、黄葛树、吊脚楼,生长在这里的人,大概天生有绘画基因。记得当年有个中年人每天都在那里画速写,背着画板,找块石墩就坐下来画上半天。旁边围着一群人,他完全不受影响,炭笔在纸上刷刷地画着,一会儿风景就搬到了画板上。他日复一日地干着这件事,从来没有厌倦过,我感觉他一直都在那里画,从我记事开始就记得他,如今要是还在,早是白头翁了。我相信,这样的人一定是会陪着这片山水老去的。

---

① 左舜生(1893—1969),湖南长沙人。中国青年党的发起者之一,1947年曾任国民政府农林部长;1949年后任教于香港新亚学院,从此不再问政,是中国近现代史研究的先驱。

小时候，我们院子里有一位大叔，喜欢在关口上去搬鱼。他跟那个画画的人一样，喜欢干着一件事，他一辈子都喜欢打鱼，要是还在，也是江渚上的白发渔樵了。关口江边正是起漩涡的地方，大叔每天都和那些漩涡在一起。那时我特别喜欢看他打鱼，后来我发现比鱼更好看的是漩涡，我在那里看到过一万个不同的漩涡，一个跟着一个，一个连着一个，浮起，落下，像苹果、眼睛和酒窝。

从地理位置上来看，四望关的核心地带，既是出蜀入川的黄金水路，也是进入西南小凉山的孔道，艺人戏班、边夷山民、逃军流囚来来去去。到了抗战时期，五通桥又成为西迁重镇，各路人马纷至沓来，四望关就更热闹了。想当年，田汉、陈白尘、白杨主演的话剧《孔雀胆》，上海"一飞技艺团"的《路柳墙花》，民间说书人施昌云的《青霜剑》在此登台亮相，那都是可以把一碗浓茶喝淡的陈年往事。

可惜这段历史也会戛然而止。1949年底，国民党七十二军军长卿云灿经四望关浮桥向西坝方向全面退缩，桥头丢下三辆军用吉普车，据说解放军赶到时揭开引擎盖，里面还留有余热。五通桥从此宣布解放，而这居然成了小城新旧历史的分界。后来卿云灿曾在回忆他的这段经历时讲，当时如果抵抗，五通桥盐场必遭兵燹；如退，已无回旋之地。看到大势已去，同时也为了保全这个古老的盐场，卿云灿与五通桥政商两界人士聚于四望关，他连喝了三杯酒，喝得热泪盈眶，那真是百感交集，过了桥后就起了义，未动一枪一炮。

1949年后，四望关作为"盐关检口"的功能逐渐消失，公私合营之后一切按计划生产，统一征税，盐商阶层已荡然无存。关口上盖起了百货大楼，四周的杂货店、照相馆、理发店、蔬菜门市、饮食店、电影院、冰糕厂、旅馆等林立，四望关又变成了小城的商业中心。当

抗战时期，漫画家方成在黄海化学工业研究社工作期间所画的"双飞燕"速写。旅行家罗文汉曾在《旅蜀日记》中描写了五通桥江中"落日晚渡"的场景："横渡之船，仅能容十余人，中置大竹椅二，以竹架白布为蓬。泊于两岸者，嚷客争渡，泛于中流者，逆波斜进……蔚蓝为底的天，随便浮荡着几片白云。船蓬往来，影映清波。桨声欸乃，山水为绿。"其中，"中置大竹椅二，以竹架白布为蓬"的小船就是五通桥江中最为常见的"双飞燕"。

时我母亲从家乡到泸州读财会学校，毕业后坐船到五通桥，就在百货公司里工作。百货公司是幢两层小楼，正好处在四望关的核心地带上，相当于成都的春熙路，热闹非凡。百货公司里有雪花膏、香水、手表、布料、篮球、书包、文具盒、收音机、自行车等，在计划经济时代，它几乎代表了老百姓物质生活的全部。当然，它也是我童年时代的万花筒。

那时候，我特别喜欢去里面看卖布，只见售货员用剪刀在布料上剪一个小口子，然后用双手顺势撕开，"唰"的一下就成了两截。我觉得这个动作好精彩，给我下了奇异的想象：四望关外正是两条江的汇合之处，常常是一条浑浊、一条清澈，江面就像两块布拼接在了一起，只需轻轻一撕，也能听到那种清冽的声音。

四望关最热闹的时候是每年的端午节。一到端午，茫溪河上舟船汇集，两岸人头攒动，石栏杆上挤满了人、榕树上吊满了人、水边站满了赤脚下水的大人小孩，大有万人倾巷之势。沿岸是扎得争奇斗艳的大彩船，连绵数里，一船一景，瞧得人眼花缭乱。

没有龙舟会的时候，河面是平静的，河中可荡"双飞燕"。这是一种只能载三五人的小船，船内有竹椅，船尾两片木桡，由船夫摇桨，颇为逍遥。十多年前，我到北京去走访漫画家方成，看他的速写集，居然就有他当年在五通桥时画的"双飞燕"，大感惊讶，因为这种船早已经绝迹了。

在河中泛舟，那是自由自在的天地，乡人袁子鉴说得真好："五桥山水，仍穆然幽邈，超然自得，有不计穷通、随遇而安，公卿渔樵一视平等之意。"（《五桥山水记》）所以四望关就有点开门纳客的意思。

过去，关口上有棵大黄葛树，几个人都抱不过来，树龄有几百年了。树下有摆连环画的摊,一分钱一本,《三国演义》《水浒传》《杨家将》我就是在那里读的,还有不少大人也在那里看,跟孩子们挤在一堆,吸着口水,看得津津有味。按照袁子鉴的意思,黄葛树肯定也有"一视平等之意",夏天遮凉、雨天挡雨,有一群老头子也长年累月在树下坐着,抽叶子烟、摆龙门阵,他们的日子呀,就是一棵树的日子。

黄葛树下还有卖萝卜丝薄饼的小摊。记得是薄饼在糖醋缸里一涮,仰着嘴巴一口吞下,麻辣酸甜一下冲了出来,泪花儿开滚,鼻尖尖冒汗,过瘾得很,而流在嘴角的一点汁水也舍不得抹去,赶紧用舌头把它舔得干干净净。

如今,那棵树已经不在了,据说是有一年夏天打雷,突然给劈倒了。四望关一带过去有很多大黄葛树,春天的时候黄葛芽儿飘落下来,满地都是,那是我心中小城最美的时候,而黄葛芽儿像邻家小妹一样好看,放进嘴里还有种酸甜酸甜的味道。到了早春的时候,枯枝掉下来,就听见有人一大早扫地的声音,扫成一堆,可以当柴烧。那时候,我们的院子就被一棵大黄葛树罩着,罩了好多好多年,罩着我们长大,罩着父辈们老去。

还记得,树上有一只猫头鹰,几个麻雀窝,和童年的脚板印。

岷江边的"盐溉"

郭沫若小时候很叛逆，是个鬼娃儿，在乐山读书被校方斥退，黑名挂在墙上。无奈之下，郭父只好把他送到二十里外的一个小学插班念书。郭沫若在他的《我的童年》一书中专门谈及过此事，而容留他的地方叫牛华溪。

郭沫若的祖辈跟这个小镇大有关联，其祖上是福建客家人，在乾隆年间跟着马帮到了牛华溪。福建建宁盛长野生苎麻，这是一种多年生的草本植物，茎皮含纤维质很多，劈成细丝可以做绳子，也可织成夏布。关键是它有一个特殊的用处，就是用来缠扎卤水筒或输送卤水的笕管。而牛华溪是盐井林立的地方，苎麻在这里就大有用场，所以郭沫若说他的祖上是"背着两个麻布上川的"。郭沫若的父亲郭膏如已是郭氏祖辈入蜀的第六代，十五岁时他曾在辍学后到牛华溪外祖父家的盐井上学商三年，而这正是郭沫若与牛华溪发生关系的由来。

牛华溪毕竟是小地方，不久郭沫若又转学到成都读书，就与李劼人成了同班同学。1948年李劼人在长篇小说《天魔舞》中写到了牛华溪，教书先生白知时与寡妇唐淑贞的故事就因牛华溪而起，不知这有没有受郭沫若的影响。

唐淑贞的前夫"高局长"是牛华溪人,后来战乱时回到牛华溪任了"一个不大的职务",不料因为"卖放壮丁",被人告密后抓去枪毙了,"高太太"唐淑贞就只好流落到了成都。小说中有个细节,唐淑贞的母亲"唐老寡妇"不吃牛肉,因为"我在牛华溪吃伤了的",这就告诉了读者唐淑贞曾经的生活背景,风光过,如今却有些落魄,也为后面唐淑贞愿意嫁给贫穷的教书先生白知时埋下了伏笔。

牛华溪是个大盐场,几乎每口盐井都用水牛拉卤,少则一两头,多则四五头,有上千口盐井,可以想象要用多少水牛。淘汰的水牛最后的去处是被人宰杀,乡人多食其肉,"在牛华溪吃伤了"就是这个原因。李劼人对乐山一带风物了解很深,这个细节是信手拈来。

那么,牛华溪究竟是个什么样的地方呢?

牛华溪是五通桥岷江上游十里的一个古老盐镇,旧称乐山盐场,与犍为盐场一起合称犍乐盐场,这看得出牛华溪在川盐历史上的地位。牛华溪最早叫"油华溪",清嘉庆六年(1801)有个叫刘应藩的人到这里任盐场大使,曾写有一首叫《油华溪即事诗》的诗,说这里的人大多是吃盐巴饭的:

江水回环溪水萦,嘉阳廿里附南城。
人家半籍盐为市,风俗全凭井带耕。

为什么叫"油华溪"呢?据说是这里的小溪常常有层油浮在面上,故有此名。

这只是个民间说法,但牛华溪出石油是千真万确的。明正德

牛华溪盐场　郎静山摄于1938年

十六年（1521），在红岩子凿盐井时打出了一口深达几百米的石油竖井，被称为世界第一口石油竖井。李时珍在《本草纲目》中曾经记下了这件事："国朝正德末年，嘉州开盐井，偶得油水，可以照明，其光加倍；沃之以水，则焰弥甚，扑之以灰则灭。此是石油，但出于井尔。"到了清光绪末年，还能看到这一奇特的景象，英国著名的女权主义者阿绮波德·立德①曾在她的《穿蓝色长袍的国度》一书中写道："（乐山）附近有大面积的盐场，盐厂有成千上万的盐井和高高的井架。当地有天然气，他们烧天然气来煮盐，照亮盐场。"

牛华溪的盐业历史相当久远。《华阳国志·蜀志》中有"南安（今乐山）县治青衣江会，有滩，一曰雷垣，一曰盐溉，李冰所平也"的记载，现在一般认为"雷垣"指的是乌尤山，而盐溉在哪里呢？就在牛华溪。

牛华溪在岷江东岸，是一个滩沱之地。溉，灌也。所以盐溉就是盐沱之意，即江中盐滩。明朝顾炎武曾说："嘉州红岩有盐溉，犍乐井灶始于秦。"（《天下郡国利病书》）如果盐溉确为蜀守李冰派人所平的话，那么就说明早在秦以前人们就在此地凿盐，而距今已有2200年以上的历史。

牛华溪也曾叫"流花溪"，镇上有清澈的溪水流过，溪上有花溪桥，是旧时牛华溪一景，马一浮曾有"流花溪畔水流脂，卤白烟青自古遗"的诗句。1943年，郭沫若到乐山宣传抗日，又回到了牛华溪，那时他已是名噪一时的大名人了，再也不是当年那个被赶到此地投学的顽劣学生。所以当地人请他书有"流花溪"三字，被制成大

---

① 阿绮波德·立德（1845—1926），英国在华著名商人立德之妻。她关注中国女性的生存，为中国废除女性裹脚做出了很大的努力和贡献，著有《穿蓝色长袍的国度》《在中国的婚事》《熟悉的中国》等书。

匾悬于牛华溪盐场口,黑底白字,格外醒目,那是何等风光。

牛华溪虽蕞尔一隅,却是乐山盐场的治所地。清乾隆二年（1737）就在此设有盐场大使署,后来历任的盐场知事都驻在牛华溪,官职仅次于知县。"牛华溪盐场大使额设门子一名,皂隶四名,每名每岁于地丁项内支给工食六两,共银三十两；设书役六名,巡役十二名,每名每岁于盐羡内支给工食六两,共银一百零八两。"（民国版《犍为县志》）山阴人顾玉栋做过牛华溪盐大使,他曾写到此处的繁盛："溪场当乐犍二邑之交,昔不过江浒小聚落耳。年来咸泉北徙,井灶日盛,凡贸迁于斯者,不觉肩相摩踵相接矣！"（《重修牛华溪川主庙记》）

牛华溪有个地方颇值得一说,当地人称之为"官盐局",也就是过去的蓰署所在地。这个地方在十多年前还存在,我探访过多次,可惜一直无人管理,任其荒废,只剩残垣断壁。1921年前后,张善孖曾在此任盐场知事,是这里的盐官,而张大千曾来这里探望过他的这位胞兄,与当地文人墨客多有诗酒往还。但"官盐局"的故事,大概已经没有几个人还记得了,作为一个重要的盐业遗迹,它确实有保护的价值,因为牛华溪残存的东西实在不多,你走在这个小镇上,已经感受不到一点盐业的历史来。

幸好小镇还留在一些文字里。民国十六年（1927）,旅行家罗文汉路过小镇牛华溪,他在《旅蜀日记》中写道："牛华溪一带,盐井林立,黑烟缭绕,炼厂群联,竹篱匹接。担盐的奔忙于道,出入于储厂与炼厂之间。机声碌碌,长竿上下,炉火袅袅,灰飞满道。卷槽或空中悬,或地上蜿蜒,行人路旁,也安置有几根很长的。卷槽用空心棕树接成,颇能耐久。所产的盐,色棕黑、味咸、质重。"这些文字里,闻得到一个盐镇扑面而来的独特气息。

牛华溪沿岷江一带的盐井架　德国人弗里茨·魏司（Fritz Weiss）摄

隔了近八十年后，我曾想去寻找那样的气息。

在牛华溪，我见过一个老人，叫柯愈稷，他算得是五通桥最后的盐商。我见过他两次，一次是2006年，一次是2012年，后面那次他已经九十多岁，几年之间竟变得有点认不出来。柯愈稷曾经营复乾灶，有"四海""公顺"等四口井，是个不算小的盐业资本家。但我最后一次见他的时候，晚景却有些凄凉，耳聋眼花，坐在一座老宅子门口，感觉很灰暗。可当年他是个很浪漫的人，喜欢唱戏，组织过"花溪国剧社"，成都的头牌旦角花想容每到五通桥来演出，都是柯愈稷为她配戏，那是何等绚烂的往事。

现在人们知道牛华溪，主要是因为麻辣烫。其实麻辣烫同盐有千丝万缕的关系，这其中有一段与盐的美食渊源。最早的麻辣烫其实就在盐工、船工、搬运工等中间流行，也就是为引车卖浆者流所好，并不为富贵人家青睐。那时在盐灶边、江河上的苦力们每日与潮湿、寒冷相伴，于是就常常支起一口锅，加入大麻大辣之香料熬汤，荤素同煮，确有驱寒饱暖之效，但就没想到它后来居然成了一道名食。

麻辣烫的主要食材就是牛肉、牛杂，李劼人对这点颇有些研究，"天气寒浊，水牛多病死，工重，水牛多累死，历时久，水牛多老死。故自贡、犍、乐一带产皮革，则吃水牛肉"（《漫谈中国人之衣食住行》）。只是李劼人可能想不到，之前"唐老寡妇"吃伤了的水牛肉，如今人们吃得津津有味，且风靡了大江南北，麻辣烫是如此热火朝天，它彻底搅动了中国人的味觉。

细想之，麻辣烫真是道欢喜饮食，大开大合，与我们这个时代需要不断刺激的胃口是如此的相投。记得有一年我到北京，竟然被人带去德胜门吃了顿牛华麻辣烫，这家馆子的老板曾不远千里去小镇上拜过师学过艺,做出的味道竟也地道。惊讶之余,不得不相信那滚波红浪的魔力,而盐的故事只如那热锅上的一缕烟,化得无影无踪了。

天下花盐

所谓花盐，其实是盐的一种生产工艺，贾思勰在《齐民要术》中就讲到过："取水二斗，以盐一斗投水中，令消尽；又以盐投之，水咸极，则盐不复消融。易器淘治沙汰之，澄去垢土，泻清汁于净器中……好日无风尘时，日中曝令成盐，浮即接取，便是花盐。"

这是最早制花盐之法，花盐看上去"厚薄光泽似钟乳"，过去产量稀少，仅为富家食用。到了清代，制花盐的工艺有了提高，逐渐规模化，有了专门的花盐作坊——盐提，当时五通桥就出现了一条街，叫花盐街，专门运销花盐。

我曾在一部小说中还原过这条街：

花盐兴起之后，桥镇上的盐商纷纷开始把盐灶作了调整，办起了大大小小生产花盐的盐提，湖北人喜欢吃花盐，他们就专门对付湖北人的嘴，谁愿意把每年几百万担盐的生意丢了。不仅如此，为了运销便利，盐商在临河的地方开设花盐盐仓，在河坎上修建花盐码头，产供销都集中到了沿河一带，几年之后，这一带逐渐变成了条街。

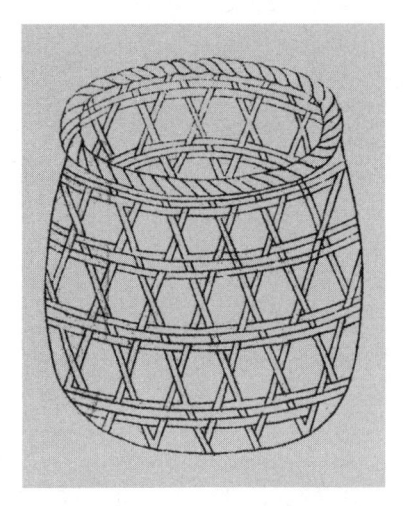

装巴盐勘子　民国二十六年版《犍为县志》

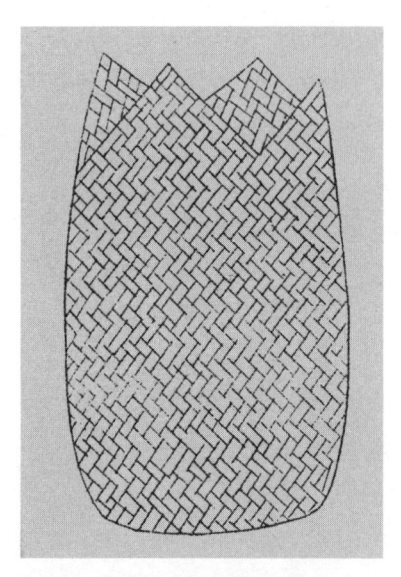

装花盐勘子　民国二十六年版《犍为县志》

越来越多的盐商挤到这条街上来经营，坐商和运商都争先恐后地在街上落脚。渐渐地房屋开始夹道，四五丈宽的街道上人声熙攘，车水马龙，一片繁荣景象。几年之后，街道越变越长，东到东岳庙，西到梅子坝，中间还弯了几道拐，在地图上看，像根盲肠似的在山与河的皱褶里弯弯曲曲，到了一两里多地的光景，当地人便把这条街叫作花盐街。

每次回到小城，有时间我都会去花盐街走一走。只可惜如今这条街非常衰败，早不见花盐胜雪的景象，也许只有在小说虚构的世界中才能再看到它们的盛景。

花盐街在茫溪河左岸，以盐仓、会馆为多。右岸是宝庆街，是银号和钱庄的集中地。白花花的银子，白花花的盐，盐出饷进。

花盐街的出现，同清咸丰年间的"川盐济楚"相关。这里有个历史大背景，在此之前，天下之盐以两淮为重，湖北食盐基本上由淮盐占据，"雍乾间，两淮盐赋甲天下，而取于湖北者常半"（《四川盐法志》）。川盐主要在本省及滇黔地区配销，也就是说从全国范围来看，川盐运销范围仅限于西南一角，与两淮不可同日而语。但是，在清咸丰三年（1853），情况发生了巨大的变化，由于太平天国战争的爆发，江浙一带成为受影响最深的地区。长江被阻断，不能保证湖北的食盐供应，"督饷之檄，急如星火"（《清史稿》），所以朝廷下诏命川盐济楚。

在过去，产量上井盐不及海盐，规模上川盐不及淮盐。但"川盐济楚"改变了这一切，让川盐翻了盘，遇到了千载难逢的历史大机遇。"暨东南兵事起，举一省淡食之民待蜀以瞻，淮盐遽躜而不可复振"（《四川盐法志》）。因战乱而没有官盐供应，私盐泛滥，怎么办呢？"两淮于咸丰三年，以江路不通，南盐无商收卖，私贩肆行。部议由官借运，不若化私为官，奏准川、粤盐入楚，商民均许贩鬻"（《清史稿》）。由于湘楚地区盐的需求迫在眉睫，而两淮盐场运销乏术，川盐如获天赐良机，一夜之间，几乎所有的川内盐场都活跃了起来，川盐济楚的序幕拉开了。

咸丰七年（1857），四川总督关振械复奏清廷"令楚委员，分赴犍、富两厂采购花盐、巴盐，运楚行销"，五通桥的盐得以专销湖北五府一州。当时的盛况在下面的这段文字中讲得非常清楚：

> 迨咸同军兴，川盐济楚，生产消费双方激增，故遂使盐场经济呈发达之气象。楚北旧食淮盐，以洪、杨鼠据金陵，淮运中梗，专恃川盐下运以济民食。川中以犍富两场产额较旺，因济楚而求过于供。同时又新增新井，销售极畅，兼以盐道署案房椽吏专取犍人供邑，于例案较熟，消息较灵，是以济楚之利往往能捷足先得焉。时有"金犍为，银富顺"之谚，似谓吾邑人独擅利权，群目为黄金时代矣。（嘉庆版《犍为县志》）

花盐街就是这个"黄金时代"的产物。

过去因盐的生产工艺不同，把盐分为两种：巴盐和花盐。巴盐是成块的盐饼，食时需捣碎；花盐是粒盐，可直接食用，过去人们也把花盐叫雪花盐，因其色质纯白。花盐与巴盐因工艺不同，在购食上自然有贵贱之分。

湖北人喜食花盐，这也是川盐胜于淮盐的地方，"川盐自行楚后，广开井灶，其色白，其质干"（《四川盐法志》）。所以，为了投其所好，盐商大力生产和运销花盐。在五通桥，花盐是从两路口到花盐街一带的码头上转运，随茫溪河下行，经岷江运出，最后到达湖北的各个销岸。

过去把生产巴盐的作坊称为"灶"，而把生产花盐的作坊称为"提"。虽只是一字之差，却包含了诸多含义。"提"有提炼的意思在里面，因为花盐的纯度要比巴盐高，一般经济比较发达地区的老百姓都比较喜欢食花盐。由于花盐的畅销，盐提得到了很大的发展，当时五通桥有"犍场济楚十提"之说。其中，"乾元提"系陕西赵姓商人开的，月产七百担花盐；"四成提"系王姓商人开的，月产四百担花盐；"同心提"系陕帮韦姓商人经营，月产四百担花盐；"天德提"由祥臻灶经营，月产四百担花盐；"德兴提"系陕帮德孚品厂经营，月产五百担花盐，等等。

当时从巴东到五通桥，有三千多里水路，险滩无数，一船盐到湖北沿途要更换几次"滩师"，但运商都愿意到五通桥购运，而不愿意就近去云阳等地购盐，这是因为桥盐"盐色最高，秤斤较大"[1]。早在川盐济楚之前的道光十六年（1836），湖广总督林则徐为保护淮盐利益，同两江总督陶澍商量设淮盐驻场"楚委员"，就是要坐镇监督，阻止川盐借机大肆倾销，而只允许盐质较差的大宁厂销往鹤峰、长乐二州，这里面有一大原因就是怕"盐色最高"的桥盐抢了市场。

川盐济楚后，出现了"犍为八大商"，他们逐渐成为五通桥富甲一方的大盐商。"彼时有名之犍为八大商，即杨、李、康、胡、潘、何、巫、毕诸族，其经济势力远及于滇黔各省"（民国版《犍为县志》）。

花盐街一兴，宝庆街也跟着盛了起来。宝庆街在花盐街对岸，

---

[1] 引自清道光十三年（1833）两淮运司安树森禀文。

"犍乐盐厘"是清代犍乐盐厘局征收犍乐盐场上缴的盐税厘金，"犍乐盐厘 五年匠喻天泰"为十两圆锭。

舟楫相通。当年从四望关到黄桷井一段连绵数里有不少钱庄。早期的如"天顺号""和通钱庄"等银号钱庄就出现在"川盐济楚"时期，它们曾发行"当票""银票""钱票"等证券。这条街上还有几十家典当铺，如"大丰恒""三和公""金裕通乐记""同利源""权记""胡中孚"等。

由于盐业兴盛，饷源充足，带来了金融业的兴旺，这一旺就是百年的时光。五通桥在清光绪三十年（1904）就设立了大清银行分号，主要征收盐税和关税，这是当时嘉定府管辖区域内最早的官方银行，而当时整个乐山还没有银行。1912年在五通桥设立的浚川源银行，也是嘉州境内的第一家地方银行。1941年成立的犍盐银行，是五通桥本土诞生的第一家以盐为对象的专业银行。

其他金融机构也纷纷涌入，中央银行、中国银行、交通银行、农民银行等纷至沓来，而各种民营银行也纷纷兴办，如上海银行、川康平民商业银行、重庆商业银行等，这些银行云集在宝庆街一线。潘昌猷是重庆商业银行的董事长，1939年在五通桥接手经营华昌煤矿公司，就是为了利用金融业的优势来做盐商的买卖，他把自己的"重庆盐号"也改为重庆商业银行盐业金融部门[①]。1936年，四川金融业巨头杨粲三把聚兴诚银行也办到了五通桥，十多年前我在宝庆街临山的岩壁上看到过一个石洞，里面凉风习习，人们将它当成避暑之处，但其实它是当年聚兴诚银行的金库遗址。

值得一说的还有宝庆街上的和通银行，创办人是犍为清溪人宁芷邨，其人颇有传奇色彩。1926年，他曾在刘文辉的二十四军当过军

---

① 参见石体元等《潘昌猷经营重庆商业银行内幕》，载《四川文史资料选辑》第三十九辑。

务帮办,料理盐税事务。当时刘湘的二十一军与刘文辉的二十四军共同瓜分五通桥、自贡等地的盐税,成立了"两军财务统筹处",宁芷邨代表二十四军与刘航琛(代表二十一军)共同操办,实际就成为了二十四军的"盐务大臣"。后来他一步步发迹,靠盐聚财,奠定了实业家和金融家的基础。不仅如此,宁芷邨在担任川康平民商业银行总经理时,也把分行开到了五通桥,经理是宁开诚,自然是宁氏家族中人。由此可以看出,这一切都是围绕着盐来运转的,是以盐为起家的资本的,没有五通桥盐业之盛,没有资本的流动,也就不会有宝庆街。

宝庆街实际是为花盐街配套而存在的,没有花盐街,自然没有宝庆街。花盐街建在茫溪江边有其特殊的原因,一因离产区近,二是便于运输。五通桥在川盐济楚中,水运的优势非常明显,花盐街大受其益。相比淮盐而言,这种优势就扩大到了千里之外,"查淮盐逆流上驶,历长江、洞庭之险,每船至少须装千余包,船笨载重,计自瓜州开行,非四五个月不能达鄂,非六七个月不能达湘。川盐则自江顺流而下,势等建瓴,杂用小船,灵便异常。计程途则淮远而川近,论舟行则下易而上难"(《四川盐法志》)。当年,曾国藩曾上奏朝廷,认为在川盐济楚后让淮盐吃了大亏,淮盐在湖北的销量不足川盐的三分之一,"喧宾夺主,莫此为甚"。那么,究竟亏在哪里呢?就亏在运输上。所以,他真的是愤愤不平了,强烈要求加收井厘,阻止川盐入楚。

可惜,天下的盐业格局已被打破,覆水难收,这无异是一次改变经济秩序的盐业革命,而花盐在其中扮演了急先锋的角色。花盐街虽然偏于川南一隅,但它把五通桥的盐源源不断地送到了湖北,这不仅是在完成跨区域的贸易,实际也是在同淮盐竞争,且是竞争的源地之一。川盐与淮盐之争长达半个世纪之久，影响深远，从朝廷高官到民间盐商，从盐枭私贩到兵丁税吏，从车载船负到码头关卡，都在演绎着一场历史的大戏，花盐街就是其中最为精彩的舞台之一。

竞争的结果是五通桥的盐业有了长足的发展，井灶大增，工匠云集，在道咸年间出现了一个短暂盐业盛世景象，这甚至在民俗中都有所表现。当年，五通桥每年在春节之际，盐商要兴办"灯杆会"。相传每到正月初九至十五元宵节期间，他们便扎出灯杆，灯杆上悬挂彩色灯笼数百盏，然后用灯笼摆出"场厂兴旺，普照万民"的字样，祈福来年再赚得盆满钵满。夜晚的时候灯笼亮了起来，江波荡漾，上下通明，如梦如幻。沿河两岸的老百姓都在这一期间出门争看彩灯，好不热闹，这成为五通桥民间的一大节庆活动，由此也可以想象川盐济楚对一个川南小城的影响。

到了抗战期间，历史居然又惊人地上演了一回同样的剧情，淮盐沦陷，川盐再次扮演了兼济天下的角色。当然，硝烟已弥漫到了大后方，时代的况味迥异，每个深陷其间的人均有不同的命运。当年，乐山武汉大学教授钱歌川[①]对五通桥非常熟悉，因为穷教授难免生活窘迫，而五通桥属于繁富之区，常常到那里去典当衣物，想讨个好价钱。于是，他就遇到了一件奇怪的事：有几个有钱女人在五通桥开了个寄售所，这天，有个看起来穿着土气的老太婆来店里挑衣服，但横竖不顺眼，便没有人去理会她。哪知道老太婆不急不慢地选，最后买了一大堆衣服，让那几个有钱女人大感意外。原来她有几个儿

[①] 钱歌川（1903—1990），原名慕祖，湖南湘潭人。著名散文家、翻译家。1939年任武汉大学教授，1947年前往台北创办台湾大学文学院并任院长，后移居美国。

子在这一带给盐商拉人力车，收入相当可观，出手才有如此大方。

这件事情让钱歌川震动，把它写进了文章《大时代的一件小事》里，其实这只是一件凡俗小事，人间百态，并不值得大惊小怪。但"小事"折射出了一个社会异象：教书先生竟然不如拉人力车的，让读了一肚皮书的他感到斯文扫地，大有受辱之感。在钱歌川的心中，人力车夫不过是老舍笔下的骆驼祥子，是无产者，活在社会底层，怎么可能跟一个高级知识分子相比！试想，他那天刚好到五通桥去典当了一件衣物，饥肠辘辘地走在回去的路中，本已是辛酸之极，正好又遇到了几辆人力车从身边跑过，想到刚才的场景，真是五味杂陈，情绪低落。此时的他，可能真的觉得自己被"大时代"遗弃了。

其实，在钱歌川巨大失落感的背后，盐也是迷惘的，它带来了繁荣和富贵，也留下了衰败和贫穷，五通桥的三百年盐史就是明证。我曾在前面提到的那部小说中想表达一种寓意：那些堆积如山的盐，尽管它们也有炫目的高度，但最终都融化消失了，所有的浮华都将成为虚无。小说有很多现实元素，它就是以花盐街为背景来创作的，走在这条街上，只要放慢脚步，也许就能够感受到一种比你的脚步更慢的东西。

道士观的骷髅

道士观在过去非常有名，走岷江水道，必经此处。但后来航运衰落，知道它的人就渐渐少了，古今相隔，不在一个时代了。

小时候，在大人们的口中，道士观不是个吉利的地方。记得是在20世纪70年代，我们院子里有个人失踪了，找了好几天都不见人影，有人就说，去道士观找找吧。果然，尸体就出现在那里。道士观下面有个虎口湾，是个回水沱，落水之人大多会在那里浮起来。

我从小在江边长大，见过很多从江中漂来的死尸，每见一次，回家要做几天噩梦，所以道士观就是让人做噩梦的地方。黄庭坚对道士观有亲身感受，说它是岷江嘉叙间的最险之滩，船过此处得格外小心，稍有闪失就会成为落水鬼。

江险主要发生在夏秋时节。光绪五年（1879），清代经学大家王闿运在四川主持了一段时间尊经书院后，从成都回湖南，他坐船走到道士观时，曾留下一段日记：

> 今去府治①五十里，有道士观，岩下一园石，水涨，乘流入岩，触石碎舟，号为险绝，其蜀守之所开与？盖前未凿时，船直触山，故分之，劣得回舟，以避沫水之害。沫水者，水盛喷沫也。午过岩下，谛视之，殊不见其可怖，知险阻患难不在天也。（《湘绮楼日记》）

显然，王闿运早听说过道士观的险，但可惜他没有体验到。因为他船行的日期是"十一月廿一日"，也就是阳历的12月5日，已是隆冬时节，乃一年中枯水之时，所以他"殊不见其可怖"。虽安然而过，却有些遗憾，因为错过了一次体验，这就像武松错过了景阳冈，难免人生碌碌。

道士观的险，险在大水之时。民国时人们曾在道士观的江边上竖了一块大石碑，碑文是："凡大水天气，走下水船到道士观务走西流，拉倒纤；倘走正流冒险误事，定将该船夫重办不贷。"这是官衙告示，那就是王法，不可胡来。这块碑至今仍在，只是早已远离了惊涛骇浪，成为了一块观赏之物。

道士观到底有多险？诗文记载不少，有几句诗印象至深，如"危亡道士矶，楚江胆斯破"（吴省钦《道士湾诗》）、"下有龙蛇宅，常恐触其嘴"（余光祖《由嘉州泛舟过道士观漫作诗》），说的都是江水如狼似虎，要吃人夺命，看来当年大人拿它来吓唬我们是有道理的。过去，船到道士观，一是要关火，船上不能有任何火星，二是要撒盐和豆子，祈求水神保佑。当年五通桥有个画家叫何康成，是新塘沽小学的美术老师，他曾在道士观下捡到过一颗头骨，

---

① 指嘉定府所在地，即今乐山。

英国植物学家威尔逊（Ernest H. Wilson）在岷江中拍摄的道士观

拿回去处理后放在课堂上当素描教材,学生们就在下面埋头临摹,但他们永远都不知骷髅是何方冤魂,更不知惊悚的头骨背后悲惨的故事。

1948年夏天,嘉阳煤矿的一艘船行至道士观失吉,随船的稽查人员张玉堂不幸掉入江中,几天之后才被渔舟找到。被打捞上来后,发现张玉堂随身所带的手枪不在了,"衣服完好,惟枪不在"[1],并且还断了两根指头,案情疑窦丛生,于是犍乐盐区警察局要求彻底追查此事。但案子最后是扑朔迷离,张玉堂是被人暗算,还是确系翻船而亡?他的枪是被人悄悄拿走,还是沉入到了道士观江底?我在翻到这个档案卷宗时,也不寒而栗,那个当年的恐怖之地瞬间又出现在了我的面前。

去年,何光荣先生跟我摆起了他在岷江上的龙门阵。他十二岁就贩西坝生姜去重庆,用河中漂木扎成筏子,顺流而下,一趟赚五百元(相当于当时普通人一年多的工资),这在20世纪70年代相当于是一夜暴富。说起江中险滩,他是如数家珍。当年夜间放行,只凭一叶桡片,遇到滩沱,哪怕是乱石穿凿、巨浪排空,也只有迎头而上;摇晃的木筏冲进浪中,是散是毁,性命全系其上。筏到重庆,卖掉生姜后坐长途公共汽车回乐山,蓬头垢面,形如乞丐,但赚的钱绑在腰杆上,没有人知道,也不会被"毛大哥"(五通桥有名的盗贼)盯上,他的人生第一桶金就是冒险贩运生姜来的。

何光荣贩生姜经过的第一个险滩就是道士观。他告诉我,此处的漩涡像箩筐那么大,一个漩涡套着一个漩涡,筏子被扯下去,然后冒出来,又再被扯下去,筏子在水底已经打了几个滚。几经折腾,

---

[1] 1948年6月13日犍乐盐场警察局侦缉队指令,原件存乐山市五通桥区档案馆。

最后能不能钻出来就只有听天由命。富贵险中求，但一般人又有几个敢去赌，那种辛苦又有何人敢去尝？

正因为地理环境的险峻，道士观成了历史地理的交融之地。道士观在民间又叫老龙坝，地形就像龙头伸进了江中一样，故有此名。其实是岷江东岸的一道山体，硬生生地横切到江中，江面猛地收窄，水流加急，也就形成了一个巨大的滩沱。于是，就有了这样的地理形势："舟临道士观，群山一壁峙。"（余光祖《由嘉州泛舟过道士观漫作诗》）这一天然的险关，让道士观成为岷江上最为重要的水驿之一。

这一带也是罗护镇故地。南宋时期，范成大做四川制置使任期满后，从成都返回临安，就经过了这里。他在《吴船录》中写到过这个地方："四十里至罗护镇，岸有石如马，村人常以绳縻之，云不然为怪。"显然，范成大在途中听到了拴石马的民间传说，觉得很新鲜，顺带记下了一笔。但此地真正被人关注，还是在近代。

1914年，法国人色伽兰到四川考古，他坚信自己能够在四川找到一些宝贝。果然，在道士观附近山壁上，他就发现了唐代摩崖造像，而其中的一尊他认为是"四川全省无虑万千佛像中最精美自由之造像"，"像体柔和，雕工精细，趺坐江边，俯视江面"（色伽兰《中国西部考古记》）。

1908年，英国植物探险家威尔逊比色伽兰更早就到了道士观，他是来打开"中国西部花园"的人。他的足迹遍及了峨眉山、岷江沿线，而在道士观他拍下了一张珍贵的照片。那张照片是在江中船上拍的，远远望去，山体巍然而立，江面、寺庙、树木清晰可见，拍摄的时间是在5月。

就是这张照片再次吸引了我。印开蒲是从事植物研究的专家，他曾不辞辛苦，寻找威尔逊当年在中国西部留下照片的拍摄地，并按原位置重新拍摄一张,以研究山川的变迁。我曾经见到过他那几本写得密密麻麻的考察日记,非常佩服,这样做研究的人真的不多。后来我曾产生了个奇怪的想法,想在威尔逊拍摄的那个地方去看一眼传说中的道士观。但在内河中难见舟船的时代,这样的想法很难实现。诡异的是,机会居然出现了。去年5月的一天,我竟神奇地登上了一艘快舟,劈波斩浪,围着道士观跑了几圈,真是河风鼓荡,畅快之极。

我同威尔逊到道士观的时间相似,都在5月,江水的状况相差不大。这次经历让我体会到了古人会怕道士观的原因,真正的汛期要等到7、8月来临,那才是涨大水的时候,而5月还是相当温和的,水面仍比较平缓。那些古诗中书写的凶险之状,一般不会出现在春夏交替的时候。

李约瑟到道士观是在6月初,正是岷江一年中江水丰盈而平稳的时候。他从成都出发,然后到达乐山,再到五通桥,去参观了抗战后西迁到那里的大型工厂,然后就近再从道士观码头上船,一路去李庄、泸县。这是李约瑟考察中国西南科技之旅的一部分,称为"西部之行",应该说他对战时中国的认识就是在这些行程中慢慢形成的。

在道士观,李约瑟看到了战前中国最大的一家化工企业——永利,它从天津塘沽搬到了这里,重新命名叫"新塘沽"。这是一个新的工业中心,他称赞这一西迁的盛举"就是一首史诗"(《川西的科学》),并呼吁人们要懂得这些成就的意义:"把沿海地区让给日本人,退居到西部的多山地区以不可征服的抵抗把他们拖垮。中国人民在四川找到了天然的大本营。"(《中国科学》前言)

在李约瑟离开中国的时候,傅斯年曾经这样评价他:"他不嫌弃我们的贫困和简陋,他看到我们的耐心,他不注意我们的落后情形,而注意我们将来的希望。"(傅斯年《送别词》)确实,李约瑟一路考察,描述着中国科技的现状,而道士观就是他最重要的一个观察点。

色伽兰、威尔逊、李约瑟,这三个人带着不同的目的,可以说都在自己的领域内影响过世界,是比较早就亲历并且打开中国的人。而他们均将眼光和足迹汇聚于这一点,这不能不说道士观确有独特之处,如今我们再经过它的时候,往往会多出一种历史的敬意,而非民间流传的那种恐怖感觉。

道士观山上过去有大小寺庙四座:道士观、观音阁、三教寺、三圣宫,是一个建筑群,它们是那里曾经的主人。如今,只剩一座寺庙的大殿尚在,在威尔逊的照片中还能隐隐看到其昔日风貌,正如清人陈登龙说的"孤圆葱蒨①,清观异常"(《大江水考》),也如吴省钦说的"琳宫冠层叠,大旗闪法座"②。

道士观完整的面貌是什么样的呢?永利刚西迁来时,想租借寺庙加以利用,住人储物,而那时的道士观还比较完好,号称是"犍为县境第一风景区域",当地士绅刘侣皋曾写道:

> 危楼杰阁,气象巍峨,其地盘则岩石陡削,撑出江心,仰罩浓荫,俯瞰波浪;其岩壁缒凿古硐,密于筛网,可避空袭;庙最宽宏,四围崇垣,环砌大砖条石,中有戏台一,厢楼享殿配置,寮房、复道、天井、蔬园参错其间,以及塑像、屏风、花岗、石棹、

---

① 葱蒨:青绿色。
② 吴省钦《道士湾诗》。吴省钦(1729—1803),字冲之,江苏南汇人。乾隆二十八年(1763)进士,由编修累迁左都御史,在当四川学使期间到过五通桥。

罗汉、古松均有关于艺术、历史之研究,擅名胜而兼古迹。①

我最近一次到道士观,是同张孝先老先生一起去的,其父曾是抗战时期永利川厂的职员,他从小在这一带生活,对此间地理人文极为熟悉。那天,我便跟着他在残垣断壁中穿行,草丛中不时钻出一只邋遢小狗狂吠不止,大概是生人见得太少了,让它惊恐不安。果然,过了一会儿它就安静了下来。不觉想,如果没有这只小狗,此处实在是太沉寂了!

据张孝先讲,过去寺观大门上有一匾,上写"福流平祉"四个大字,左右有一副对联:"梁州要道本无双,蜀省名滩数第一。"就凭这两句话,已感气势非凡。落款时间是明嘉靖廿年(1541),说明该庙应建于五百年前。但我去的那天,找了好久都没有看到,张孝先说上一次来的时候还有,这回就看不到了,不免让人怅惘。

张孝先还告诉我,他平生第一次看电影就在寺庙的空坝里。当时是在演无声电影《火烧红莲寺》,但由于人太多,拥挤不堪,寺庙的回廊都差点被压垮。但现在的道士观非常荒凉,完全被废弃了,看过那一场电影的人早已不知踪影。忽然间,我就想到了明代的名士张岱。崇祯二年(1629)的一个秋夜,他坐船到了金山寺脚下,那是南宋名将韩世忠退金兵之地,不由得引来了思古幽情。于是张岱便让人把灯笼挂上,在大殿里放声唱了一回戏,台下没有观众,只有几个被吓懵的和尚躲在角落里,不知是遇到了神还是鬼,他索性唱到第二天霞光初起,才登舟而去。我觉得道士观也有一个张岱似的戏

---

① 1939年8月,犍为县金粟镇镇立小学稽核委员会主席刘侣皋致教育部函,文件存犍为县档案馆。

台，或者说会突然跳到戏台上化了妆的记忆。

　　永利来后，道士观进入了一个新的历史阶段。讲到这里，又要说到李劼人。十多年前，我到五通桥档案馆查找资料，看到过一件信函，是王公谨写给李劼人的。后来才知道永利初来乍到之时，想用道士观这块地，但涉及庙产，就与地方发生了纠纷，后来是托李劼人的关系找到四川省省长才得以解决，那封信就是关于此事的。李劼人为什么会做这件事呢？这是因为他的表弟曹青萍和表妹夫王公谨都在永利工作，王公谨是永利川厂驻桥办事处主任，而曹青萍当时在负责修建永利码头，也就是过去的道士观码头。

　　古人对待历史似乎比较轻松，"都付笑谈中"，但历史也有锋利无比的暗刃，让世间面目伤痕累累。道士观我去过好几次，感觉它一次比一次破败，一次比一次荒凉，从残墙断壁到一堆瓦砾，最后化为尘土，只是个过程而已。世间万物的归宿，是同衰落残朽连在一起的，任何兴盛都是一时的、短暂的，这样的道理只需到道士观来走走，即可明白。

　　那天，我站在寺庙后面的江壁之上，那是一个开阔的景象，泱泱一水间，真的是个产生诗情画意的地方，吴省钦就写道："乘月起棹歌，吹笛我能和。"（《道士湾诗》）但是，这样舒畅的心境以后还会有吗？

叁

醝商春秋

荒庙遗诗：清末盐吏的故事

清光绪年间，犍乐盐场曾流传过一本叫《犍厂乡土记》的书。这是当地文人陈蕴华写的，可惜这本书已经失传多年，现今只存其名，而不见其文。

重新勾起人们对陈蕴华的关注是因为一件偶然的事。这一天，盐官牟思敬与蹇子振、余云墀去了四望山上的菩提寺，后又与余云墀两人去了五龙山上的多宝寺。这两个地方都在盐场附近，且本是一百五十多年前两次平常的私游，早已消弭在了尘埃之中，却因为一个偶然机会，让他们的身影重新浮现了出来，而关键是陈蕴华又出现了。

牟思敬（1842—1929），字惠庵，贵阳人。他当过领兵的武官，后来转为文官，并很快辗转各地任职，在相关记载中他曾经署过"清溪"，这跟犍乐盐场有很大的关系。清溪为犍为县治下的清溪驿，是通往马边、沐川、雷波、屏山等彝区的码头，是盐运通往小凉山区的孔道。清溪曾设有"清溪转运局"，是重要的盐运关卡。

另见其他资料显示，牟思敬还做过"牛华溪盐大使"。牛华溪是犍乐盐场的核心盐区，井灶林立，这个职务后来变成了盐场知事，也就是一地的主政盐官。

五通桥旧时盐场衙门遗址　龚静染摄于2007年

这天，牟思敬与余云墀专门去游了"舟行二十里"的多宝寺。多宝寺是清代早期丛林，地处深山，通行不便，当时只有沿茫溪坐船到山脚，然后攀缘而上。但他们到了多宝寺看到的是一片荒凉景象，牟思敬写道："石壁歆荒祠，神像半尘蒙。"这样的状况并非他一人看到，他们的同代人李嗣沆在《多宝寺》一诗中就曾写道："殿宇洞穿风四面，满山荒草使人愁。"而王秉钟在《和陈虞宾题多宝寺》中也写道："山寺荒凉草树侵，秋来半雨半晴阴。"

毫无疑问，这是座废弃的破庙，早已无人问津。

同牟思敬一起上山的余云墀是江苏常州人，此人生平不详，只知道其祖父余保纯当过广州知府，曾与林则徐一同搞禁烟运动，算得近代史中的一个人物。余云墀当时是在泸州的川南盐茶道任职，也就是一名盐务官员，而他这次来五通桥，是公干还是私访则不得而知。

问题的焦点在多宝寺。他们为什么要到多宝寺去呢？

"幽邃多宝寺，传闻万岭中。"（牟思敬《偕余云墀司马游多宝寺》）

这句诗讲得很明白，深山古寺是诱惑他们登顶一游的主要原因，探幽访胜是人之常情。

但是，在当时道路不通、人迹稀少的情况下，要上多宝寺，路并不好走，面临的是"高仄石级倾""攀援频少憩"的境况。现在看来，多宝寺所处的山并不高峻，我爬过此山，如果顺利的话，从山脚到山顶大概一个小时可到达。沿途能看见不少旧庙遗物，如一龛佛像、半只佛手之类，但山上并无葱茏气象，"幽邃"二字只是一个久远的记忆。

牟思敬、余云墀两人兴致勃勃地去多宝寺确是有一番豪兴的，而事实上他们到多宝寺之前还有过宴游。当然，那不过是他们无数次宴游中为人所知的两次而已，而不断的宴游呈现了清代五通桥盐官们的一种生活状态。频繁的诗酒雅集，奢靡的物质享受，同僚间的私密接触，这与李斗所著《扬州画舫录》中描绘的鹾吏生活别无两样。

这两次游历一前一后，而且就发生在余云焯来五通桥期间。它们的关联性在后面将详细谈到，这里我们暂按下多宝寺不表，且先来说说牟思敬、蹇子振、余云焯三人在另外一座寺庙——菩提寺里的故事。

菩提寺位于五通桥四望山上，因为这座庙，后来当地人都忘了四望山这个名字，而改叫菩提寺山了。在我小的时候，那座山是我非常熟悉的，但就没有见到过庙子，也许庙子早就不在了，连一块砖瓦都没有留下，空留了一个名。

蹇子振（1835—1894），贵州遵义人。他当过四川马边的地方官，《清实录》中还记载有他因平夷之功得到过赏赐的花翎。后来，他到五通桥当上了盐官，故事就多了起来：

> 文诚公督川首变盐法，嫉厂商专利滞引也！设官买商销法以抑之。官驻于厂，灶商煮盐成，官月酌一定值买运岸边，岸官加费，发商引课悉取。公抵省，即委管犍厂盐务。谂知其故，每月定值，必代计盐本俾稍丐，余利上官，或以增价。诘责必上言，恤商即所以保厂之故。狠狠争辩得当，乃已又多布耳目。贫灶亦得领值售盐，无赖亏币者屏之，商困大纾。又念犍盐之贵由煤值太昂，召商董假以资，令益开煤矿，取用不竭。本轻利重，商民感悦公凡两榷厂务。去之日，送者舆属于道，舟衔于岸。既去，复相与户而祝之。迨公殁，遂设位于盐井神祠，春秋附祭，至今不替。（《蹇公行状》）

这段文字是想旌表蹇子振是个好官，为盐民做了很多好事，离任时百姓夹道欢送，盛况空前。蹇子振死后，当地人还把他的灵位设于井神庙内，可谓备极哀荣。确实，当年丁宝桢对之非常器重，委任蹇子振到五通桥管理盐务，帮助他推行官运制是有道理的。

当时正处于一个盐业的变革时期，丁宝桢实施官运制是从光绪五年（1879）开始的，那时五通桥的盐业已陷入困窘，这主要是咸丰十年（1860）遭遇了李蓝民变，盐场损失惨重。"迨道光、咸丰年间，井老水枯，出盐较少。继遭兵燹后，人民流亡，近虽渐次复业，厂市倍觉萧条。自前年开办官运，多方体恤，设法招徕，始增锅数百口，商灶渐有转机。"（民国版《犍为县志》）到了光绪二年（1876），朝廷看到犍乐盐场的井灶多半歇业，便将"行楚川盐专配犍、富两厂"（《四川盐法志》），盐区的元气始复。

蹇子振就是在这转机之时出现的。实行官运之后，"犍盐专配泸州以上之滇黔各岸"。泸州是桥盐出川的一个重要节点，而泸州盐官余云煃会不会因为这个而出现在五通桥呢？

蹇子振出现在牟思敬的一首诗中，这首诗的名字叫《偕蹇子振余云煃饮菩提寺》，而菩提寺正是五通桥"四望山"上一处风景绝佳的去处：

桂宇飞甍矗岫巅，登临放眼兴超然。
晴天隐见三峨雪，落日昏黄万灶烟。
香饵乱抛鱼散队，流泉幽咽水鸣弦。
醉寻归径穿林去，杳杳钟声月满船。

在诗中，可以看出为什么要在山上宴请朋友了。宴席的环境在该诗的第一句中就描述得很清楚，"桂宇飞瓮矗岫巅"，幽静雅致的房屋里，摆放着杯盏美食，一场丰盛的宴席设在高高的山巅。也许只有在这样的地方才能换来好兴致，"登临放眼兴超然"，而喝得摇摇晃晃、晕晕乎乎，也才能"醉寻归径穿林去"。此诗中最有意思的是这两句："晴天隐见三峨雪，落日昏黄万灶烟。"可以说是当年犍乐盐场景象的真实写照，这是站在山巅极目远眺所见，不能不说壮观，也不能不让人产生豪情。

其实，此诗也直接揭开了这一场酒宴的底面。寋子振与牟思敬不仅仅是诗酒之交，还有更为特殊的关系：他们同是贵州人（寋子振是遵义人，牟思敬是贵阳人），有同乡之谊，而且两人都与四川总督丁宝桢有直接的关系。丁宝桢是贵州平远人，寋子振与牟思敬都是他器重的同乡和下属。

牟思敬曾在《读寋子振司马寄示近作奉怀》里写到了他们的"故人情"：

园林乐趣官兼隐，傀儡名场重若轻。
回首蓉城欢聚日，秋光无限故人情。

虽然各自任职一方，往来却不少，并经常聚在一起喝酒吟诗，成都的聚会就是证明。据另外的资料显示，寋子振的生活也颇具逸乐色彩："所至登山临水佳胜处，辄为构亭台庐舍。偕幕僚携琴载酒，数至以为乐。客至投辖治，具流连尽欢……"（《寋公行状》）

其实，寋子振一生散淡，并不想做官，他的经历颇为奇特。最早他是随两个兄长到了成都，而兄长们都忙于做官，只他在家里闲着，读读书，会会友，照顾一下双亲，无心出仕。后来，他的家庭发生剧变，两个哥哥一个病殁，一个战死，他再也待不住了，"乃援例以同知到川，至则大为总督丁宝桢所赏"。

牟思敬的经历也有意思："同治十二年（1873）至山东入抚幕，受知于丁文诚公宝桢，改就文职。"后来丁宝桢由山东巡抚迁任四川总督，他也"以山东河工案保知县，改知四川"。也就说是，他的人生轨迹是跟随丁宝桢的仕途升迁的，他与蹇子振成为朋友，自然也因为有着共同的政治基础。

菩提寺的那场聚会，显然就是他们诗酒相会的又一次延续。而这次聚会之后，牟思敬与余云墀同游了多宝寺，他们就在那里看到了荒庙里的诗。诗一共八首，全为七绝。写诗的人叫陈蕴华，是同治年间的拔贡，按说就是一个品学兼优的读书人，也是前面所说的《犍厂乡土记》的作者。但陈蕴华的生平不详，是得意的仕途中人，还是失意的落魄文人？皆不得而知。但他与那几位盐官是同时代人，只是无交集，但这正好为后面的故事增添了神秘色彩。

那么，为什么陈蕴华要在一座荒庙里留下那些诗呢？

试想，当陈蕴华撩开蜘蛛网，走进尘埃遍布的寺庙内时，一定是被眼前的景象震住了，因为这不是他记忆中的多宝寺。当年的佛门盛景是这样的："古殿门开飞蝙蝠，平台僧集灿袈裟。经翻贝叶天垂露，座涌金莲地有花。"（《多宝题壁寺》）

但他的笔一转，又写道："何事布施今却少，行盐非复旧商家。"

寺庙里冷冷清清，门可罗雀，难道这庙与盐有关？陈蕴华的疑问顿起。

这一切就发生在官运制之前，盐场凋敝，民不聊生，盐业也影响了这座小庙的香火。而正是陈蕴华的一时兴起，随手"涂鸦"，才引来了牟思敬、余云墀两位盐官的注意。

其实，在荒庙中看到陈蕴华题诗的人并不止他们两人。光绪甲午年（1894）秋月，一个叫王秉钟的乡人，偕子侄去游了一回多宝寺，也看到了墙上陈蕴华的诗，"风流前辈诗题壁，尚有黄金语数行"（《登多宝寺》）。在风吹雨打后，断墙上只留残迹了，很可能他看到的已非全诗，他与牟思敬、余云墀两人的时间又相差了十多年。

后来王秉钟又去了一次多宝寺，再次提到了墙上的诗，"坏壁笼纱墨影沉"，"诗史数行留纪念"（《和陈虞宾题多宝寺》）。那么，一个破庙为什么吸引他去两次呢？王秉钟是同治时的岁贡，相当于是科举中的保送生，同陈蕴华的境遇类似。但王秉钟发现陈蕴华非常独特，关心乡梓，有对家乡的一腔热忱，并具有强烈的忧患意识，所以引以为知己。墙头上的诗让人感动，也让人沉思，因为它呈现的是人与史的心灵相应，这确非庸碌的读书人所为。

由此，我们就不难理解陈蕴华为什么要去写《犍厂乡土记》了。《犍厂乡土记》已亡佚多年，但陈蕴华笔下的"犍厂"是个工业形态的地方，不是单纯的田园记录。它一定会涉猎诸如盐民礃官、井灶兴废、凿造经营、买卖运销等内容，如果还存世的话，它就是五通桥的《扬州画舫录》，是研究五通桥盐业历史的珍贵文献。

牟思敬在诗中写道："置身名利场，到此思无穷。"（《偕余云墀司马游多宝寺》）按照他的想法，凡是到五通桥的新任盐官，都应该到此来感受一番。

偶然的荒庙游历，一首遗诗点燃了旧山河，在强烈的醒世价值背后，我们看到的是一个动荡的清末盐业时代。但故事并没有完，几十年后多宝寺重新香火兴旺，南怀瑾从峨眉山大坪寺（多宝寺是其脚庙）辗转来到这里，继续他峨山三年的修行生活，其行迹遍布茫溪两岸，而这一段经历是他人生中最为神秘之处，这大概也是陈蕴华想不到的。

晏安澜入川

两淮盐场在咸丰年间失意于湖北，让川盐风光了些年头。太平天国被荡平后，长江复航，淮盐就理明正份地要求重新归还引地。特别是两江总督曾国藩先后上奏朝廷，力请两淮盐场恢复原有销区，停运川盐。

虽然曾国藩表面上同意把湖北的部分地方交川盐"借销"，但实际的情况是暗地里对川盐进境实施重税，而淮盐则只交轻税，这样一来，川盐不堪重负，很多盐商不得不被迫退出湖北市场。川盐失去湘楚之后，大量积压，盐场之间则开始争夺本土市场，低价倾销、相互倾轧，盐商纷纷关灶歇业。

川盐进入了乱世，犍乐盐场在此后的几十年中命运颇为周折。首先是同富荣盐场相比处于劣势，富荣盐场通过"川盐济楚"已经完全发展了起来，产量跃居川省之冠。所以犍乐盐场不仅失去了湘楚市场，而且连传统的滇黔市场也渐渐被侵占。在这一过程中，桥盐的发展出现停滞，盐产衰微，场情困蔽。

1911年，辛亥革命的来临，让盐业这个古老的行当迎来了摧枯拉朽的力量。清王朝被推翻，一切旧的皆要打倒，所以当邓孝可当上了四川盐政使后,认为盐法沉疴尤深,第一件事就是彻底改变盐法。

过去盐法的积弊在哪里呢?邓孝可认为盐与布棉菽粟同为民生之必需,课以重税是让百姓吃盐难的病根。解决的办法是"破岸均税",天下同一。也就是不再划分销岸,废除引票制度,彻底实行盐业的贸易自由。

应该说"破岸均税"的提出包含了大同思想,但是,当时的国内情况仍是地方割据、军阀横行、区域封锁,所以邓氏的"破岸均税"带有很大的理想成分,同现实差距太大。在他执政的三个多月中,他不但没有真正实现"破岸均税",相反是加剧了混乱局面。

桥盐不胜"新法"猛药,日益衰落。而其他的川内盐场的日子也不好过,因为自由运销后,外省的盐反过来侵销川内。由于盐的生产方式、成本不一样,竞争已无规则可言,产销失衡后川盐市场被大肆蚕食,并危及到盐商的生存问题。四川的几大盐场都坐不住了,平时是竞争对手,但在危难关头却坚定地联合在了一起,1913年底,由川内几大盐场组成的北京请愿团应运而生。

这个请愿团里的主要人物就有乐山盐场的郭凌云。

郭凌云,五通桥牛华溪人,祖上是犍乐盐场上的富商,家境殷实。当时有个叫汪金波的人颇具英才,被延请到了郭家教书,未想竟成为一段机缘。

当年,汪金波还是乡下的一名清贫书生,就已名闻乡里,常有人去拜访他。当时犍为县有一位叫庄济的佐杂小官,跑到汪金波家中去见他,还写了一首《又抵三江镇,下榻汪金波孝廉店中》的诗,诗中有"客途逢旧雨,话到月光斜"之句。

两年过后的光绪二十一年(1895),汪金波上京考试中了进士,并留在刑部任职。顺便一说的是,他那一科进士正好碰上了震惊国内的"公车上书"事件，他就是那联名上书的603个举人之一，他也就跟随康有为、梁启超成为了维新派人士，成就了其人生最为辉煌的一笔。戊戌变法失败后，汪金波称病辞官去了上海经商，才有了后来其兄汪曼卿与陈宛溪在乐山创办华新丝厂的故事，而李劼人在乐山创办嘉乐纸厂最早靠的就是陈宛溪，此中的勾连真如小说般的精彩，但非关本书，就此打住。汪金波的仕途虽然短暂，但对郭凌云的帮助很大，当时郭凌云已是乐山盐场评议公所主席，在犍乐盐场是个很有影响力的人物。

郭凌云到北京，便找到汪金波，想通过他找到即将上任的四川盐运使晏安澜。

晏安澜（1851—1919），字海澄，陕西镇安人。先后任户部山东司主事（主管各省盐政）、度支部管榷司郎中兼司长、盐政院院丞等职，著有《盐法纲要》一书，是个盐业专家。1910年，晏安澜对江苏、浙东、河南等七省盐场进行了六个月的调查，起草了《整顿盐政办法廿四条》，深为朝廷嘉许，并经清政府批准施行。而当时汪金波与晏安澜同在朝廷供职，平日相处得不错，自然会帮助郭凌云与晏安澜相识。1914年初，晏安澜深孚众望，不远万里出任四川盐运使，而此时他已六十三岁。

就在他上任之际，汪金波在北京的一家川菜馆以宴请之名，暗中促成晏安澜与郭凌云的见面。晏安澜虽是京城大员，有丰富的盐政管理经验，但对远在千里之外的蜀地还是知之甚少。所以当郭凌云口若悬河、对答如流时，晏安澜不禁默默称许。第二天，晏安澜就带信给汪金波，希望郭凌云能够与之一起入川，这对郭凌云来说正是大好时机。

关于这件事，并非坊间杜撰，还另有史料可证。郭沫若在1914年2

1938年，抗战军兴，盐业生产又兴旺了起来，本来已经关门的五通桥"同盛荣"盐号再度复业。

月给父母的信中就曾提道:"川盐使晏安澜与郭凌云同行晋川,近想已抵省就职,三兄如欲有所图谋,凌云处想甚能为力。"(《樱花书简》)

当时郭沫若刚好到日本留学,他还为其三兄郭少仪牵挂此事,说明晏安澜入川非小事,已经惊动了各方。值得一说的是郭凌云与郭沫若有亲缘关系,郭沫若父亲那一支实际是从其牛华溪祖父家分出去的,这就是为什么当年郭沫若在乐山学校被开除,便到了牛华溪插班读书的原因。

在回川路上,郭凌云每天都跟晏安澜在一起,两人相谈甚欢,确是减少了遥遥路途的困乏和无聊。晏安澜发现郭凌云不仅博学,而且思想极有见地,沿路上他们不仅谈古论今、探讨学问,而且也对四川盐业的现状做了深入的交流。从京城到四川,这一路下来,晏安澜的很多疑惑纷纷化解。

在途中,有件事让晏安澜大为感动。因为旅途劳累,又加之水土不服,晏夫人突然身染重症,晏安澜非常焦虑,但一时不知所措。这时郭凌云向晏安澜毛遂自荐,为其开了一剂药方,药到病除,晏氏大为高兴,又加深了信任。

晏安澜一到四川即开始施政,新官上任三把火,他做的第一件事就是把四川各盐场积欠官府的债款一笔勾销。这一举让川内盐商群情振奋,因为有很多盐商们在此之前已经被债务逼得快走投无路了。而晏安澜的这一招,实为郭凌云暗授机宜。

入川后,晏安澜开始在各大盐场巡访,这年秋天他到了犍乐盐场,郭凌云在接待上颇动了些脑筋。晏安澜长期在官道上,熟悉南北风味的菜肴,山珍海味见得多了,所以郭凌云有特别的准备。当时,他请来了当地名厨李元兴亲自操刀,搞了一桌独特的烧烤宴。先是精选一乳猪，将乳猪杀后剖膛悬在特制的烧烤架上，将调制的香料从猪嘴里细细淋入，炭火文烤。然后不断淋入香料，往返一昼夜。待香脆金黄的乳猪端上桌的时候，众人早被扑鼻的香味撩得两颊生津了。

晏安澜对这顿宴席非常满意，大快朵颐不说，而且也对郭凌云的别出心裁尤为赞赏。

回到泸州后（当时的四川盐政署设于此），晏安澜即开始发布新政，他的办法是："以厂为本，以岸为标，以各厂之盐定各厂之岸。取法官运，而略为变通。"这样一来他实际是一改邓孝可的"破岸均税"为"官督商运"，也就是重新恢复引、票制，实行以岸定厂，但盐运采取官督，客观上解决了盐场与盐场之间的恶性竞争，解决了盐场生产能力不同而带来的侵销问题。

晏安澜推出新政后，在四川省成立了十八家运盐公司。五通桥方面，犍场成立了滇边、永边、涪边三家边岸公司，又成立了"纳万川计岸公司"（即纳溪、万县、潼川三地销售公司）；乐场成立了府河、南河、雅河三家计岸公司。五通桥又设立了十多个公仓、公垣（盐栈），进行官收，在这一时期，产销逐步平衡，犍乐盐场的运营状况得到了很大的改善。

由于"官督商运"解决了一个利益格局的问题，所以让川盐的混乱局面暂时得到了缓解，而桥盐也开始渐渐从困难的边缘走出来。在晏安澜当政的几年内，大小盐场生产逐渐恢复，边地食盐供应有序，川盐竟又重现了一点盛世景象。从1915年开始，晏安澜核定滇边边岸专配桥盐1000引、永边边岸配桥盐1383引、涪边边岸年配桥盐838引、滇边计岸年配桥盐2933引等，让桥盐的生产与销售得到了保证，暂时结束了川盐天下的纷乱局面。

1916年，晏安澜为感谢郭凌云对他的支持，拟委他做贡井盐务知事，但被郭凌云婉言谢绝，于是改为四川盐运使署顾问，乃"酬知己者也"（柯愈文《乐山盐场修建晏公祠始末》）。让人有些悬想的是郭沫若的那封信中提及之事，他的三哥郭少仪在这件事中是否受益？是否得到了郭凌云的帮助？不过这又是另外的话题了。

对于晏安澜的功劳，民国版《犍为县志》中有一段评价：

> 民三（1914年），袁总统简派晏运使安澜入川整理，亲赴川东南北各场考查，深知盐斤成本，贵贱悬殊。毅然主持恢复划分厂、岸、等差税法之旧法，组织公司负责销售，犍厂每年配销滇、永、涪、万、巫等岸，达九千余引。……（犍厂）得以苟延残喘至今日者，皆晏公之赐也。

1917年，川滇两军交战，晏安澜回京述职，不料旧疾复发，想就此退隐。但四川绅商多次致电请他回去，言辞恳切，于是几个月后他又带病入川。但行至湖北，闻西南大乱，欲行不能，只好返京，不料于次年二月去世，享年六十九岁。

后来，犍乐盐场为了表达对晏安澜的感激之情，耗金两万余元，专门在牛华溪山上为他修了一座"晏公祠"，门前有对联："此地江山同岷首，此君功德在民生。"祠中供奉晏安澜的塑像，上悬匾额大书"有功于民则祀之"。显然，这是循吏才有的待遇。

晏安澜的盐政举措改变了四川盐业生存状况，可谓功莫大焉。但细细思之，又能看出历史改变的个人力量。在铁桶一块的盐业体制中，晏安澜展现了个人的智慧，有惠民的政绩，被一地百姓拥戴，确是不易之事。这个变革时期虽然短暂，却是极具近代意义的，犹如历史的灵光一现。

　　在此间,郭凌云的所作所为影响了晏安澜,他是盐商中的代表人物,对民国初期五通桥盐业的贡献不小。但他也是个生逢乱世的侠义之士,终不能为正史收纳,仅仅只是稗官野史中的一个影子。

洋员住在上公馆

清以前，盐政属于盐茶道，归于户部度支部，但从未设有专司。民国二年（1913），成立盐务稽核总所，这是中国盐业独立行政的开始。

但这个盐务稽核总所其实就是还款监督机构。当年袁世凯搞善后大借款，英、德、法、俄、日五国银行团便以中国盐税作为抵押，成立了这个由中国人与外国人共同管理的盐务机构。当时所欠债务是2500万英镑，需逐年还款，而这些钱由全国盐场分摊，五通桥自然少不了，一个远离京畿千里以外的小地方也被列入了还债的大军中。

盐务稽核总所会办由苏格兰人丁恩担任，他主持过印度盐政，成绩斐然，六十岁退休后又被中国总统府顾问莫礼逊推荐到中国，于1913年6月来华就职。从此以后，稽核总所在各地盐场设盐务稽核分所、支所，派驻协理、助理等洋员，这一时期就是中国盐务的洋员时代。

当时全国有四大产盐区，四川是其中之一，年产量在司马秤1000万担以上，称一等区。川盐预算岁入税额为630万两，其中每年摊债达120万两，以37年期限摊完，共为银币4513万元。而五通桥盐

五通桥盐务稽核所旧照

区要摊到1038万元，占23%，相当于四川盐税还款总额的四分之一。

当时四川下设有三个稽核所，即川南分所、川北分所和五通桥支所。1914年7月，四川盐务稽核分所在泸州成立。次年9月，增设川北盐务稽核分所于绵阳，后迁往三台，原四川分所亦迁往自流井，更名为川南盐务稽核分所，同时在五通桥设立稽核支所，专门征收犍乐盐场的盐税。

五通桥稽核支所设华助理和洋助理各一名，但洋助理的权力在华助理之上，这从他们的月薪上就能看出，洋助理是700元，而华助理是350元。从民国四年（1915）开始到民国二十年（1931）间，相继有毕禄卓、季履义、范瑞甫、艾维思、裴路陪、北亨大村等洋员驻五通桥。支所里设有一等课员、二等课员、英文书记、文牍员、会计员、雇员、丁役、号房等职位，额定职员113名，全年经费达9万元，临时经费4万元。当时能够进入稽核所工作不易，需经过严格的考核和培训，而等级薪额制让每个职员都有晋升的空间。

五通桥稽核支所成立前的1914年底，丁恩专门到四川来做过一次调查，他特别对自贡盐区和五通桥盐区做了详细的考察分析，比如盐井的数量、深浅、浓淡，及运销的路程、方式和配运数目及实运数目等，他曾总结道："全（四川）省盐井据称不下十一万三千余口。自贡盐场位在纳江、泸江上游，犍乐盐场位在岷江上游为最重要。其故有二，一因近临河道，运输便利；一因有火井，以供煎制。"（《改革中国盐务报告书》）

后来稽核总所副会办斯泰老也到四川调查盐务，并提出"均税破岸"的新法，意欲打破中国各大盐场的销岸，这有助于洋人的直接管控。两位洋会办的四川之行，让他们感到这里是中国最重要的盐源之一，也是盐务改革最重要的地区，想将之作为就场征税自由贸易政策的试验地。为便于管辖，稽核总所决定将四川盐区分为川南、川北两个稽查区，又在自流井、五通桥等地建立盐垣，兴办了18家运盐公司，推行自由贸易政策。

五通桥稽核支所成立后，专门在四望关附近修建了办公地点，又先后建有两座公馆，华员住的叫"下公馆"，洋员住的叫"上公馆"。

"下公馆"也叫泉平公馆，就建在四望关附近，取"泉平似不流"的诗意。20世纪70年代，这个公馆的遗址仍在，是个西式建筑，但后来就被拆除了。

"上公馆"则建在五通桥的堡子山上，松林环绕，营造费为1.8万余两银子，洋员们每天坐轿子上下，有一个班的税警守卫。"上公馆"被当地老百姓称为"洋房子"，建于民国八年（1919），整个建筑都是按照外国人的要求修的，纯西式建筑，面积有1000多平方米。那里是个风光秀美的地方，登高望远，桥滩景色尽收眼底。当然，它选择建在此处，其实有个重要的原因，就是在望远镜下，茫溪河上进进出出的每一条盐船都可以看得清清楚楚。

"上公馆"的主体建筑是两层小楼，建筑材料相当讲究，据说连砖都是从国外直接发运过来的。洋房子还配套设施如网球场、游泳池、草坪和舞厅等，就是个典型的西式庄园。十几年前，我曾经到堡子山上去寻找"上公馆"旧址，但整个建筑竟然没有留下一点遗迹。后来经过一些农家的时候，发现它们的房屋、围墙用了不少残砖断瓦，仔细一辨认，才知道它们就是当年洋房子上的建筑材料，如柱头、石墩、窗棂等。原来那个庞大的建筑已经被拆得干干净净！

当年的洋房子是个幽静的豪华去处。1943年的时候，冯玉祥到

五通桥稽核支所助理公寓,坐落在堡子山上,当地人称为"上公馆"。

五通桥搞抗战献金活动，当时五通桥盐务分局局长丛葆滋负责接待，他们想来想去最后选择了"上公馆"作为冯玉祥的下榻地。冯玉祥到后非常满意，曾回忆道："丛葆滋先生约我到一个山上去，那里是从前盐务局外国人住的地方，讲究极了，房子好，院子好，有树木，还有草坪。"（冯玉祥《献金琐记》）

但在"上公馆"里，最让人记住的还不是这些，而是一条叫"老张"的大狼狗。据说这条狗经常也要坐轿子上山，非常威猛，"老张"的名字很亲切，但"老张"的那张大口，让人望而止步。当年的"上公馆"显然不能轻易靠近，给人神秘而森严的印象。

原五通桥老稽核人员陈况仲曾经回忆这里的生活。当时有个叫乐基的协理，原是英美烟草公司的职员，到中国后生活糜烂，抽鸦片烟，喜欢赌博，"每场输赢，动以千计，甚至邀约一般赌徒，在'协理公寓'作通宵豪赌，并租赁妓女绰号'机器人'为临时洋眷"（陈况仲《盐务稽核所纪略》）。

稽核所有一套严密的考试、服务、俸给、任免、请假等制度，沿用的是英国的文官人事制度，但由于稽核所权力很大，稽查人员也常常在其中浑水摸鱼，中饱私囊。五通桥稽核支所第五任华助理李植榆是个能人，在稽核所干了十多年，也为曾任盐务总局副局长的曾仰丰所赏识，但在1928年就因为贪污让曾仰丰震怒，下令他"立即离川"。但李植榆在盐务界根深蒂固，不久复职，后又因贪污被查撤职。从李植榆就能看到盐务官员身处经济要害部门，要想洁身自好、两袖清风有多难。

曾在五通桥稽核所任职的陈绍妫是个历史人物，也值得一说。陈绍妫，字裔生，福建人，早年留学日本。1922年，陈绍妫任五通桥支所代理协理。在人们的眼中，他是个作风简朴、做事严谨的人，工作之余，常持手杖，漫步于山间河畔。1934年，陈绍妨迎来了他人生的一大转机。当时刘湘掌控四川，蒋介石授命他"剿匪"，允许四川发行公债，陈绍妨摇身一变成为了刘湘的财政特派员，后来又调任扬子四岸榷运局长，从此飞黄腾达。"绍妨生财有道，连任要职，顿成百万富翁"（陈况仲《盐务稽核所纪略》）。抗战时期，陈绍妨任中日经济局局长，又是日伪恒产公司总经理，在上海用一千两黄金置办了有名的大西别墅，日子过得极为风光。

但后面的事颇为荒唐，当年日本侵华后把鸦片交易管理权移交给汪伪政府，成立"禁烟总局"，就任命陈绍妨为首任局长。但陈绍妨老奸巨猾，觉得这件事烫手，婉拒了，因为"他本人是一个富豪，他害怕一旦无法完成日方所要求的（鸦片）收入而需要承担责任"（《远东国际军事法庭庭审记录》）。显然，陈绍妨在盐务机构任职时期就已经赚足了钱财，想清静过日，但美梦很快破灭，抗战一结束，他就成了大汉奸。

当年，稽核所的洋员们到五通桥不是来游山玩水的，而是为了坐收"借款"。在地方志上有这样的记载："查五通桥稽核支所，民十八年以前，每月收税仅十二三万元。至十九年以后，增至二十万以上。"（民国版《犍为县志》）

因为收税是目的，洋员们对当地的盐务介入很深。1922年1月，犍场和乐场虽为兄弟盐场，就因为盐岸争端一事闹得不可开交。事情是这样的，当时犍场见乐场卤淡，制盐成本高，就想让乐场分出一部分销岸，后来是通过五通桥盐务稽核支所华助理杨凤章的暗中运作，同意犍场每年配运乐场销岸200引，后又改为600引，但犍场仍感不足，要求混销，这就引起了激烈的争端，甚至发生了打斗。当时四川盐运使、四川省政府及驻军等各方都也在积极调解，但突然一天，五通桥盐务稽核支所门口挂出了牌示，准许犍场的盐运往乐场，这让两场的矛盾顿时升级。

这日，正当犍场的盐已经准备上载时，乐场评议长吴子春调来数百人在沙板滩阻拦，情势激烈，一触即发。双方正在争执之时，江上突然传来两声枪响，便看见江面落下了几片羽毛。众人大骇，不一会儿就看见划来一条小船，来人是英籍传教士孔庆符。原来孔庆符是借江上打鸟来劝阻双方的过激行为，而与他同来的是五通桥盐务稽核支所的洋员成宣宗，因为这件事情根本上牵涉到了洋人的利益。

后来两场的矛盾越来越深，互不相让，成宣宗看到形势不妙，赶紧请川南盐务稽核分所经理曾仰丰出面，又抬出乐山驻军师长陈洪范来调解，两场才平息了纷争。最后是乐场做出了让步，同意借配犍场1000引作为定案，而这中间陈洪范起到了很大的作用。当时犍场为感谢陈洪范，仿当年乐场感激晏安澜的方式，将四望山上的菩提寺略做修缮，改为陈公祠。不过，这事有些诡异，陈洪范后来居然看破红尘，遁入空门，削发当了和尚。

1935年8月，盐务稽核总所撤销，各地的分所和支所也纷纷裁并，五通桥稽核支所变为了四川盐务局五通桥盐务分局，洋员时代由此宣告结束。但此后国民政府盐务系统一直都有聘请洋员的习惯，直到1942年洋会办华勒克去职后，规定各地只能用本国人，不再聘用洋员，这一历史才彻底结束。

五通桥盐务稽核所办公的旧址，正在我小时候的幼儿园旁边，实际上幼儿园的地盘就是当年稽核所的一部分。在我的记忆中，稽核所旧址后来成了五通桥商业局的办公地，这幢建筑有一个高高的石梯，我们经常爬上去玩，从上面滑下来，屁股上风驰电掣，感到其乐无穷。很多年后，那幢建筑被拆除了，也包括那个石梯。

在稽核所之后，是五通桥盐务局入驻，其实就是换了块牌子而已，仍然是盐务衙门，而李劼人的长篇小说《天魔舞》又写到了这个地方。

在《天魔舞》的结局部分有一个情节，说的是小说主人公陈莉华在车站候车的故事，当时她正准备坐车到乐山。她为什么要去乐山呢？这是因为她的丈夫庞兴国已经调到了五通桥盐务局任职。小说里写道："她现在到五通桥，并不是为旁的事，只是回她的家，仍然去恢复他庞太太的名称。"

这个结局颇具意味，但在一般读者未必能体会中间的奥妙。要知道，当年的五通桥盐务分局是个跨区域的盐务管理机构，非常庞大，有员工五百余人，盐务税警千人，管理四场六岸，行销川、康、滇、黔四省，其中包括四川的犍为盐场、乐山盐场、井仁盐场和当时属于西康省的盐源盐场，下辖府河（成都）、南河（新津）、康雅（雅安）、宜宾、叙永、纳溪盐务支局，还指挥盐务税警第二区部及所辖的十五个税警部队。当时，盐区公路、渡口、码头等均属其管辖，整个成都地区的盐也由五通桥分局管理，局长的权力相当的大。

庞兴国当了局长，自然是个肥差，好不风光体面。他的夫人陈莉华曾经有一段风流生活，给自己的丈夫戴了顶大大的绿帽子，但时过境迁，如今她要去做一位端庄优雅、受人尊重的盐官太太了。确实，这个结局荒诞了一点，魍魉世界，如此而已。

庭院深深"贺宗第"

清光绪年间,位于竹根滩的"贺宗第"为川南第一大庄园,其主人是光绪年间五通桥最大的盐商,而"贺宗第"正是桥盐鼎盛时期的一个缩影。

"贺宗第"的主人叫贺永田,据称是贺知章的后人,其先辈是流落到四川的一支。所以"贺宗第"的真正名字叫"四明士第",即因贺知章曾自号"四明狂客"而得名。贺永田的灶业统称"太和鑫",民间也称为"太和全",在"四明士第"落成后,人们更习惯称其为"贺宗第"了。

贺永田原是四川马边的一个秀才,后"因涉嫌反清,逃亡竹根滩"(《马边彝族自治县县志》)。但在五通桥的时候,贺永田结识了蹇子振,这是他一生中最关键的人物。

蹇子振是贵州遵义人,曾于光绪三年(1877)受四川总督丁宝桢赏识而入川,"委办马边夷务",后来丁宝桢推行盐变法,大搞官运制,又把蹇子振派到了五通桥去做盐官。本书在前面"荒庙遗诗:清末盐吏的故事"一章中提到过他,反映了他当盐官后的一些生活。

光绪三年(1877),改官运后,废裁过去的盐务官署,设犍厂官运局、犍为官引局、犍乐票厘局、竹根滩船局和清水溪转运局,其中犍厂官运局权力最大。蹇子振到五通桥盐场任职后,贺永田这个逃亡的秀才因为一个偶然的机会与他相识,据说两人都喜欢下象棋,蹇子振对贺永田非常欣赏,就聘在家中当西宾老师,而贺永田的财富机遇就从这时开始了。

当时五通桥有个盐商在梅子坝附近有口春先灶,但经营困难,欠下巨债被官府没收。于是蹇子振就授意贺永田去接下来经营,一年下来,贺永田不亏反赚。后来贺永田便接二连三地扩充井灶,数年之后,他已经有了上百口煎锅,日进斗金,迅速成为光绪年间五通桥盐场的首富。

值得一说的是,2014年时,我曾经与贺永田的曾孙女贺宗炘老人一起去寻找春先灶旧址,它的位置就在如今的茫溪河大桥西岸不远。贺宗炘告诉我,当年的盐井就在河边不远,但现在已为公路所占。春先灶虽废,但当年的运盐码头却至今犹存,而且附近不远处还有贺家的旧屋。

丁宝桢在光绪年间推行的"官运制",让川盐税收每年达一千万两白银之巨,而桥盐也因受惠于该法而达到极盛。作为川盐的大盐场,蹇子振的官场背景,是贺永田发迹的真正原因。正是蹇子振的暗中帮助,贺永田才在"官运制"中获得了巨大的利益,所以当他有了雄厚的资本后,就想到了做官的好处,也才有了十六挑银子进成都捐官的故事。后来贺永田顺利地捐到了四品淞沪铁路会办一职,正所谓"官商相连,日益家富,家资巨万,妻孥成群"(《五通桥区志》)。

贺永田后来在候补的时间里,游遍了苏州的大小园林。一年后,贺永田感到守缺遥遥无期,便回到了五通桥,但他却做了一件事，这就是重金请来江南的能工巧匠打造"贺宗第"。整个建造前后花了六七年时间，占地面积很大，园中有两个池塘，可以划船，一个叫红花池，一个叫白花池，分别栽种不同颜色的荷花。

"贺宗第"建于光绪元年（1875），里面共有二十四个天井，所有的厅、堂、楼、阁、池、榭、亭、廊都围绕着天井转，并达到了一步一景、移步移景的妙境，整个宅园布局严谨，结构精妙。有人曾经拿"贺宗第"与《红楼梦》的大观园相比，谓之"桥滩大观园"。

当时"贺宗第"里面住了二十多户贺氏家人，每到过年的时候，像每家门前贴春联这样费脑筋的事情，要请人来捉刀。据贺宗炘回忆，由于"贺宗第"太大了，她们小时候玩捉迷藏的游戏都是要划定区域的，不然在这么大的院子中，一旦藏身，根本无法找到。

她讲过一个故事，曾经有个小偷想进入"贺宗第"行盗，但他知道这个院子像迷宫一样，没有人引路就算进去了也出不来，更何况是晚上。但"贺宗第"的诱惑太大了，小偷可能是太想进这个豪门里去干上一票。当时他就想了个绝妙的主意，在自己经过的地方都点上一根香，这样就可以沿着香头自由行走，精心策划之下，一切看来是天衣无缝。但不巧的是这天晚上有个丫鬟起床上厕，发现了香头。这个丫鬟很聪明，没有声张，只是把其中的几根香头掐灭了，结果小偷找不到香头如入迷魂阵，当然等待他的是天亮后束手就擒。

这个故事听起来很玄幻，但并非杜撰。当年贺永田之孙贺国干[1]、贺汝仪[2]两兄弟被军警缉拿，他们就凭借着复杂的地理环境，真实地演绎过成功逃生的故事。这时的"贺宗第"不仅仅是一座大庄园，更是小城民国时期一个重要的政治舞台。

2014年夏，我在峨眉山中峰寺附近的一个度假村中见到了贺氏两姐妹：贺国干之女贺宗炘、贺汝仪之女贺宗真。她们平时各在一方，这次是相约到峨眉山来避暑的。那天，我就与她们聊起了其父辈当年的故事，当然那也就是"贺宗第"的故事。

当年，贺国干和贺汝仪都在成都上学，但参与了不少政治活动，且非常活跃。1934年2月，他们按例在放寒假后回家过春节，但没有想到的是，他们的一举一动早被盯上了，这两个"少共"已经上了逮捕的名单。

那是春节后的一天，军警到了"贺宗第"门口后，就对看门的人说是贺国干的成都同学来了，要见他。当时是考虑到贺家大院太大，如果强行进去搜查，很可能走漏风声，所以想诱捕他们。然而，贺国干并没有意识到危险已经离他很近了，便径直走了出去。也就在这时，特务派了一个人先进去探风，正走在途中就碰上了贺国干。那个人看见前来的人同贺国干的形象相似，直接便问："老弟，你是不是贺国干？"贺国干一愣，马上回答："他是我哥。"那人又问："他在哪里？""上街去了。"对答自如，不留破绽，对方竟然没有产生丝毫怀疑。那人便说有重要事情要告诉他哥，让贺国干带他一起去见。贺

---

[1] 贺国干（1914—1961），原名贺龄桢，乐山五通桥人，贺永田之孙，贺仲文之子。早期曾任五通桥盐业公会主席、私立通材中学董事会董事长。
[2] 贺汝仪（1916—1977），原名贺龄枢，贺国干之弟。1937年去苏北任《皖东北日报》社长，后任中央书记处第二办公室综合组副组长；1960年任华东局副秘书长兼办公厅主任；1972年任上海人民出版社党委书记；1975年任上海市革委会文教组副组长；1977年自杀身亡。

国干灵机一动，便说回屋子里去换双鞋（当时他穿的是双拖鞋），让他在原地稍等。这一去，贺国干便喊上贺汝仪往后门逃，但后门已被军警封住，他们又迅速躲进了事先准备好的藏身之地——屋内地板下面。隔了一会儿，军警冲进了"贺宗第"，但搜查了半天一无所获。

侥幸逃过搜捕的贺国干和贺汝仪到外面躲藏了一夜，第二天就乘船去了上海。经过了"贺宗第"惊险的一幕，他们的命运从此改变。

在上海，兄弟俩找到了乐山老乡郑伯克[1]，经推荐当上了识字教员，暂时安身。在后来四年中，贺国干找到了正在上海读书的表姐张觉非，并产生爱情，两人于1935年结婚。1938年抗战期间，贺国干与妻子回到了四川，是年4月他在成都少城公园加入共产党，介绍人是剧作家戴碧湘[2]。

关于这件事要插上一段。2014年5月初，我通过电话找到了戴碧湘先生，他已经九十六岁高龄，卧病在床，说话很困难，但思维仍然清晰。由于年代久远，戴老已经回忆不起贺国干这个人的名字了，但他讲起了一件事。他说，1938年前后那段时间，他带领"旅外剧团"正在乐山、五通桥一带演出，后来得知通材中学需要党派人去工作，便专门为此事回了趟成都，并向上级领导程子健汇报。戴老告诉我，这个事情有可能跟贺国干入党有关，可以作为参考。不料四个月后，戴碧湘在北京去世，这段通话竟成绝响。

---

[1] 郑伯克（1909—2008），四川沐川人。1933年夏到上海，加入中国社会科学家联盟；1938年起先后任中共中央东南分局秘书兼新四军驻赣办事处秘书、中共川康特委常务委员兼宣传部部长；1949年后任中共云南省委组织部部长兼省委秘书长；1978年任中共中央组织部老干部局局长。
[2] 戴碧湘（1918—2014），四川安岳人，剧作家，笔名王白石，话剧《抓壮丁》编剧之一。1938年后曾任中共四川省工作委员会戏剧支部书记，1949年后曾任东方歌舞团首任团长、文化部艺术局副局长等。

贺国干回到五通桥后，这里已经不是几年前的那个小城了，地下党已经深入到了桥滩两镇，他也很快成为了其中的一员，便把"贺宗第"作为活动地点，非常活跃。但不到一年时间，他就再度成为通缉对象，只好仓促逃到了成都。在成都期间，他通过地下党教师周烈三认识了张澜，便留在了民盟总部"慈惠堂"做事务主任，直到抗战胜利后才回到五通桥，经营起了贺家最早发迹的春先灶，从表面上淡出政治活动，变成为一个普通的盐商。但有人一直惦记着他，有个叫文铁生的特务专门盯着他，他装成个乞丐守在门外，后来还敲诈了他二十万元，但贺国干不敢轻举妄动，想的是既然你要的是钱，给钱就是，事情反而对自己有利。他把自己潜伏了下来。

再说贺汝仪，他与哥哥贺国干分手后去了苏北，人生从此天翻地覆。1937年，他在《皖东北日报》做抗日宣传工作，1940年报纸更名为《人民报》，他担任社长。这一期间，他与江上青、张爱萍等人关系密切，成为苏北抗日根据地的活跃人物。那时的条件非常艰苦，但贺汝仪全身心都投入到了工作中。贺宗真告诉我，当年他父母根本没有时间带孩子，就把儿女送到当地的农民家里，她兄妹四人，有三个都放在了老乡家里，到1949年后才从老乡家里找回自己的孩子，其中一个找到时已经是1953年了。

1952年时，由于工作出色，贺汝仪被谭震林带到了北京，担任中共中央书记处第二办公室综合组副组长。贺宗真也随父母到了北京，插班在有名的育英小学就读，中共很多高层领导的孩子都在那里读书，她曾与林彪的儿子林立果同班。

1949年后，贺汝仪在事业发展上并不顺畅，参加过征粮，后又去修建沐石公路，到1959年时仅仅还是乐山养路总段的材料员，1961年就突发疾病去世了。而贺汝仪的人生道路则比较平坦，1960年时

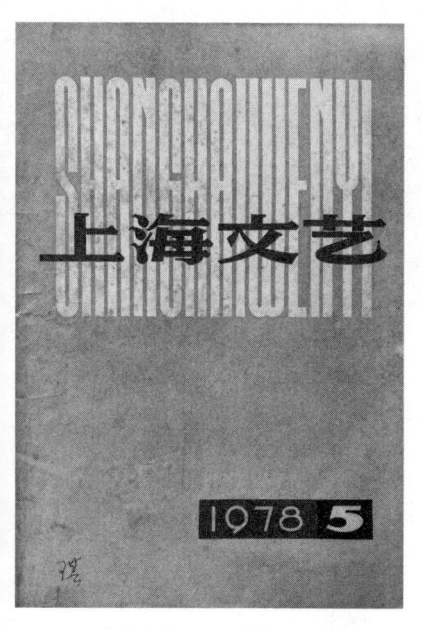

《上海文艺》1978年第5期上刊登的由作家吴强创作的短篇小说《灵魂的搏斗》

已是中共华东局副秘书长兼办公厅主任，1975年时任上海市革委会文教组副组长，可谓位居高位。但出人意料的是，他在1977年打倒"四人帮"时突然跳楼身亡，人生结局顿生迷雾。

关于这件事，时任上海市副市长的陈锦华有一段回忆：

> （1977年）10月27日开会的时候，我还见到了他（指贺汝仪）。可是第二天凌晨大概是5点多钟的时候，上海交通大学党委书记杨凯（后来担任文教组组长、上海市副市长）给我打电话，说贺汝仪跳楼自杀。我说，我马上赶到他家里去。我到后，看到尸体在楼下，我问公安局的同志，究竟是怎么回事？有什么遗留的东西？他说，贺汝仪身上有张纸条，纸条只有3个字："丑死了。"[①]

这起自杀事件成为了一个谜，人们猜测很多，但真相一直未揭开。后来写过风靡一时的小说《红日》的作家吴强，就以贺汝仪与贺宗真的故事为原型进行创作，在《上海文艺》1978年第5期上发表了短篇小说《灵魂的搏斗》。贺宗真告诉我，她父亲死的消息是后来才知道的，居然没有人通知她。她当时远在贵州，是丈夫回上海治病才带回了这一消息。但贺宗真并没有回上海家里，只是写了封信，表示"感到羞辱、痛心"，可能就是这封信引发了吴强的创作灵感，觉得他们父女之间产生了灵魂的决裂。

在《灵魂的搏斗》中，贺汝仪被化名为"何必礼"，而贺宗真则化名为"橙子"。而"何必礼"是堕落的、卑鄙的政客，"橙子"是追求进步的好青年，他们是黑白分明、针锋相对的一对父女。但读

---

① 陈锦华《国事忆述》。

罢小说，感到人物塑造脸谱化了，人性解读简单化了，戏剧冲突来自阶级斗争思想，有明显的时代烙印。那天，贺宗真坐在我面前的时候很平静，她剪着一头短发，显得很精神，眉毛浓黑，眼睛大而圆，脸的上半部分特别像照片上的贺汝仪。中午吃饭的时候，桌上有一道酸菜鱼，她不停为大伙儿夹鱼。看得出她是个朴素的老人，但人生阅历非常丰富，我怎么也把她同小说中的"橙子"联系不上。

关于自己的父亲，贺宗真讲到了一件事。当年贺汝仪是高级干部，有专车接送。有一次她去看演出，剧场很远，又带着一岁多的孩子，便想搭父亲的车去。但贺汝仪让她坐公共汽车，说这是他的工作用车，不能搞特殊。看完表演出来，贺宗真感到很累，正好又看见父亲的专车，又想去搭个便车，没想到父亲断然拒绝她的请求，这让她感到非常委屈。

"我父亲是真正的布尔什维克。"贺宗真的这句话，一定是她心中憋了多年的话。在真实的生活中没有"何必礼"，也没有"橙子"，但在那个扭曲的年代，像父女情深这样的情感也是压抑和晦暗的。

从"贺宗第"走出的两兄弟，贺国干和贺汝仪的故事就是一本书。他们是"贺宗第"的叛逆者，坚定地走出了那个高墙之下的"贺宗第"，他们的信仰是与高扬的青春生命联系在一起的，但最后悲剧性的命运结局，不得不让人唏嘘。

过去，"贺宗第"的大门上曾有副石刻对联，上联是"进思尽忠退思补过"，下联是"入则笃行出则友贤"，讲的是儒家文化的那套东西。但贺永田所构筑的田园理想并没有真正实现，庭院深深的"贺宗第"并非一池静水，它也有过时代的翻滚和命运的跌宕起伏。

我小的时候，对"贺宗第"的印象就是可以在里面看电影，每到放电影之时，外面就人山人海，小孩子总是想趁机溜进去，那个诱惑太大了。记得母亲晚上常常要值班,临走前就告诫我们,不准乱跑,早早睡觉。但我哪里管得住自己,有一次,我跟着哥哥去了"贺宗第",好像在放《南征北战》,我们在门外徘徊了半天,但就没能进去,结果还把帽子给挤掉了,回去的情况可想而知,饱饱地吃了顿"竹笋炒肉"。

贺宗炘告诉我,当年"贺宗第"唱戏的戏台有两处,一处是节庆之时为外来客人们看戏用的,这个戏台叫"钓雪台";一个是专供贺家私用的家庭小戏台,叫"不系舟"(泊戏之意)。"不系舟"尚存,是"贺宗第"唯一保存下来的东西,但早已不再唱戏。

我童年的那顶帽子,也许就随着那台上的戏、戏中的人一同消失了。

消失的"吴景让堂"

民国时期，犍乐盐场的"吴景让堂"是四川最大的盐业世家之一。

"吴景让堂"的取名源于吴姓子孙对太伯、仲雍、季扎三位先祖的崇拜，后世吴姓宗族的祠堂常常取名为"三让堂""三德堂"等，吴景是战国人，是吴姓的一支。五通桥的"吴景让堂"是经过了三代人的创业，才有了后来的显赫家业。

吴家祖籍湖南，道光十一年（1832），当时只有九岁的吴德嵩一路举着竹竿、卖着草帽来到了五通桥。他最先是在灶房里当"灰狗儿"（指烧炭的童工），后在青龙嘴一个余姓的盐商家里干活，这个盐商同时也经营些布料生意，他看吴德嵩老实、勤快，就慢慢重用之，让他学着打理生意，后来又把他收成女婿。吴德嵩有五个儿子，长子吴金三，吴家就是在他的手上渐渐发达起来的。

吴金三善于经商，家益富裕，先后在牛华溪、五通桥置办井灶，生意越做越大。1907年吴金三死后，由长子吴鼎臣接掌吴家家业，吴鼎臣与嘉定知府福润交好，在川汉铁路中贷得巨资，后用股票抵债，大大赚上了一笔。于是在牛华溪大肆购地，大兴土木，整个建筑被东南西北四条街环围，取名"吴景让堂"。

"吴景让堂"是个中西合璧的建筑，气派豪华，耗资巨大，单里面的花草一项就花费了一万多两银子。当时，吴家所有的井灶统称为"大丰公灶"，在当地是赫赫有名的大盐灶，有灶房七八个，井二十七八口。最盛的时候，据说吴家的人曾经挑着银圆去架筧管（输卤的管道），筧管从别人的土地上经过，他们一面给地主发银圆，一面接筧管，马不停蹄地置办井灶。

吴鼎臣去世后家业由吴金三的四子吴焕奎续掌。但吴焕奎不善经营，从1915年开始，始由吴金三的五子吴子春执掌，后来吴子春又担任乐山盐场评议长，名望日重。通过吴家三代人的辛勤经营，"吴景让堂"在民国时期迅速跃居盐场之首，它最盛时有工人上千人，盐灶众多，在成都、重庆、宜宾、乐山等地办有企业数十家，还有大量地产，获利甚丰，坐拥巨资，被称为"四川第一户"，是岷江沿线数得着的大户人家。

吴子春膝下有吴鹿芝、吴鹿苹、吴鹿芹、吴咏松等五个儿子，当时郭沫若的八妹郭莿芸就嫁给了吴鹿芹。

我在一张老照片中看到过吴子春的相貌，他当时大概在六十岁左右，中等个头，嘴角挂短须，略瘦，虽年近暮年，但难掩精明之貌。其孙吴敦和曾回忆，吴子春常常戴着顶瓜皮帽，一根精致手杖，穿裘皮袍子，皮鞋擦得锃亮，富贵儒雅。

吴子春经营盐业常有独到之处。如他常常要把盐放在盐仓里堆放一段时间，新盐他并不急着卖，因为盐会吸潮，盐一放必然会涨秤，平时他的盐仓里都放着几张盐（一张盐为一万斤），卖出去时总会多赚不少钱。他的生意也颇有些传奇色彩，抗战胜利后，一些国民党士兵把缴获的汽车从云南开回来，在途中倒卖。吴子春就用一两金子买一部车的价格，买下了四部道奇货车。又想方设法办齐了各种手续，这样吴家又开了个汽车运输公司。

吴子春懂医，会看病。他常常给人开药方，在他看来，学医让人明白更多世间道理。在犍乐盐场，吴子春是举足轻重的人物，义捐办学、修桥补路之类的事常常由他牵头，如抗议犍乐两场合销议案、兴办震华中学、兴办深井公司等。抗战中，国民政府盐务总局迁到五通桥，局长缪秋杰经常就住在他的家中，结为知交。后来缪秋杰专门出"新政"，解决了商家在战时盐业经营中的难处，给当地的盐商带来了不少好处，这里面就有吴子春的功劳。后来，乐场盐商感恩于缪秋杰，由吴子春倡议为缪秋杰在牛华溪修建了"剑霜堂"，以表彰其功绩，这个中西合璧的祠堂共花了五千担盐的银子，修得颇为气派，是五通桥盐业历史的一个见证。

在吴子春的儿子中，为人熟知的是吴鹿苹。吴鹿苹的一生是个传奇，最传奇的是他经历过四次婚姻。1906年，年仅十多岁的吴鹿苹就被送往日本留学，在他去日本之前，吴鹿苹同四川峨眉的林家大小姐结婚，林家在当地也是大户人家，石门对石鼓。但吴鹿苹一到日本后就发生了变化，他与一个日本女子恋爱上了，见证这个过程的是郭沫若。在留学期间，吴鹿苹后来同郭沫若在东京本乡区真砂町合租了一间房子，一起开伙，一起生活。

郭沫若在牛华溪有亲族，郭家与吴家又有姻亲关系，所以两人的关系很好，郭沫若喜欢上泰戈尔的诗是吴鹿苹最早给他的影响。1915年，日本以支持袁世凯复辟帝制为条件，提出了"二十一条"，这激起了中国人的强烈愤怒，吴鹿苹与郭沫若等热血青年决定马上回国抗议；他们在临行前便卖了书籍和日用品，准备投笔从戎，但他们到了上海后，传来的消息是袁世凯已签订了条约，无奈之下他们只好又重返日本。

1952年郭沫若（中）与吴鹿苹（右）的合影

此事对郭沫若和吴鹿苹的影响很大，郭沫若后来栖身于政治、文化两界，而吴鹿苹则从此安心学业，准备投身实业。1918年，吴鹿苹在东京帝国大学获得了工学博士学位，带着日本妻子松本野羽子回到牛华溪的时候，成了小镇上最轰动的事情。吴鹿苹同松本野羽子生有三个儿子，后来他创办"诚信火柴厂"，就是以其中两个儿子吴敦诚、吴敦信的名字来命名的。但松本野羽子来到中国并不幸福，一生孤苦，死于20世纪30年代，最后埋在了五通桥三块碑。

吴鹿苹留学回来后即投身于实业之中，因为学的是应用化学，他先后在重庆开办了肥皂厂、和记胶厂、火柴厂、纺织厂等。就在这个期间，吴鹿苹同一个叫吴秀兰的缫工好上了，当时他不顾家族的反对，开始了他的第三次婚姻。在重庆期间，吴鹿苹意气风发，生意做得风生水起。由于产品研发靠自己，质量比同行好，销路独霸西南，但也因为此为他埋下了祸根。正值抗战初期，吴鹿苹所造的火柴需要黄磷和赤磷，这在当时是违禁物品，加之有与日本的特殊关系，于是他便被怀疑为有制乱嫌疑而锒铛下狱，后来通过郭沫若的大哥郭开文的斡旋才侥幸脱身。

遭受此劫让吴鹿苹心灰意懒，萌生了回乡的想法。不久，吴鹿苹回到牛华溪后开起了"太和灶"，主营盐业，他利用自己的学识为当地的盐业工艺改良作出了不少贡献。1939年，黄炎培曾经到牛华溪看到一种新的盐卤蒸发工艺，非常新奇，诗兴大发："忽看十丈飞泉云外飘，无数枝条，恰似茅龙新换茅。行雨行云，暮暮朝朝。似扬枝滴露梢，似灌顶醍醐妙，是何技巧？向井中汲取盐泉，仗日光风力，水气化将多少。"（《牛华溪》）其实，诗中所描述的工艺叫"枝条架"，能够节省三分之二的燃料，而吴鹿苹就是最早的推广者之一，后来四川各地盐场均开始使用此项技术，对盐业生产大有助益。

1951年后，吴子春作为犍乐盐场的头面人物被人民政府动之以情晓之以理，鼓励其走集体化道路，参加公私合营，后来他就带头成立了民生制盐厂，还专门按照民生银行的模式起草了公司章程。但让他想不到的是，资本家的厄运就从这时开始了。

　　也就在这一时期，吴鹿苹主动把所有的财产全部捐献给了国家，去自贡工作，从此脱离资本经营，埋头盐业研究，成为国内井盐技术方面有名的专家。1954年，吴鹿苹曾到青岛去改造了一套日本人留下的真空制盐设备，年产三万吨，这是当时中国最先进的制盐设备。

　　那时候的吴鹿苹已经完全划清他同资本家的界限，成为了无产阶级中的一员，但他能彻底洗掉阶级出身的污点吗？显然他太天真了，吴鹿苹为此没有少吃苦头。20世纪60年代，吴鹿苹又同一个当地妇女陈淑群结婚，过着粗茶淡饭的生活，但在"文革"期间他仍然没有逃脱劫难，被斗挨整是家常便饭。

　　吴子春去世是1956年，当时吴鹿苹正在莫斯科考察，他写信给他父亲，说自己可能在苏联要多待半年，主要是同国外化工专家多交流学习。吴子春看完信很高兴，吴家在公私合营后已日渐没落，这件事让家中有了些喜气。这一天，吴家张罗着推豆花打牙祭，并通知家中老少一起来吃，吃的过程中吴子春还不断把儿子的信拿出来看，神情中大有欣慰之感。吃完饭，他坐在椅子上打起了盹，只一杆烟的工夫，只见吴子春的头微微一偏，就再也没有醒来，一代巨商溘然长逝。

　　吴子春死后，吴家从此四散，遭受了后来一轮轮政治运动的不断碾压，家族后人各奔前程。吴鹿苹于1990年去世，享年九十八岁，难得曲折人生中的高寿之龄。按照他的遗嘱，家人把他的骨灰盒沉入乐山大佛脚下的岷江中，最终魂归故里。

2013年冬，我见到了吴子春之孙吴敦和与吴敦悌两兄弟。吴敦和告诉我，吴家当年在成都有不少家产，办有大丰绸缎庄，在新南门建有洋楼，在大慈寺附近开有金号。吴敦和从小在成都读书，后来才回到五通桥，当了一名普通老师，退休时已是桃李满天下。

关于"吴景让堂"，吴敦和先生给我讲起他小时候的一件事。当年他同一个孩子在大院子里的水塘边玩耍，不小心就滑进了水里，那个孩子见状撒腿便跑，居然被吓得不见了踪影。平时院子很清静，也少有人走动，这天吴子春突然经过这里，便不顾一切跳进水中将他救起。讲完此事，吴敦和没有说在紧急关口出现的爷爷是如此神奇，而是一声感叹："只可惜了他那件裘皮袍子！"

相比吴敦和，吴敦悌的生活则更为坎坷，下过乡，当过工人，没有读过什么书，经历的磨难不少，如今已退休在家，颐养天年。吴敦悌告诉我，过去吴鹿苹回牛华溪都要到他的家里来，看看他的家中老小，吃一顿饭，聊聊家常。而吴敦悌现在所住的地方，就是当年的"吴景让堂"旧址，但已变成了一片低矮的楼房，"四川第一户"的盛景早已荡然无存。

肆

西迁重镇

江上驶来"永利号"

抗战开始，硝烟弥漫，西迁形势异常严峻，而对地处川南的小城五通桥来说，却是迎来了一个大的时代。

1938年3月24日一大早，两辆小车快速行驶在从重庆去五通桥的路上，同行的人有范旭东、侯德榜、张克忠、黄汉瑞，以及盐务局长缪秋杰，他们的目的是去五通桥落实一个重大的内迁项目。

范旭东1883年生于长沙，先从学于梁启超，后毕业于日本帝国大学化学系，素有建立"中国化学工业托拉斯"的雄心。通过二十年的艰难创业，范旭东已经构筑起了他"永久黄"（即永利化工、久大盐业、黄海化学研究社）企业集团。但抗战一开始，天津很快沦陷，永利迅速被日本人强占，改名为"永礼化学株式会社"，实际上从1938年初开始，在天津的永利企业已不复存在。

从五通桥返回的时候，范旭东心中已经有了数，又通过多方的最后论证，他决定把永利搬到五通桥。正是初春时节，在路上他的心情居然有了几分喜悦，他在《我们初到华西》中写道："宿雨初晴，沿途的风景分外鲜明，到处花黄豆紫，鹭白松青，真是幅好画面。这里木架连云，竹管交错，又是一番情景，嗅着含盐味的空气，唤起了我们新的记忆。"

同去考察的人中，黄汉瑞担任了开路先锋的角色，这已是他第二次来到五通桥。1937年7月，战争形势陡然严峻，范旭东即派黄汉瑞入川考察西迁地址，永利必须选择未来的道路了。1938年1月，黄汉瑞带着有孕在身的妻子同行，正在五通桥打前站期间，长子黄西培降生，而这个孩子是永利新生的第一声啼鸣。

黄汉瑞同永利的渊源在其父黄大暹那时就开始了，黄大暹年轻时曾游历日本，与范旭东关系甚笃。回国之后，范旭东有很长一段时间就寄居在黄大暹家里，那时黄汉瑞才几岁。1914年范旭东筹建久大精盐厂，黄大暹是积极的支持者，众筹五万元，黄大暹出资五千元，比范旭东本人还出得多。黄汉瑞从小就对范旭东有很深的印象："每当我和弟弟们跑到前面花园里去玩，便常见着他，那日本型的装束，那湘音的谈话，都使童稚感觉新奇。尤其是，他常在前院廊沿下架起'机器'，'变戏法'最招引孩子，忙得他够应付。原来那正是他在做实验，久大的种子从此种播下了。"（《回忆范先生》）

1917年，黄大暹在讨袁护国之役中不幸牺牲，黄汉瑞即随叔父迁往天津生活，而范旭东已到天津开始创业。1929年，二十二岁的黄汉瑞进入永利公司，有父辈的友情在，范旭东对之另眼相待。1934年，黄汉瑞留学英美，回国后他没有去别的地方，而是继续留在永利。1937年2月，黄汉瑞结婚，范旭东亲自为其主持了婚礼。这是一对有共同爱好的小夫妻，妻子李韫子曾是南开中学的体育健将，他们的体育爱好甚至影响了后代，体育主持人黄健翔就是他们的孙子。

此时，永利沽厂已从天津全面撤退，西迁大军浩浩荡荡。由于当时很多笨重的装备已沦入敌手，只有部分设备抢运到了长沙、重

1938年12月，四川省政府关于永利公司在五通桥办厂的训令。

庆等地，而员工及家属正背井离乡行进在通往四川的路上。

1938年，是永利西迁中最忙碌的一年。由于运输任务繁重，公司购买了一条马力不大的小火轮，该船取名为"永利号"。这条船常常从重庆出发，运送一些贵重货物到五通桥，在永利川厂的道士观码头卸船，非常方便机动，同时在运输成本上也较为节省。

当年永利迁到五通桥道士观，是充分考虑了运输条件的。道士观紧靠岷江，上行乐山、成都，下行宜宾转入长江，有相当的船运便利。从1938年开始，永利已经进入了繁忙的建设时期，但建厂需要大量的建材，而这些原材料在五通桥附近都没有，必须要到重庆一带去采购，而陆运成本太高，河运是永利新厂建设的主要方式。

在永利川厂关于水泥建材购运的档案中，有一份永利设在重庆的华西办事处到"经济部管理水泥委员会"申请水泥的函件，在《永利川厂购运建厂水泥申请书》中，详细说明了申请五千桶水泥的用途：其中，水泥厂房计有：十层楼一、八层楼一、五层楼一、三层楼二，以及二层一层大厂屋多所，均为铁筋水泥地基柱梁以及必要之洋灰地板；各种机器及机械之基座，如灰窑、干燥锅、汽锅、发电机、压迫机、制碱塔、蒸钾塔、吸收塔、卤桶，以及大小电动机水泵等，均系铁筋水泥基座，用量甚巨。另外，除了水泥，还需要生铁。精炼的纯净水就需用大号管线输送，但生铁采购非常困难，只得采用自制水泥管，又增加了水泥的用量。

建设当前，永利川厂每月须用水泥一千桶至两千桶，而水泥必须用轮船运送，但当时的情况是已经到了冬天，"岷江水枯在即，设不能早日赶紧购运存厂，此后势须停工，影响工程完成时期，实非浅鲜。"①

当时，永利需要的建材和工厂设备大多是从江上转运到五通桥，而运输多是靠木船，一到洪水季节，在江中遇险翻船的事情时有发生。永利企业档案中有不少此类的记录，单1939年全年中就损失了五条船：

> 该船（船主徐焕庭）于廿八年（1939）六月十一日，在松溉下游廿五单地遇洪水冲击，触石沉没，当经极力设法打捞，因流急散失，大部无法捞获，计损失器材共值壹万贰仟肆佰玖拾五元……

> 该船（船主王树云）在途先后两次遇险，第一次系于廿八年（1939）六月十日在茄子沟地方误触礁石，中仓撞破，当即进水，经设法捞救，货物幸无损失，仍用原船修理装载继续上驶。于七月六日行至合川双石滩地方，又一次出险，船腰撞断，全部沉没……

> 该船（船主张树清）于廿八年（1939）七月八日下午，驶至纳溪观音背滩而牵棚突断，其时大水急流，无法挽救，当即下撞触石，全船沉没，所载器材经设法打捞，仍有一部分散失未能觅获……

虽然木船都买了保险，但永利川厂在运输中的重要节点设立了渝站、泸（泸州）站、宜（宜宾）站，以便对运输进行联络工作，同时

---

① 永利川厂企业档案，原件存乐山市五通桥区档案馆。

还采取分段付费的方式，以减少更多的损失。1939年10月18日，华西办事处在给永利川厂的信函中，就清楚地记录了他们的这种办法：

> 查美购第一批、第一批A及港购第四批器材，除于上月廿十八日由轮运厂一部分外，其余大件，兹雇装刘习之木船运厂，派李世隆随船押运，兹将所装各件开列第十六物料运桥装货清单三份，附请察照点收。该船运费总价，计玖佰伍拾元，经与船户规定，在渝先付伍佰捌拾伍元，其余分由泸县付伍拾元，宜宾付贰佰元，到厂付壹佰壹拾伍元。

不仅如此，永利川厂还派有专人负责办理沿途木船出险事宜。从1938年开始，永利河运任务陡增，刘群臣就被指定为此项工作的负责人。

刘群臣是个很精干的年轻人，三十岁左右，身材魁梧，能说会道。他的工作没有固定地点，什么地方出现问题，他就往什么地方走，不管刮风下雨，还是白天黑夜。同时刘群臣的工作任务也是随机的，受川厂总部和驻渝华西办事处临时指派，事无巨细，一概承办。

刘群臣工作的繁重而琐碎，从1939年10月一个月的工作就能看到。

10月4日，民生公司"民裕轮"装载着永利的钢管和机油等物质正常行驶在江上，但船快到宜宾时就接到通知，说这批货物为厂中急需，河运太慢，必须改用快车运往五通桥。刘群臣不敢怠慢，只好赶紧联系宜宾站，并洽谈好"美孚栈车"，迅速将货物转运。

刘群臣不仅要负责沿途出险木船的打捞、保险、赔偿等工作，还要解决船主的无故借款拖延滋事。10月7日，刘群臣就接到驻渝华西办事处的通知，说有三条载焦煤的木船在离开重庆后，宋云波、

抗战初期永利修建的工厂车间（局部）

杨思光等船主沿途一再借款，已超过全部运费；船到泸县后，船主又提出借款，且不借不走。刘群臣得此消息后，马上联系泸站的侯省吾，要求找到航务局扣留这些船，追回预支运费，并把这三条船上的焦煤另雇船转运。

运输过程中，也常常出现货物短缺。10月11日，刘群臣收到从宜宾上船转运而来的机件器材出现短缺的消息，这批货物是从美国购买经云南运来的，到五通桥时发现玻璃仪器有五箱，点货时整整少了一箱，要他速查，并迅速转运到厂。

刘群臣的工作存在很大的风险，常常要面对急浪险滩，同时在抗战时期也要防备轰炸袭击，以免不测。1939年11月10日，泸县被炸，正好刘群臣也在泸县处理公务，在这次空袭中他的所有衣物损失殆尽，差一点丧命。1939年12月，永利川厂专门表彰了功臣刘群臣，称他极尽辛劳，而月薪微薄，应该嘉奖，"惟刘君一年以来，办事勤恳，薪资迄未增加，昨经面商候厂长同意，允自本年九月份起，增加日资贰角五分"[1]。

河运对永利是重要的，整个建设新塘沽所需要的水泥、钢材等基础建材，以及工厂的装备器材无一不是从岷江上运来的，所以河运就是永利的生命线。但永利在河运中遇到过很多问题，也逐渐总结出了一套有效的办法：如装轮之件应该尽量一次性到厂，中途尽量不要转运，以免增加费用；同时每到一批货物，尽量迅速转走，随到随转，以免囤在重庆被空袭；货物还经常会出现破箱情况，必须尽快加以捆扎，并拍照留证等。

江河有旺水和枯水季节。一到旺水季节，河水猛涨，河道变幻

---

[1] 永利川厂企业档案，原件存乐山市五通桥区档案馆。

莫测，船的风险加大，随时都有沉船的危险，单1939年6—7月间，为永利运货的沿江失吉之木船就有五条，所以永利要求如果是重件，就尽量不要与轻件同运，为预防船遇险，应该分开转运。同时，为防止轮船浸水，凡不能受湿之件必须用车运。但到了枯水季节，水位一下降，河运也不能掉以轻心。这时轮运只能到宜宾，然后改用木船，但木船装载量小，船身也不坚固，风险仍然很大，永利要求每船只能运承载量的40%—50%，而且运费也得分成重庆、泸州、宜宾、五通桥等四处分付，避免节外生枝。

由于之前出现过不少事故，永利非常注重木船运输的安全性，比如要特别注意开船时船夫是否雇足，所用牵绳是否新购置，绝不许船户偷工减绳，每人押运不能超过两艘，不能过多，以免顾此失彼。而一旦出事，应该马上电话通知附近的运站和驻渝办事处，并马上设法捞救。应该说，这些都是实践中摸索出的对应措施。

当时永利购买的"永利号"小火轮应该说就考虑了上面的各种因素，但他们没有料到的是这种小火轮也有它的局限，由于马力不足，一涨水时就行驶慢如蜗牛。据一位老人回忆，轮船下行顺水会很顺畅，但上行就很困难，不如岸上行人走路快。所以，"永利"号在上行中一般要用纤夫拉纤才能过滩，沿岸的小孩子就爱跑去看稀奇，看一艘洋船如何被折腾得灰头土脸。

通过一年多的努力，转运物资到了尾声阶段，船的用处逐渐减少，于是人们就决定把"永利号"小火轮开到重庆卖掉，后来是低价卖给了重庆轮渡公司。"因船身构造不合行驶川江，且停泊江面深虑空袭危险，又坐耗船工开支，故经洽商，决定出售。兹以让售与重庆轮渡公司，计价国币肆万贰仟元整，其中贰仟元为中证用费，实收肆万元,业于本月十一日双方交割清楚。"[1]

实际上,"永利号"小火轮已经完成了它的历史使命,此时永利川厂的基础建设已经基本完成,工厂设备已基本安装到位进入生产时期,大宗货物河运(特别是上运)已告一个段落。1939年12月,"刘群臣君办理沿途出险各木船打捞事宜,以迄最近,始大致结束。兹以事务完毕,仍嘱其回厂工作"[2]。

1940年初,驻渝华西办事处也宣告撤销。"永利号"小火轮是永利西迁河运建设时期的一个小小见证,只是它的身影早已在江河的风浪中消失了。

---

[1] 永利川厂企业档案,原件存乐山市五通桥区档案馆。
[2] 同上。

新塘沽：重振河山梦

嘉定下来一条江，

道士观漩涡像箩筐……

这是过去五通桥一带的民谣。就在湍急的岷江边，一片偏僻、险峻的土地上，突然出现了一片热火朝天的景象，成千上万的人在这里凿石挖土，建房筑屋。1938年底，天津的永利化工已经正式迁到了这里，称为"永利川厂"。

1939年3月，永利创始人范旭东亲笔写下"新塘沽"三个字刻在老龙坝的一块石壁上。他们对这个新塘沽寄的希望很大，永利要重建中国化学工业的基础，将之视作神圣而伟大的川中复兴事业。范旭东曾写道："国难突发，公司匆促西迁，只为不甘心为暴力所劫持，且承朝野热心同志之维护，始得在川重整旗鼓，其志至壮，其情堪悯！"（《"永久黄"团体档案汇编》）

但他们为什么要选址这个地方呢？在《海王》1939年7月刊上，范旭东在《我们初到华西》一文中讲出其中的原因：

> 百公里运河沿[岸]
> 豐富交通利
> 便華西基本
> 化學工業之
> 礎石奠定於
> 此民國二十八
> 年三月玫瑰
> 今名曰新塘
> 沽燕雲在
> 望以誌不
> 忘耳

永利西迁五通桥后，动工兴建"新塘沽"。

新塘沽

此地原名道士
觀位於岷江

到初秋选定了犍为、叙府、泸州三处做最后的比较。因为食盐是我们必需原料之一，产地是有限制的，运往别处应用，在中国现行盐制下，也有许多不方便。犍为一带是产盐区，此外的条件也不比其余两处差很多，因此决定在犍为县属之道士观地方，圈购厂址，在这里奠定华西的化工中心。二十八年三月一日，公司特废去道士观旧名，改称新塘沽，纪念中国基本化工的摇篮地。新塘沽在岷江东岸，附近食盐、烟煤、磺铁、灰石、耐火土料等等，都有出产。据地质学家调查，甚至煤气、石油，尽有发现的可能，堪称齐备。产量现在还不能确定，要再勘测，但比在别处，多少已有把握。这一带江水深湛，地势宽敞，上距嘉定二十余公里，下至叙府二百余公里，直达长江……利用岷江，可与成渝、叙昆两路直接联系，将来货品转运西南西北各省，亦甚便利，与我们选择厂址之原则，极相符合。

厂址定下来后，负责内迁的是李烛尘，他是永利企业的元老，足智多谋，如果说范旭东是刘备，他就是诸葛孔明。李烛尘早年同范旭东一起创业，造出了中国的第一公斤纯碱，并在与英国卜内门公司的竞争中显出了很高的智慧，打破了外国人的垄断，把永利推到了国际市场上。当然，这时的李烛尘仍然身先士卒，留守天津亲自坐镇指挥千名技术人员和员工西迁的就是他，在他的精心策划下，将很多重要设备和物资顺利运到了四川，保住了永利重新创业的家当。

在厂址购地过程中，本来是比较顺利的，永利当时想的是尽快建厂投入生产，但因为老龙坝地面上涉及道士观庙产，与所在地金粟乡发生了民事纠纷，"田产虽已购成，然庙产尚悬，催促敝厂早日解决"[1]。后来经过多方斡旋，1939年12月，经济部部长翁文灏亲自下文，责成地方办好这件事："对于变卖庙产，勿再别生争议。""呈报省府核准，奉令通知敝厂备价办理手续。"(《"永久黄"团体档案汇编》)

当时任永利川厂厂长的是傅冰芝[2]，人称"东圣"[3]。傅冰芝在哈佛大学求学期间，美国正在制造世界上最大的航空母舰，他通过竞争入选为设计工程师，成为航空母舰设计绘图人员之一，前途无量。但他后来选择了回国，还曾经把不菲的酬金寄给了正在筹办永利碱厂的范旭东，支持民族工业的发展，而两人的情谊由此可见一斑。永利川厂一开建，重任就落在了傅冰芝的肩上，当时他已年满五十，身体多病，但他一到五通桥就迅速在当地招收了五千个民工开山辟岭、修路筑屋，拉开了"新塘沽"的建设序幕。

对于工程的建设，范旭东有清醒的认识，他不想把这里作为临时的落脚点，而是用长远眼光来建设一个具有一流水准的工业基地，所以"切望华西这个新天地的设施，至少不比世界水平线太低，并且立志要发挥各自的效能，以补环境的不利，将来这个工业才能不被淘汰……因此，抱定宗旨，宁肯不做，做就做好，做就做成，一定不惜代价，办求上进"(《"永久黄"团体档案汇编》)。但有这样的想法，做起来却是非常困难的，在一块荒地上要找到办企业需要的生产元素，必须样样都得靠自己解决。比如没有煤，他们就自己

---

[1] 1939年永利川厂致金粟乡救济院信函，原件存乐山市五通桥区档案馆。
[2] 傅冰芝（1886—1948），字尔颁，江西南昌人。清末秀才，曾留学日本，毕业于东京帝国大学，后又留学哈佛大学获博士学位，曾参与美国航空母舰设计绘图；回国后加盟永利，抗战中筹建永利川厂并任厂长。
[3] 因黄海化学研究社社长孙学悟被称为"西圣"，傅冰芝就被称为"东圣"，两人均为永利企业集团的核心人物。

办煤矿；没有卤水，他们就自己打盐井；没有电，他们就自己发电，所有的一切都是从头做起。

办厂之初，举步维艰，而最大的困难是资金。当时的永利在天津的工厂全部被破坏和占据，资产损失不下两千万元。在1939年11月召开的国民参政会上，永利提交了一个募集资金的提案，范旭东连同二十八位社会各界名流倡议政府借款两千万，完成永利川中复兴事业。他们在提案中强调："永利虽为商办，其为国兴业之精神与过去之成绩夙为同胞所共鉴，复兴该公司事业之重任似应由国人分负之"（《"永久黄"团体档案汇编》）。

这次大会通过了永利的提案，并交送国防最高委员会讨论，很快就得到两点决议："（一）此项基本化学工业在战时于战后皆属急切需要，其选择之地点犍为亦颇适宜，应赶速办理。（二）交行政院转财政、经济两部向中央、中国、交通、中国农业银行及其他银行分头接洽，请其投资，由政府予以保证。"（《"永久黄"团体档案汇编》）就这样，永利公司在各方的支持下，拿到了两千万的银行贷款，这在当时是一笔巨额资金。但政府给永利大笔的钱也出于战争的迫切需要，所以在条款中明确"公司制品应尽先供给军工，军用之外，应充分供给农业"（《"永久黄"团体档案汇编》）。

关于永利的军工性质，在永利一封函中讲得非常明确："二十八年冬奉国防最高委员会密令，仍在新塘沽范围附近创办氮气爆炸性重要工业，就现有山势地形，精加测绘，按图在国外设计，复经政府督促，辛勤年半，始确定西南百年重工业大计。……公司既确定建设计划，赓即将靠厂山地统行收购，以供建设。"[①]

---

① 1941年永利公司致犍为县县长函，文件存乐山市档案馆。

有了资金的保障，永利再度呈现出兴旺的局面，范旭东在1939年9月1日给孔祥熙的函中写道："今幸于颠簸流离之中，蒙朝野各方不弃，以实力相扶持，开辟一新局面，以继续其已断之事业生命。"

但另一方面，范旭东也深感责任重大，复兴之路坎坷不平，"公司川厂建造工程浩大，决非短期所能完成，其间一切开支依借债而来，危险孰甚"（《"永久黄"团体档案汇编》）。

一切都在有条不紊地推进，永利川厂的建设进度是迅速的。

1939年，嵌刻有"红三角"标志的现场指挥部、大型回廊式建筑办公室和试验室，以及被称为"开化楼""进步楼"的十六幢住宅楼正式建成；这年他们又凿造"百亩湖"，这个湖长200米，宽50米，深达6米，可储水6万立方米，湖边植树，湖内养鱼，解决了生产、生活用水；1940年，用凿湖时打出的石头建造了总面积8000平方米的"石头房子"，其中最重要的制碱厂和发电厂均用坚硬的石头筑成；1941年，南北纵向、总长221米被誉为亚洲第一跨的机械厂房，总长830米的地下隧道和上万平米的山洞车间全部建成……

这些建筑造型别致优美、规划合理，远看像是具有西式风格的洋楼别墅。其建筑质量也堪称上乘，七十年风雨不变，巍然而立，是中国近代极为少见的工业遗存。

建成后的永利川厂包括"十大单位"：路布兰法碱厂、炼油厂、翻砂厂、机械厂、耐火材料厂、土木工程处、日产40吨的半机械化煤矿、500千瓦发电厂、侯氏制碱法试验厂、探井工程处。到1941年底前，永利川厂全部建成，一座新兴的化工基地已经蔚为壮观，当时这在四川乃至西南可以说都是规模最大的工业厂区，而且它还建设了地下防空设施，其布局、建造的优秀和先进，在中国近代工业中绝对是一流的。

为了纪念这个"新塘沽"的诞生，同时表达"燕云在望，以志不忘耳"的意愿，他们又将厂区道路分别取名为四省路、河北路、青岛路、唐山路、塘沽路、汉沽路、卸甲甸路、大浦路等，1940年10月，永利川厂基本建成之际，为了鼓励永利员工在困难中的努力建设，"各职员不论职级一律每人加津贴三十元"（《"永久黄"团体档案汇编》）。

在建造厂房的同时，机器装备的采购和原材料的运输也是拦在永利面前的一大难题。没有机器装备和原材料，建成的工厂仍然只是一个空壳。1940年2月，中国海岸线上的港口基本上被日本人控制，永利只好在昆明设立运输部，转运从越南海防港进口的物资。但不到半年时间，海防港落入日军手里，永利被迫绕道缅甸仰光，经滇缅公路运送物资到四川。但这条路全长三千多公里，沿途险阻重重，没有任何机构愿意承担这项危险的运输任务。无奈之下，范旭东只好亲自赴美国买下了两百辆福特牌载重汽车，自办运输，他深知运输线就是永利的生命线。

1941年春，范旭东除了晋见蒋介石，面陈永利运输的重要性以赢得政府支持以外，又亲赴仰光实地考察，并制订了周密的运输计划。

5月30日，永利的第一批货车从仰光出发，几十辆一组的永利运输车队在漫长的山地林间穿梭，直驶五通桥。在一张老照片中，有这样的一段说明文字，记录了当时的真实情况："长蛇阵似的车队满载建造国防化工的器材，从缅境腊戍东开，全程不下三千公里，中途要突破海拔二千六百公尺的天险，要穿过滇川两省无数的峻岭崇山，进抵泸州，或舍车登船溯江上驶转入岷江，或原车直放本厂，我们战时运输的任务始告卸肩……"

但不到一年时间，形势急转直下。1942年3月8日，仰光被日军占领；4月19日，范旭东赶赴畹町处理从仰光抢救出的几百吨器材和三千五百桶汽油，但没有得到政府运输统制局的回应，抢运申请迟迟不得回复。就在他返回昆明的途中，腊戌失陷，他得到了政府发来的一条密令："自行销毁畹町物资，以免资敌。"5月4日再传噩耗，日军轰炸保山，正在滇缅公路行驶的永利运输车队遭受重创，八十多辆汽车被炸毁，车上辎重全数沦入敌手，永利的海外运输通道被全部切断。

抗战进入了最艰巨的时期，永利再度陷入困境。惨痛的损失打乱了"新塘沽"的建设计划，由于国外的装备运不进来，碱厂的建设一度停止，而惨淡经营下的永利甚至到了每人每月只发给白米三斗的地步。这时，范旭东清醒地意识到，企业要发展，必须另辟蹊径，而自力更生、因地制宜的发展思路才是永利生存之计。在十分艰苦的条件下，永利开始组织职工千方百计搞生产，从凿井采盐卤，到用吕布兰法小规模生产纯碱，以及用植物油裂解生产汽油等，艰难地维系企业的生存，而世界闻名的侯氏制碱法也正是这一时期的产物。

侯德榜[①]，从小读书聪明过人，曾以十门功课1000分的成绩保送到美国麻省理工学院学习，是个罕见的学霸。他于1933年写的《纯碱制造》一书，是世界化工界的权威读本。作为中国当时最优秀的年轻科学家，侯德榜一回国就加入到了永利的团体中，担任技师长，成为永利技术上的核心人物。

[①] 侯德榜（1890—1974），福建闽侯人。著名科学家，侯氏制碱法的创始人，中国近代化学工业的奠基人之一。先后毕业于清华大学、美国麻省理工学院，获哥伦比亚大学博士学位；1921年起任永利碱厂技师长，后任永利公司厂长、总工程师，1945年任永利公司总经理；1958年任化学工业部副部长，当选为中国科学技术协会副主席。

侯德榜（左一）、范旭东（右一）在五通桥永利川厂住宅区内

当时在筹建永利川厂纯碱装置之初，由于四川井盐昂贵，"从前苏维尔（制碱法）之特长，一到华西，皆难应用。塘沽盐价，等同沙土，其他灰石、煤焦，无不取携自如，殆无限制。加以市场宽泛，远及国外，大量生产，不虞滞销，皆非目前华西所能想象者"（《"永久黄"团体档案汇编》）。所以，侯德榜认为不能沿用苏维尔碱法，只能选用察安制碱法。

1939年春，侯德榜到德国洽购察安制碱法专利，但遭到拒绝。当时世界上这两种主流的制碱法都无法在五通桥生根，所以在回国的途中，侯德榜下决心要自己研制一种新的制碱法。两年过去，他们通过艰苦奋斗，在五通桥、香港、上海三地进行数百次试验，新法制碱在1941年初终获初步成功。当时永利川厂同人欣喜万分，决定将新法命名为"侯氏碱法"，这时侯德榜正在纽约，他接到了一封从五通桥发去的祝贺电报：

> 本公司在华西复兴化工首创碱业，先生抱负恢弘，积二十年深邃学理之研究与献身苦干之结果，设计适合华西环境之新法制碱，为世界制碱技术辟一新纪元，其荣幸孰有过之？民国三十年三月十五日全厂同人集会，决定本厂新法制碱命名为"侯氏碱法"，译称"HOS PROCESS"，聊表崇德报功之忱，藉为本公司永久之纪念。

确立了侯氏制碱法后，侯德榜进一步扩大试验规模，成立了半工业试验厂。工厂于1943年秋开工，负责试验的总负责人是谢为杰博士，他的大姐就是有名的作家冰心，他当时担任永利川厂的技师长（后任厂长），是发明侯氏制碱法的主要参与人之一。通过大量

在五通桥进行的侯氏制碱试验

试验证明"侯氏碱法"的优异特点：食盐利用率达98%以上，远较苏维尔的75%高很多，投资和产品成本比可大幅度降低。其贡献在于"永利为中国蕴藏的特殊材料，为改良苏尔维制碱法的缺点，设法将碱铵两工业联合起来，辟改革化学工业之创例"（侯德榜《永利化学工业公司三十六来完成碱酸工业之经过》）。

这年12月，中国化学会特将第十一届年会安排在永利川厂举行。《大公报》副总编辑赵思源亲临采访，参会者听取报告和参观了试验车间，对"侯氏碱法"给予高度评价，侯德榜被誉为"制碱大王"。

12月8日这天，在五通桥，科学界人士和永利川厂职工聚在一起庆祝"侯氏碱法"的研制成功，每人分柑橘一颗，共分2828颗。范旭东现场慷慨激昂致辞："中国化工能够登上国际舞台，侯先生之贡献，实当首屈一指！"

道士观是"嘉定下来一条江"的第一个大险滩，永利西迁落址这里之初，也为它的命运注上了一层悲壮的色彩。但通过在五通桥的艰苦奋战，华西化工复兴事业有声有色，已然勾勒出了清晰的发展蓝图。

永利的成就，也离不开五通桥民众对永利的支援。抗战即将胜利前夕，1945年6月，范旭东在给金粟乡（道士观所属乡镇）乡长的信中写道：

> 民二七年在本乡建厂以来，蒙各级政府官长之督导，复承我键为父老昆季之赞助，倏忽七年，虽建厂工作，因海防与仰光沦陷，器材损失，未克如期完成，而职工众多得能安居于岗位苦撑，实拜诸君子直接间接有形无形维护周至之惠，此则弟虽因猥务丛

身，疏于诣候，然对于诸君子之诚挚合作，实深铭感。[①]

1943年6月，英国著名学者李约瑟为考察战争时期的中国科技事业来到了五通桥，陪同他一起去的是乐山武汉大学石声汉教授。他们坐小船去了道士观，上岸后即到永利川厂参观了各个正在忙碌生产的工厂。

这天，李约瑟一行边走边看边拍照，天上突然下起了小雨，他们兴致不减，撑着伞继续参观，其间石声汉突发奇想，戏称是"雨中蘑菇人"。后来李约瑟在《中国科学技术史》中提到了这段愉快的经历。这时的永利正在建设最为关键的时期，"侯氏碱法"即将告成，"新塘沽"复兴在望，而李约瑟看到的永利，正是在艰苦环境中冒出的希望的蘑菇。

[①] 1945年6月30日，范旭东致金粟乡乡长秦昌瑗信，原件存乐山市五通桥区档案馆。

一口黑卤深井

永利西迁到了五通桥后,面临着两大难题:一是要寻找煤、石膏、耐火材料、黄铁矿等矿产资源;二是需要找到高浓度的盐卤,这两样东西都是跟永利化工密切相关的。可以说没有这两样,永利在华西的复兴大业就是无米之炊。

过去永利在天津用的是海盐,取之不尽,但到了四川后必须就地取材。其实在最初考察五通桥作为西迁地的时候,就考虑到了这里是盐区,从地质上存在很大的盐储存量。但是桥盐虽然有量,盐质却并不让永利满意,永利公司在地质考察报告中就查明五通桥一带属白垩纪下部,均汲取侏罗纪地层中的盐水,系黄色淡卤,没有黑色浓卤。

其实,早在北洋时期,英国人丁恩在担任盐务稽核总所会办时就亲自考察过五通桥盐场,他在调查报告中写道:"乐厂之卤最浓者每斤煎盐一两四钱,犍厂之卤最浓者每斤煎盐一两八钱。"(丁恩《中国改革盐务报告书》)可见盐卤很淡,而黑卤能每斤煎盐达三两六钱,五通桥的盐作为食盐没有问题,但还达不到永利的生产要求。

1939年1月，黄海化工研究社研究员赵如晏、永利技师章怀西又对五通桥的盐质进行了熬盐试验，得出的结论是："五通桥盐井较浅，卤水浓度较低，杂质且多，普通卤中所含纯盐仅占全固形质之八十左右，其余杂质为钙、钡、镁等之氯化物，钙最多，钡镁次之。为此情形，非加相当处理，似难应用。"（赵如晏、章怀西《五通桥盐卤熬盐试验》）但从成本和工艺上，永利的生产需要高浓度的盐卤，那么五通桥到底有没有黑卤或者岩盐呢？

这件事就落在了杨运珊[①]的身上，他当时是永利公司驻重庆华西办事处工作人员，三十多岁，年富力强，1934年时曾被派到美国采购永利铔厂的设备，有丰富的办事经验。

1939年到1940年是杨运珊最为忙碌的一年，永利在五通桥所有的建设均已启动，原材料和深井的探采就成了重要的先头工作。

1939年4月11日，杨运珊去了位于重庆小龙坎的四川地质调查所，见到了技正苏小孟，获得了一个重要的信息。苏小孟告诉杨运珊，他曾经陪同一个德国人到五通桥去勘定过盐井位置，其中以青龙嘴、杨柳湾、牛华溪三处最有希望打出深井。苏小孟个人主张在青龙嘴的低处开凿，他认为用深井机打至一千三百米以内，必得岩盐或黑卤。杨运珊非常兴奋，当天就将此事写信告诉了永利川厂厂长傅冰芝。

实际上，苏小孟所说的这三个地点中的一个，后来成为永利的第一个深井地址。

第二天，4月12日，杨运珊再度去了四川地质调查所，这次他

[①] 杨运珊（1902—1988），湖南长沙人。1924年毕业于长沙楚怡工业学校，1936年任南京永利硫酸铵厂副总工程师，1939年任永利公司总管处长兼采购部长。1954年后，曾任开封化肥厂总工程师、株洲湖南化肥厂总工程师等职。

见到了所长李春昱。李春昱是毕业于德国柏林大学的地质学博士，国内权威的地质专家，但他较为审慎，其说法与苏小孟大相径庭。当晚，杨运珊赶紧又给傅冰芝写了封信，他写道："彼对于盐井之位置，与苏君又有不同，伊谓五通桥三叠纪是否有岩盐？大有疑问。……谁是谁非，莫衷一是。幸黄所长不日可以到桥，以彼之所学与经历，当能指出更为可靠之所在也。"[1]

杨运珊在信中提到的黄所长，就是经济部中央地质调查所所长黄汲清[2]，他是中国当时最为顶尖的地质学家之一。其实，当时永利一直想得到黄汲清的支持，毕竟打井是投资大、耗时长的一件事情，而打出的井也决定着永利在华西的事业发展。所以他们多次邀请黄汲清去五通桥，想让他亲自为永利的盐井勘探定点。

1939年5月，黄汲清在百忙之中终于到了五通桥，同去的还有经济部中央地质调查所技士李悦言[3]、丁子俊两人。从5月6日开始，黄汲清就代表中央地质调查所对五通桥的地质状况进行了为期四天的考察。

5月10日这天，考察告一个段落，黄汲清召集永利川厂相关人员开会，宣布初勘之意见。黄汲清初步勘定永利川厂要打的第一口深井位置可以定在"新塘沽"附近，也即老龙坝区域内。

---

[1] 1939年4月12日，杨运珊致傅冰芝信，原件存乐山市五通桥区档案馆。
[2] 黄汲清（1904—1995），四川仁寿人，著名地质学家。1928年毕业于北京大学地质系，1935年获瑞士浓霞台大学理学博士学位，1948年当选为中央研究院院士，1955年被选聘为中国科学院学部委员（院士），1988年当选苏联科学院外籍院士。
[3] 李悦言（1908—1995），山东莒县人，地质学家。1935年毕业于北京大学地质系。先后任中央地质调查所技正、永利化学工业公司工程师，1949年后担任中国地质工作计划指导委员会地勘队队长、重工业部化工局及化工部地质局地质处处长、地质部地矿司副总工程师等职。

决定第一试探点以老龙坝为最宜，又背斜地段宽阔，凡在老龙坝范围内者均无大区别，故即决定以川厂原拟用之三号井作为第一深井，至于第二深井之位置应候测量完毕及第一深井竣工后再为酌定。（刘声达《补记永利川厂打井经过》）

黄汲清的一席话，让永利人大为振奋。这说明五通桥存在黑卤，而且准备要打的第一口深井就在永利川厂的附近。会一完，永利的技术人员已经有点按捺不住，深井位置既已定，凡关于打井需要之各项预备工作，如平地基、盖工棚等前期工作就应该依次展开了。

在黄汲清得出初步结论的同时，永利川厂为了稳妥起见，确保深井工程成功，又派人在其他地方进行勘探。1939年10月，黄海化工研究社的研究员鲁波就对顺河街盐卤情况进行了勘查，并拟出了制盐的成本概算。当时顺河街为犍乐盐场"最咸之区"，所以他们把目光锁定在了那里。但鲁波了解到顺河街一带的盐产量偏低，每日只能产50吨左右，而永利的用量是每日150吨，那么就必须在此地打出5口深井来保证供应，所以他建议在金山寺设厂。1939年11月下旬，江国栋和刘声达两人在鲁波考察报告的基础上，深入对金山寺深井地址进行了考查。

除了顺河街的勘查以外，另一路人马也在寻找深井的位置，他们是在对过去不为人注意的舞雩场进行勘查，因为从地理位置上他们认为舞雩场跟顺河街相似，极有可能有浓卤出现。1939年11月下旬，章怀西等人在考察后建议"以吾公司之现有手摇钻井机，先在该地开一试探眼……如结果良好，再于所指定地点一一开凿盐井"（《犍为县舞雩场拟钻盐井位置报告》）。

过去为打出深井，五通桥盐商聘请的盐井机师（前排右二持手杖者）。

这期间，侯德榜已经在美国花费了二十五万美金选购深井钻机，同时还准备在美国聘请钻井技师来五通桥。永利不仅在努力寻找深井，同时他们也在寻求深井的开钻办法，因为他们之前对盐井的钻探完全没有经验。早在1939年4月，永利其实就派刘声达同杨运珊去了重庆油井沟，专门查看了油井柱状图，以分析推断永利川厂的深井打钻办法。

一切工作正在紧锣密鼓进行的时候，却发生了一件让人尴尬的事情，而主因就是经济部中央地质调查所技士李悦言。李悦言1935年从北京大学地质系毕业后就到了经济部中央地质调查所，黄汲清一直很器重他，觉得他肯钻技术，做事也踏实。

当时永利的制碱事业离不开盐，而李悦言是盐矿专业人才，所以永利就想借用李悦言来为公司效力，因为除了盐井勘查以外，对周边矿产资源的调查也非常重要而迫切。

李悦言在1939年期间陆续挤出时间到过五通桥，通过详细、扎实的勘查和复勘，为黄汲清准确勘定深井位置打下了很好的基础。应该说，黄汲清对永利开凿深井是非常支持的，"对五通桥盐卤工作始终感浓厚之兴趣"，并在信中告诉傅冰芝："此种深井工作在中国作得不多而花费尤大，故在进行之时即应一步一步加以注意与研究所得结果，对于实用与理论两方均有裨益也。"[①]

1939年9月底，傅冰芝在给黄汲清的信中写道：

顷读十八日致范旭东先生大函及五通桥钻探深井意见书一通，简要精当，如获琼浆。兹特致书范先生，请其嘱敝华西办事处

---

① 黄汲清致傅冰芝信，原件存乐山市五通桥区档案馆。

购备飞机票,邀李悦言先生赳日飞乐山转桥,一面勘定杨柳湾确址,一面指定他处,为后日开凿之需。当此抗战建国紧要关头,吾人力所能及,自当缩短时间,加紧工作,愿先生加意协助,幸甚幸甚![①]

也在这个过程中,永利感觉李悦言每次都是匆匆而来,匆匆而去,远水解不了近渴,于是便想长时间借用李悦言,让他留下来安安心心地从事深井勘探工作。而这封信的目的就是要人。

1940年2月,傅冰芝又给黄汲清写了一封长信,表达了求贤如渴的心情,并希望得到他的大力支持:

敞厂视盐井地质诚为主要工作,弟等为驾轻就熟计,颇望李君能于亲来监视凿井之余暇,兼为指导复勘石膏、耐火材料、黄铁矿之工作……敞公司负建立基本化学工业之重任,事之成否,关系于原料之探查至钜。[②]

黄汲清在收到傅冰芝的信后,基本同意李悦言到永利川厂借用,但并不想马上就派他去,他觉得地质工作要用人的地方很多,要合理安排人力和时间。实际上,李悦言在中央地质调查所时干过很多工作,1937年还去周口店寻找过人类化石,与同事一起捡到过三个头盖骨;抗战之后,他的足迹更是遍及四川各地盐区,而此时他仍然在自贡一带做盐矿调查研究。所以黄汲清在回傅冰芝的信中说

---

① 1939年9月23日,傅冰芝致黄汲清信,原件存乐山市五通桥区档案馆。
② 1940年2月28日,傅冰芝致黄汲清信,原件存乐山市五通桥区档案馆。

道:"钻机到川尚需时日,五通桥交通亦便,最好候钻机到川时,再由尊处通知,以便令李君再去或酌派他人亦可。"①

但永利是等米下锅,求贤若渴。很快傅冰芝也给正在自贡勘查地质工作的李悦言写了封信。信中,他把深井工程的进展情况及重要性、迫切性跟李悦言做了交代,恳请他早日去五通桥:"为永利解决困难,此不仅弟等数人之私幸,亦川厂整个成败攸关也。"②

不仅如此,永利也考虑到了给予李悦言一定的工作报酬,当然更希望他借用到五通桥的时间更长一些,于是就给经济部中央地质调查所发去一正式调函。不料这个想法让黄汲清大为不满,他认为永利又是调函,又是支薪,这不是就想把李悦言挖走吗?双方顿生不谐。

1940年3月,黄汲清郑重其事写信,以阐明他们的立场,并约法三章:

(一)请贵公司收回正式任命李君为职员之命令,但如暂时给李君以顾问或相似名义,弟亦可同意;(二)李君不得在贵公司支薪,但旅费自当由公司担任;(三)李君应收自流井工作结束后(何时结束不日当可专函奉告)再赴五通桥;(四)李君在贵公司工作时间暂定三四个月,过期则放行调回予以他项工作,但届时贵公司认为李君尚有留桥之必要,谈敝所承认时当可延期……③

傅冰芝接到信后,感到误会很深。于是当即复函,极力解释,

---

① 1940年1月4日,黄汲清致傅冰芝信,原件存乐山市五通桥区档案馆。
② 1940年2月21日,傅冰芝致李悦言信,原件存乐山市五通桥区档案馆。
③ 1940年3月9日,黄汲清致傅冰芝信,原件存乐山市五通桥区档案馆。

想缓解一下对方的情绪。

就在此期间，深井的勘查已经逐步有了成效，在几经曲折后，大家的目光集中在了一个点上。通过周密认真的调查分析，永利决定在五通桥杨柳湾打第一口深井，而这正是之前苏小孟最早提出的深井地址之一。

此时，杨柳湾井址周边土地已购收完竣，只有深井机重件滞留在昆明。永利已派杨运珊偕同从美国聘来的钻井技师哈蒙一起前往昆明，设法将重机拆运到泸州，然后装船西上，预计全机能于5月内到齐。所有一切都准备完全，可谓万事齐备，只欠东风了。李悦言的到来对永利的后期工作非常关键。

1940年4月，李悦言到了五通桥，这一年他正好三十岁。其实，从李悦言个人来说他是非常想到永利川厂来工作的，之前的那个误会并非空穴来风，他在给傅冰芝的信中多次表达这层意思："晚学到贵厂，纯抱前来学习之心，绝不敢望高位厚禄。"[①]

就在李悦言在五通桥工作期间，发生了一件意外的事，黄汲清突然辞职去了中央大学任教，中央地质调查所所长一职由尹赞勋[②]代理。1940年9月，李悦言在永利工作时间到期，永利川厂还想延期，便致经济部地质调查委员会一函："李君不避艰阻，裨我良多。刻三四个月之期已过，而所事未尽完毕，不得不恳将李君调查期限，展长数月，俾竟全功。"[③]

---

① 1940年2月16日，李悦言致傅冰芝信，原件存乐山市五通桥区档案馆。
② 尹赞勋（1902—1984），河北平乡人，地质学家。1919年考入北京大学，1923年留学法国获理学博士学位；1942年任经济部地质调查所副所长、代所长；1955年当选为中国科学院院士。
③ 1940年9月20日，永利川厂致经济部地质调查委员会函，原件存乐山市五通桥区档案馆。

到了这年年底，李悦言已严重超期，他在中央地质调查所的多次催促下回到了重庆。但一翻过年，李悦言就待不住了，他认为自己在永利的工作远远没有结束，"贵公司之原料，诚如先生所言，前途茫茫，尚无头绪。晚学在世经年，获得如此结果，实深为惭愧"[①]。

其实，这时的李悦言的思想已经发生了根本的变化，他感到永利的事业更为远大，非一般的私营企业能企及，所以他在给傅冰芝的信中写道："年来在桥得能追随先生，作解决公司原料之工作，实感庆幸，而深欲能继续之永久者。"[②]

1941年2月，李悦言毅然重新回到了永利。尹赞勋最开始也很支持永利，处理事情比较包容，"协助贵公司从事资源之搜寻问题之解决，凡能为力处当竭尽绵薄，助成福国利民之大事业。仍请李悦言先生前往继续协助，以免功亏一篑"[③]。

转眼三个月过去，到了1941年5月，尹赞勋感到情况不妙，便有些急了，他赶紧致信傅冰芝："拟请李技士于五月底返所，以便派遣工作而解人事之恐慌。"[④]

但傅冰芝没有理会，在回信中再请延期："慨允悦兄展期二三星期再回贵所，为敝厂先作天全之行……"[⑤]

实际上，李悦言已经决定留在永利，而永利川厂已经任命李悦言为探采部部长。此后李悦言从1941年到1950年期间一直在五通桥为永利效力，时间长达十年。

[①] 1941年1月6日，李悦言致傅冰芝信，原件存乐山市五通桥区档案馆。
[②] 同上。
[③] 1941年2月7日，尹赞勋致傅冰芝信，原件存乐山市五通桥区档案馆。
[④] 1941年5月15日，尹赞勋致傅冰芝信，原件存乐山市五通桥区档案馆。
[⑤] 1941年5月26日，傅冰芝致尹赞勋信，原件存乐山市五通桥区档案馆。

永利川厂的杨柳湾深井工程是从1941年1月底启钻的，但在美国购买的深井装备由豌町内运，情况并不顺利。从1941年7月开始，日机开始轰炸川滇边界，永利公司再一次感到了前途未卜，"深井工程师二月三号可到港，深井机则为滇越被炸，仍陷中途。真闷气！奈何！"（范旭东《致阎幼甫信》）

几经周折，直到这年的11月深井机才部分运抵五通桥，只好找到川康盐务局深井公司转购了一部分套管，这才真正开始动工。通过艰苦的奋战，1942年9月28日打井成功，如愿发现煤气和浓卤。当时范旭东喜不自禁，以"旁人"的笔名在《海王》杂志上写下了这样的话："两年多年，不知道费了多少人的气力与心血，九月二十八日下午消息传来，居然如愿以偿了。那浓厚的黑卤和火焰猛烈的瓦斯，象征着未来中国化工的光明，的确是抗战期中一服兴奋剂！"（《永利深井卒至成功了》）

此间，五通桥化学工业股份有限公司与永利川厂签订了收购黑卤制盐的协议，准备前往试运。但这口井打出来以后，效果并不算好，"惟为量无多，不过昙花一现耳"。[1]

那时，五通桥地方的盐商也酝酿在附近再凿新井，毕竟黑卤是盐商们所渴求的，也是桥盐赖以长久生存的希望。但深井工程耗资巨大，且存在不小的风险，无人敢轻易下手，"盐井产量须视卤水之浓淡丰啬，开凿之久暂，又系乎各个地层之硬软与工程之是否得心应手，以故未得相当经验之前，一切均不易预定"[2]。

几年过去，永利滞留海外的深井设备才全部运回五通桥，于

---

[1] 1948年4月27日，永利川厂致岷江电厂函，原件存乐山市五通桥区档案馆。
[2] 《永利公司致谢惠赠地址公函》，时间不详，原件存乐山市五通桥区档案馆。

1947年12月重新开凿，几个月后的一个早晨，工人就发现井水上有一层石油，消息迅速传遍了盐区，犍乐两场的盐商再也坐不住了，也兴奋了起来。

1948年4月，由王明宣、吴子春、张仲权等大盐商带头，准备成立一家新川公司，开凿深井，放手一搏。他们的想法是借用永利的机器，再购买一些套管、钢绳等器材，但算下来也非小数目，需要40万美金。不过，他们已经想好资金的解决方案：以犍乐两场800引盐计，每月抽取美金1.6万元，直至收足50万美金为止，专门用来开办深井，并请盐务总局代购官价外汇，用以购买钻井设备。

最关注这件事的是翁文灏，他时任行政院院长，本行却是地质学研究，他是比利时鲁汶大学的地质学博士。当他听到永利深井发现原油后，非常高兴，要求把具体情况赶紧告诉他。但当时的情况仍不明朗，"按盐卤浓度而言，在质的方面，则颇觉乐观，惟量的方面，尚待美购探测机流量器材到厂，方可试验"[1]。

其实，永利通过几年的寻找和论证，对五通桥有无石油尚无定论，"一般地质学家均认为五通桥一带地层构造，对于石油产存之希望甚微"[2]。但在这个期间，李悦言写成了《四川犍为五通桥三叠系黑卤水的研究和发现》的论文，成为抗战时期中国地质界和永利在华西建设的一个见证。

不幸的是，深井还没有真正开发出来，傅冰芝就于1948年4月去世了。有他的"苦心撑持，卒置川厂于磐石之安"（侯德榜《哭傅冰芝兄》），但傅冰芝一走，便留下了一个动荡不安的工厂。侯德榜说

---

[1] 1948年4月27日，永利川厂转致翁文灏函，原件存乐山市五通桥区档案馆。
[2] 同上。

"川厂深井,耐兄指导;碱厂纠纷,耐兄解除",其中包含了多少无奈!显然,傅冰芝是永利的一员大将,出师未捷身先死,永利深井发展的机遇转瞬即逝,成为一个未竟的事业。

无奈此时已经临近1949年,国家形势已经翻天覆地,李悦言后来去了北京工作,永利主要人员已纷纷迁回天津,这一场浓卤大梦从此就烟消云散了。

抗战小盐都

金执十岁那年，全家人去了重庆，他的父亲金昌炽是盐务总局的戊等职员。

盐务总局是从南京迁来的，但不久大轰炸就开始了。盐务总局院子后面有个防空洞，一旦听到警报声，人们就往里面跑。但日本人的轰炸却越来越凶，重庆也待不住了，盐务总局出于安全考虑决定搬走，这让金执感到可惜，因为那个防空洞修得挺漂亮的，有排椅，有电灯，还有风扇。

1938年初冬，小城五通桥仍像往常一样忙忙碌碌，岸上井灶冒烟、河上运舟频繁。但就在这么一天，有人发现江上的船只突然增多了，十多艘大船浩浩荡荡开来，并陆陆续续停在了四望关的岸边。船上载的不是平时的盐巴或煤炭，而是木箱、辎重和南腔北调的外地人。

金昌炽一家来到五通桥后，租住在当地一个盐商的院子里，当地人叫它高家院子。

我认识金执就是因为这个高家院子，那是在2007年。他是安徽一所大学的退休教授，曾在二十年前回到五通桥寻找高家院子，因为偶然的机会我得以联系上他，同他有了断断续续的书信来往，而盐务总局在五通桥的短暂时光也就得以真实地呈现。

盐务总局为什么要迁到五通桥呢？当时主要考虑了两个条件：一是它地处川西大后方，紧邻岷江水道，背靠雷马屏峨，再后面就是广阔的山区了，是最后的安全防线；二是五通桥是大盐场，历朝以来形成的层层盐业管理、稽查、运销等体系非常健全，堪当重整四川盐业、支持全国军供民食的重任。也就在这样的背景下，小小的五通桥被推到了全国盐业管理的中心地位。

> 1937—1938年间，沿海盐场相继沦陷，海盐来源基本断绝。军需民食的供给，不得不仰赖后方盐区，川盐地位顿显重要。其时国民党政府战时首部撤到重庆，中国政治经济的重心移向西南；盐务总局也随之迁川，先后驻于五通桥、重庆，成了全国盐务管理的中心。（缪秋杰《十年来之盐政》）

盐务总局的到来让五通桥这个小城热闹了起来，宁静的盐镇泛起了微澜。物价开始涨了，以前是买一只鸡仅需八九角钱，五六角钱就可以买一只鸭，但人一多，鸡鸭鱼肉价格涨了起来，这些都是"中央人"来到的原因。也有人在悄悄传言，说下江的妓女也跟着跑来了。其间发生过一件荒唐之事，为了所谓的纯净社会、"教化民风"，当时的区长谭群逸叫人去"东南美"旅馆里捉了十几个扬州妓女，然后将之装进麻布口袋中，按每斤三角在市场上公开叫卖，过秤收钱，据说是每天卖出两人，视如破铜烂铁。

盐务总局到五通桥后，办公的地方选在了四望关附近的中山堂。中山堂原来是五通桥国民党分部的办公地点，盐务总局一来，就征用了此地。除当时总办朱庭祺（1941年4月后由缪秋杰接任，改称局长）和会办罗哈脱常驻重庆应对重大事务外，其他人全都迁到了这里。

中山堂是一幢两层的西式建筑，背靠菩提山，四周树林茂密，是个幽静之地。盐务总局设有总务、财务、场产、运销、人事、会计、统计、技术、视察、硝磺等几处，由于中山堂并不大，盐务总局的一些机构只有分散办公。如缉私督察处就在附近的原五通桥盐务稽核支所内办公，对盐区进行监督活动，中统大特务顾建中就曾经负责过这个部门；盐务总局招待所设在牛华溪晏公祠内，便于各地盐务机构人员来桥的接待。

中山堂建在"盐商公园"内，里面有个篮球场，盐务总局来后，就准备占用这个篮球场，用来修建房屋。那么，球场上的篮球架就要搬走，后来商量的结果是照价转让，将它"装置在新村小学新填之空地上"[1]，这件事是由五通桥盐务分局来操办的。在我小的时候，那些建筑已被拆除了，重新恢复成了篮球场，我们经常在那里打球，幼儿园上体育课也常常在里面。在我的印象中，只要一有比赛，那里就人山人海，是青年男子们活蹦乱跳的地方，而那些球技高手就像明星一样受人崇拜。

盐务总局人不少，把家眷算在内，总得上千人。金执告诉我，他家当时只有父亲一人在盐局工作，但老老少少九口人全部到了五通桥，而这种拖儿带母的情况非常普遍。不久，出于健康保健，盐务总局就专门筹办了一个医务所，又请来了海外留学归来的医生。金执在给我的信中回忆道：

---

[1] 1939年10月7日，盐务总局税务科致五通桥盐务分局函，原件存乐山市档案馆。

盐务总局医务所的主管医师，是一位德国留学生，他的夫人是德国人，有一对小儿女，大的是女儿，小的是儿子，这一家人对人很和蔼可亲，虽然家境富实，待人接物总是谦虚有礼。他们的儿女常与我们在一起玩耍，除了碧眼红唇与我们不同之外，其他毫无区别，活泼顽皮依然相似。去盐务总局的医务所看病，是不要钱的，甚至取药也不要钱。不过，那年头我们从不生病，或者我们生点小病，我们总是靠"八卦丹""仁丹""万金油""行军散"之类的成药去医治，这好像是当时民间的一种习惯，轻易不去医院，如果去医院，那就是生死攸关的大病。但是，也有一个例外，那就是当时四川很容易得痢疾（当地叫作"打摆子"），必须到医院拿"奎宁"或"阿的平"来服用，药到病除，十分有效。

在外人眼里，在盐务机构工作是个让人羡慕的职业。确实，盐务系统的晋升、退养、薪金体系基本是按照英国人的文官制度来效仿的，这套体系是北洋时期丁恩带来的。丁恩的这套人事制度在当时也被称为"稽核制度"，主要包括严格选用、注重保障、优俸养廉、年功加俸等几方面。

盐务总局里的职员分为甲、乙、丙、丁、戊、己六等二十四级，这个等级最初是按考试成绩来划分的，然后再在岗位上逐步晋级。对参加各种考试录取的人员，依考试成绩及业务需要，分别先后任用或擢升，并应按照考试总分数来定级。甲等一级科员能拿到最高月俸八百元，像到四川这些偏远的地方后，还有边省补贴、房租津贴等，实际可达千元以上，而当时的大学教授只有三百元左右，而一个厨师月薪只有二三十元。当年还有个故事，1941年11月，盐务总局在五通桥创办的《集益旬刊》里就刊登了这样一个小消息:"曾在蓉乐两地轰动一时演出之《原野》,内饰白痴子之黄君,将入本局统计室服务,此乃本社话剧组一大收获也。"可以想象,"黄君"不当明星而入公务员行列,看重的还是在艰难的抗战时期,盐务单位丰裕而有保障的收入。

金执的父亲金昌炽在财务处工作,到五通桥那年已满五十岁。金昌炽的经历是这样的:早年考入芜湖盐务稽核所,1936年上海受日军进犯,危及芜湖,盐务机构被迫解散;金昌炽拿着遣散费,带着一家老小沿江而上到了重庆,他的目的就是到盐务总局去申请复职。通过重新考试,他被幸运录取,进了盐务总局,并随局迁到五通桥,但他中间掉了级,收入锐减。我在盐务总局的职员花名册中找到了金昌炽的名字,他被排在科员的最后一位,也就是收入最低的一位,可就是这样的薪俸收入相较其他职业也算优厚,能解决一家人的生计问题。

盐务总局到了五通桥后,也带来了一股新的风气。走到哪里,只要见到盐务总局职员,都能看到他们的考究衣着和公务气质。如果是西装或者中山装,左胸都别有盐务机构的专门胸章或是自来水笔,长衫也会是布料精良。女职员就更是注重仪表,穿旗袍,下摆开着分衩,双腿穿丝袜。那时候,这种装束大概只有在大城市才能见得到,像五通桥那样的小地方,即便如有名的淑女名媛陈尚燕、夏月嫦等,也不得不羡慕那些女职员。

高家院子一共住了五家人,有三家是盐务总局的职员家属,金执一家就住在里面。其中有一个甘家,金执印象最深,这家人就只有小两口,男的叫甘律之,二十来岁的样子,梳着个分头,白净斯文。女的很漂亮,身材高挑,穿旗袍和高跟鞋,走路踢踏作响。

甘律之后来的经历颇为传奇。抗战结束后，甘家小两口回到了南京。不久，甘律之的夫人因为煤气中毒身亡，那个曾在高家院子里生活过的大美人从此香消玉殒。很快，甘律之又认识了流落南京的严凤英，将她带进"甘家票社"学艺，两人后来结婚。1954年，严凤英因演黄梅戏电影《天仙配》而成了家喻户晓的大明星，但两人后来的命运均颇为坎坷，严凤英在"文革"中自杀身亡，而甘律之获刑二十年，后无罪释放，1990年病逝。

在战时状况下，盐务总局的首要任务是抓"增产与抢运"。当时，盐务总局定下了川盐增加到1200万担的目标，而当时的实际产量只有770万担，远远不能满足增产济销的要求，但要增加这样大的产量并非易事。于是盐务总局对川盐的场产、运务、销岸等给以优厚待遇，并动员各方面的人力、物力、财力，千方百计改善生产条件和管理方法，大力促进了内地盐场大规模增产。时任盐务总局局长的缪秋杰曾回顾：

抗战军兴……盐源减少，而人口内移，后方食需顿增，爰就各产盐区域，积极增加产量，以应销区需要。除按年规定各产区应产盐额外，复设为种种奖励督导方法，如颁布增产考成规程，贷款扶助井灶设备，奖励开发废井与措办新井，厘定预防注射牛只死亡津贴，规定推牛健康保险，鼓励推汲增加卤量办法，保障井灶，以及补咸津贴、少产津贴、溢产奖金、推卤奖金、淡卤补价、搭篾补价，凡所以为增产计者，靡不尽力提倡，总计后方各区，产盐数量。自二十七年（1938）增产后，均年有增加，尤以川康区成绩为最佳。（《十年来之盐政》）

五通桥是盐业促进政策的受益者之一，几年下来，犍乐盐场的

抗战中，驻五通桥税警一团运输连上尉连长高如九赴滇缅战场前与家人合影。

产量迅速上升到了123万多吨，可以说盐务总局的优惠政策对促进川盐的发展起到了巨大的作用。

盐务总局在桥期间最具影响的事情是酝酿了盐专卖制度的出台。全面抗战开始后，物价飞涨，很多销区出现盐荒，很多销岸名存实亡，这些都对国计民生带来巨大影响，所以建立起战时经济体制已经迫在眉睫。从1940年开始，"盐务总局"经过反复调查、提案、修改，决定将就场征税、自由买卖改为"民制、官收、官运、商销"的专卖制度。也就是说以前所有对地方盐业进行保护的政策在这一天内成为了废纸。全国一致援助抗战，国家的存亡大于一切，抗战已经进入最为关键的时期，而盐业专卖制度实施后，效果立现。"政府加以管制，立法既周，执行严密，施行三载，在百物竞涨声中，盐价以控制得宜，独无重大波动，盐专卖利益，亦随之而年有增加，裨益于后方民食、战时财政者，实非浅鲜。"（《十年来之盐政》）

这一政策的前后运筹都是在五通桥完成的，作为地方的作用，五通桥在抗战中的贡献是不能抹去的，它是名副其实的抗战小盐都。

值得一说的还有税警总团，它是盐务总局下面的一个特殊部门。税警总团是宋子文一手搞起来的，武器精良，训练有素，高级将官多为西点军校毕业。当时税警总团在茫溪河的对岸单独租了民房来办公，到中山堂联络工作要靠一只木船渡过茫溪。税警总团下面六个团，总团长是孙立人[①]，但只有税警一团驻五通桥，主要为盐务总局直接调用，而其他团在贵州都匀集训，后来经过整编为新

[①] 孙立人（1900—1990），安徽庐江人。先后毕业于清华大学、美国弗吉尼亚军事学院，陆军二级上将。历任税警总团总团长、远征军三十八师师长、新一军军长、"台湾防卫司令"、"陆军总司令"等职，有"东方隆美尔"之称。

三十八师作为远征军部队远赴滇缅战场。孙立人凭借这支盐警部队一战成名,从此声名远播,但很少有人关注过在随盐务总局迁移期间,孙立人常常出入于五通桥,蛰伏于此养精蓄锐。

留在五通桥的税警总团第一团,团长朱毅夫是孙立人旧部,曾参加过淞沪大战。我在2006年前后去寻找过他,后来到当地的黄埔同学会去了解,才知道朱毅夫在新疆坐过很多年牢,刑满回来后生活过得比较艰难,而且已于前些年去世了。后来我曾见到了一张有朱毅夫的合影照片,摄于1948年,当时他大概三十多岁,头微秃,蓄短胡,面容清秀,穿一身整洁的中山装,倒像个文人。

1941年,抗战进入相持阶段,盐务总局一部分人又搬回了重庆,但还有很多机构仍然放在五通桥。从这年3月起,善后机构改为盐务总局驻五通桥办事处,处长是刘宗翼。此人值得一说。他曾在1928年南京政府下的盐务稽核总所担任过总办,这是北洋政府下的北京盐务稽核总所的后续机构,等盐务稽核总所在1937年正式裁撤后,才结束了中国长达二十多年的"盐务稽核"时代,但它为千年的中国盐业输入了现代的血液,刘宗翼也堪称中国盐务的现代派人物。后来他担任过长芦盐务管理局局长,其管辖下的长芦盐场是中国海盐产量最大的盐场。到了抗战之初,盐务总局又任命他为淮盐区总视察,负责抢运淮盐,当时的情况非常紧急,一面使劲从两淮盐场把盐运出,一面拼命往海里倒盐,以免资敌。等干完了这几件大事,刘宗翼才被派到了五通桥,实际是当上了盐务总局在后方的大管家。

盐务总局在五通桥期间与当地是融入一起的,这从1941年12月20日盐务总局在复兴节这天,为当地中小学演说竞赛捐赠奖品四种这件事就可以看出。奖品虽然仅仅是蓝墨水、钢笔、练习册、铅笔等物，但函中有"诱导青年学子，良用钦佩"等字眼，说明盐务总局很注重与地方各方面的关系。

盐务总局留守机构全部撤走是在1943年，可能是因为抗战没有结束的原因，它有一部分档案资料遗留在了五通桥，一直放在中山堂。后期因为盐务总局又回到了南京，这些档案居然无人问津，直到四十多年后的一场大火，才被发现并及时抢救出来。

1947年元月，缪秋杰又来到了五通桥。由于在抗战中的专卖"限价"政策，让犍乐盐场损失不少，所以他想通过这次巡察来解决场商的实际困难，通过补贴、调整、减免、贷款等方式给小城盐业做一些补偿。这天，缪秋杰在五通桥公园摆了三十多桌鱼翅宴，场面阔绰。他面对当地三百多名盐商说："犍、乐两场的盐商在抗战中对国计民生的贡献巨大，今天我来给大家解决十个问题，请及时提出，我当场答复……"

这次宴席后，五通桥盐场的盐商迅速获得了不少实际利益，为了感激缪秋杰的慷慨支持，他们决定为缪秋杰修建一座生祠"剑霜堂"，以表彰其对桥盐的贡献。这座祠堂在十多年前还一直在，我去过好几次，但不知为何突然被拆掉了，非常可惜。

也许，只有顽固的记忆才不会遭受粗暴的拆除。金执已经老了，但在他的记忆中，还记得高家院子有一个与他年龄相似的孩子，名叫赵道艺。

1948年，赵道艺的大哥赵元艺被盐务总局派去台南，负责押运所有盐务卷宗及档案资料。他也于1949年初去了台湾，后到美国攻读水利及环境工程博士学位，一直在美国工作直到退休。赵道艺热衷政治，曾参加过在美的"保钓运动"。1979年邓小平访美时，在亚特兰大接见了二十一位华侨代表，他就是其中之一。

赵道艺与金执从离开五通桥后有半个世纪没有见过面，但1993年时，赵道艺回国后与妻子一道重返了五通桥，也去寻找过高家院子。2003年金执在重返高家院子时，才得知赵道艺还在，于是想尽各种办法寻找当年的那个小伙伴。但两人不约而同来到高家院子已时隔十年之久，人海茫茫。

他们还能再相见吗？2007年在我认识金执后，就听说了这个故事，便极力促成此事。我告诉金老先生，哪怕只有一点希望，也要去争取，因为这是他们余生中最值得去做的一件事。后来金执决定写信探路，但均石沉大海。大概又过了一年多，有一天他突然告诉我，说收到了一封海外来信，打开一看，竟然是赵道艺写来的，欣喜若狂。

信中写道：

执：太美好了，这真是我此生最珍贵的事件中的一件！上周突然接到我四姐赵馥从加拿大打电话来，提及她收到你给她寻找我的信，我真是做梦也没有想到，当即请她将信转来，今午收到，读之再三，欣喜若狂！

是的，我们相别了一个甲子，当时战乱，临别匆匆，也没有好好珍重再见，你及阁府好吗？令尊、堂现在何处？你姐姐延龄又在何处？你的小家庭呢？毛弟、毛娃、小宝、哑巴子，他们都一定成家了，和你住得很近吗？与你一样，我也很想念各位，只是苦在无处可以着手去找到你们，皇天不负有心人，谢谢你，由于你的努力，我们终于联络上了……

其实，金执的亲人中，有一个已经永远留在了五通桥，这就是他最小的妹妹金乔乔。当年是一场病夺走了她的生命，她出生在五通桥，名字中的"乔乔"就是因为五通桥的"桥"字而取，大概她的命也与此相连，而这也成为了金执一生都在不断回望的原因。

金执马上给赵道艺回了信，他写道："如今竟然找到你了，又有点不相信似的，恍如梦中，真假不辨，心中几分欢乐，几分凄苦……"

环翠新村纪事

1940年初春,缪秋杰刚上任国民政府盐务总局总办不久,就来到了小城五通桥。这个地方是他的福地,当年缪秋杰当川康盐务局局长的时候,为了实行"统制自由"推动盐运,却触动了运商利益,又苦于资金短缺,被盐商要挟。在万般无奈之下,缪秋杰将应解库款七十万元的短缺以五通桥盐税作为抵押,向银行借款,顺利渡过了难关。而这次来到这里又有不同的意义,他的身份已摇身一变,坐上了民国盐务的头把交椅,五通桥这个小地方能否助他顺利任职施政,缪秋杰对此寄托了很大的希望。

缪秋杰字剑霜,别号青霞,江苏江阴人。五十一岁前曾先后在汉口、两淮、云南、四川、桂林等地出任地方盐务管理机构的经理、盐运使、局长、特派员等职,五十二岁任盐务总局总办。缪秋杰中等身材,略显清瘦,国字脸,老道干练,偶尔也手持一把别致的黑色拐杖。后来有人曾评价过他:"在盐务三十多年,办事有识见,有魄力,精明练达,老成稳健,且长于肆应;累膺繁剧,皆能应付裕如,且有建树,为旧时全国盐务'四大金刚'之一。"(《自贡文史资料选辑》)

盐务总局一到五通桥就开始大兴土木,建造环翠新村。而这

盐务总局局长缪秋杰"莅桥巡视"的一张残照

个环翠新村与缪秋杰大有勾连，里面颇有些故事可讲。

1930年，缪秋杰主政两淮盐务，当时的两淮盐运使公署设在板浦（现属江苏连云港海州区）。板浦当时是灌云县下的一个盐业小镇，当年李汝珍随兄李汝璜来板浦任盐官，就居住在板浦场盐保司大使衙门里，后来写成了名著《镜花缘》。

板浦是一块新淤的滩地，中间有一条南北向流淌的小河。盐商为了交通方便，在河上架了个桥，低洼之处以"苍梧板"来铺垫，因而人们把这个地方称为板铺。但是，这条小河完全是个脏乱差的景象，缪秋杰到了板浦后就决心整治它。

整治的结果是填了那条臭河，修建了一个园林，这就是后来的秋园。秋园是陆陆续续建起来的，"从1930年始建，历年扩建，至1937年初具规模，但尚未完成全部建造计划。作为一座人工园林，其构造之工巧，占地之广阔，布局之繁复，在淮北地区首屈一指。在盐业界，它与天津塘沽盐业巨子查日坤建造的水西庄园林并称南北双璧"（《灌云文史资料》）。

百亩秋园名义上是为盐务职工修建的园林，经过多年精心培育，成为淮北第一名园。但秋园的秋，有人猜度是缪秋杰暗暗烙上了个人的印记，因为为了修秋园，他在盐税里按每包盐又多加收二分公益捐，这还曾引来了诸多非议。

秋园只存在了短短几年时间。1939年日军侵占板浦，盐务局被迫撤走，当地政府实行焦土抗战政策，将秋园点火一烧，使这一名园从此灰飞烟灭。

那么，秋园究竟是怎样的一个园林呢？

秋园占地共一百余亩，近方形。全园由一条主路横贯东西，两侧有修剪成型的植物造型和花篱，植物景观丰富。园北部为模仿江南园林风格而建的花圃，有曲径通幽的木栏花廊相连接，并有景亭点缀于花木之中。园东南为一大草坪，坪中心以双色的草栽培装饰成两淮盐务局的"卤"字局徽，视野开阔。沿草坪向南为一莲池，池中以小花石堆叠成一座小山。花石形状各异，千姿百态。依山砌石为岸，其上间植松柏花木，成"小花山"与"红莲池"之景。莲池北端建一礼堂，为秋园内规模最大的建筑物。园西北为淮北各盐区位置示意实体模型，占地约二百九十平方米。整个模型微缩了当时淮北板浦、中正、济南、涛青四场盐区滩池的景观，且每一盐区均标有地名。园内还规划有一个露天球场和一个小型动物园。（胡小凯《江苏近代名园板浦秋园》）

通过上面的描述，可以看出当年的秋园是何等气派，但充满了盐卤的气息。缪秋杰没有想到他苦心经营了七年的秋园，竟然是这样一个结果，这是他心中永远的痛。

但缪秋杰到五通桥后，又燃起了心中的希望。这座小城并不陌生，中国的盐场他基本都跑遍了，1914年，他曾经随丁恩到过犍乐盐场调查，对此地多有好感。

抗战遥遥无期，盐务总局的人来到小城之后，不知道今后的生活是何种境地，前途渺茫，只有把这里当成余生所寄之地了。当时盐务总局有个叫庄敬生的人写了一首诗，就表达了这种情绪：

强寇知难指头平，五通桥畔寄余生。
行山踽踽寻幽寺，隔水遥遥望古城。
起早似符林鸟意，游频渐识野花名。

即今一饱成难事，尽日情怀雪雨晴。

那么，如何"五通桥畔寄余生"呢？盐务总局刚来五通桥的时候，职员居住分散，有的住禹王宫，有的住晏公祠，有的住四望关，有的住瓦窑沱，相距达十里之遥，上下班靠木船运送。五通桥不过是个小镇，突然来了那么多人，住房顿时很紧张。于是就有人出主意，抗战形势漫长，盐务总局不如自己修房子，来解决职员的住宿问题。

当时，五通桥茫溪河畔有块"田坝儿"，约三百多亩，除了几户茅舍之外，没有其他建筑。关键在于这块地三面环水，呈半岛状，茫溪河蜿蜒流过，是一个天然的风水宝地。

就这样，修建环翠新村的想法逐渐成形，既可解决住宿、办公问题，也可顾及娱乐、锻炼、休闲、观赏等功能，规划设计蓝图很快就有了。最后的修建方案是钱由五通桥盐务分局垫资，总局划拨、补贴，总局将来迁回南京后资产归还五通桥盐务分局，也就是说打的是暂住的算盘。这件事由盐务总局总工程师姚颂鑫设计，由年轻人成兆震负责具体事务。

成兆震刚刚大学毕业，眉目清秀，办事活络，他的父亲成育生过去是五通桥盐务稽核支所课员，算是盐二代。在成兆震的操办下，很快就修建了十多幢洋房，附带着水池、大礼堂、运动场、停车场、小卖部等设施。由于正好在一个半岛上，茫溪河环绕而过，树木成荫，于是就命名为"环翠新村"。但这个大花园，不能不让人想起板浦的秋园来。

新村是一个鲜活的存在，而秋园已成往事，证明它的是几年后的一场球赛。

1941年深秋时节，在新村的篮球场上，由盐务总局统计室和五

主持修建环翠新村的成兆震

通桥盐务分局组成的两支队伍要进行一场比赛。盐务总局统计室球队简称"总统队",五通桥盐务分局球队简称"新光队",记录这场比赛的是一个笔名叫"冷眼"的人。

这天的天气特别好,阳光高照,围栏两边围满了人,观看的人气很旺。"桥分局的健儿个个勇猛,一开始就猛烈进攻,不到一分钟就开了记录。但统计室的'五虎'加紧防务,沉着应战"(冷眼《篮球观战记》)。两支队伍就这样你投我一个球,我还你个两分,你来我往,对抗激烈,让观球的人连呼过瘾。

这场比赛相当于是盐务系统的国家队与地方队之间的较量,双方都很看重,"新光队"当然想赢上一场,那脸上将是无比荣光,而"总统队"的五名小伙子,其中有三名将于本月新婚,也许观看的人群中就有三位娇羞的新娘,正在为他们摇旗呐喊。比赛一直在拉锯中进行,气氛越来越紧张,双方竭尽全力在拼杀,最后是哨声一响,战成平局。

但比赛最无趣的就是平局,怎么办呢?后来裁判通过跟双方商量,决定加时三分钟,球员在稍事休息后接着上场,一定要决出胜负。作为八十年后的一名观众,我也为这场比赛捏了把汗,想迫切地知道最后的胜负。但奇怪的是,"冷眼"在《篮球观战记》中并没有写出最后的结果,文章戛然而止,孰胜孰败,居然成了一个谜。

过了大半个世纪之后,人们早已忘记了那一场比赛,就是参加过那一场比赛的人也已不在人世,"冷眼"真的太冷,他仿佛是刻意为我们留下了一个悬念,那最后的三分钟缥缈得如有万年之遥。其实,输赢已经不再重要,重要的是那里曾有一段青春的时光,已飘忽而过。

在我的记忆中,新村是个很美的地方,在进大门不远处里面有块不小的藕塘，莲藕一熟，碧叶红花，分外妖娆。这个藕塘在我小的时候还在，里面还养有鱼，我还在里面钓过一种奇特的红鱼，装在一个玻璃瓶中，放在家里的窗台上。

到了20世纪50年代后，当地人已经不叫它环翠新村，而是叫盐厂新村。因为1949年之后，五通桥通过公私合营的改造，犍乐盐场实际就变为了一家国营单位，所有的私人盐灶几乎全部归国有，百家变为一家，而这里就变为了五通桥盐厂的总部。

到了70年代，五通桥盐厂非常红火，工人是个神圣的词语，那是很多年轻人梦寐以求的地方。那时候，盐厂新村里经常放坝坝电影，也经常组织各种体育比赛和文娱活动，还能在冬天洗到热气腾腾的蒸汽热水澡。我的同学中不少是盐厂子弟，我有时也会到他们家中去玩，他们的父母常常会热情地拿出一点零食，糖果花生什么的，甚至还给我煮上一碗醪糟蛋，那是非常美好的童年记忆。

20世纪90年代，盐厂新村见证了桥盐发展的最盛时期。有一天，新村一带突然门庭若市，附近穿梭的是各地拥来的炒股的人们，股市如一池清风拂动的水，让五通桥这个小城突然变得春意盎然。1993年，五通桥盐厂的股票以"川盐化"之名在深交所上市，成为四川第一股。这在四川企业股份制改革历史中具有标志性意义，其中不能不说有深厚的历史积淀。然而，股民是趋利而来，利尽则散，人们很少会去想，四川的第一只股票为什么会诞生在此地。

到了90年代末，五通桥盐厂重组改制，企业举步维艰，昔日的辉煌不再。而盐厂新村也显得破旧不堪，老居民们搬的搬、走的走，剩下的都是老弱病残。其实，新村就是这个古老盐城的缩影，满目尽是沧桑。

秋园早成焦土，变为了昨日的记忆，相对于秋园，盐厂新村或许还是幸运的。但是，盐厂新村代表的那段历史也必将成为过去，因为大规模现代化生产已经把盐变成了一种普通得不能再普通的食品，它不再贵重，只是一种廉价商品而已，不会成为人们关注的对象。但在古代，论盐铁，就是论天下之事。盐铁是国家社稷兴旺的基础，垄断了盐铁，就等于垄断了天下之利。

盐铁不再作为盛世象征，这仅仅只是几十年中发生的事。我还记得当年看到真空制盐的情景，车间里的盐堆得像座小山似的，大型生产设备把制盐变成了流水线，而成批量的盐源源不断地生产出来运往四面八方。从文化角度上讲，盐的时代结束了，盐厂新村的衰落就是必然，虽然它集中汇聚了五通桥盐业历史的近现代部分，有着辉煌的过去，但在缪秋杰眼里，也许就是遗梦一场。

几年前，我曾在盐厂新村里见到了一位九十多岁的老人，他在里面生活了一辈子。那天，他不停地告诉我，说当年的新村种了很多冬青树，好大一块地却很清静，晚上听得见打渔船的声音，里面还有黄鼠狼出没。这样的记忆实在太久远了，这位老人曾在私人盐灶里干过活，又成为了国营盐厂的工人，还目睹了后来的企业重组改制。他就是一个见证者，见证了千年之变浓缩在这一百年的历史，这是一块曾经沸腾过的地方，但如今确实静下来了，静得只许人慢慢老去，只许记忆变成尘埃。

（伍）

戏里有盐

小城里的玩友时代

五通桥地处岷江边，是过去出川入蜀的必经之道，又加之盐业繁荣，乃膏腴之地，所以过往戏班路过这里总会将之当成票仓，常常驻扎下来多盘桓几日。

五通桥历来就有不少玩友，主要以川剧为主，过去的"与众乐"川剧社由林如桂等人创办，在桥滩两地影响不小。后来在1950年后，"与众乐"川剧社的大部分人马转到川剧院唱戏，1956年五通桥变为市，它也就顺理成章地变为了五通桥市川剧团。再后来，其中的一部分演员陆续转业到了商业单位，有几位就成了我母亲的同事，在百货公司里工作。

我小的时候，那几个阿姨在那些琳琅满目的柜台里很引人注目，她们的相貌、气质总有点与众不同，其中有一位就住在我们院子里，我们叫她周阿姨。我看到过一张她年轻时的相片，明眸皓齿，笑意盈盈。相片上的她头发是烫过的，涂了口红，两颊细嫩，着了淡淡的胭脂；穿的是暗花绸缎旗袍，立领，斜襟，带纽襻的绣边，就像月份牌上的明星一样。但真实的她完全不是这样，当时她大概四十多岁，梭梭头，工农装，套了个褪色的粗布袖套，根本无法对上号。我妈告诉我，周阿姨过去是唱戏的。她说这件事的表情，好像是在告诉我她有着不同寻常的过去。所以，每次走过周阿姨家门口的时候，我总是尖着耳朵，但从来没有听到过一句唱戏的声音。

周阿姨的儿子跟我差不多大，我们常常在一起玩耍，有一次捉迷藏，不小心就跑进了他家里，我就是在她妈的房间里看到的那张照片。显然，我是无意间发现了周阿姨的隐私，在那个荒唐的时代，如此"出格"的相片必然是斗私批修的对象，但周阿姨悄悄挂在自己的房间里，顾影自怜，她还是没有忘记自己曾经的青春和美丽。说实话，我第一次看到相片时是极度震惊的，脸上开始发烫，但我立马感到了恐惧。在那停留的不到一分钟里，有种不真实感在蔓延，我甚至产生了她是一个坏女人的想法。

后来我就再也没有进过周阿姨的家，她对他儿子的管教很严厉，她的内心是包裹和防范的，不敢将这种小资产阶级情调流露丝毫出去。所以我与那张相片只有一面之缘，一个孩子无意中闯进了个人隐私的禁地，无异于经历了一次灵魂的冒险。

那张相片的背后其实是一个旧的时代，而真正走进那个时代则是很多年之后。

2007年夏天，我到两河口去寻找盐业遗迹，那一带曾是五通桥最早的盐区。转了半天之后，我突发奇想，想就近接触一下当地居民，所以就随便敲开了一户人家的屋门。出来的是一位精神矍铄的老人，七十多岁，名叫谢瑾诚。没有想到他很热情，开门纳客不说，而且还很快与我聊了起来。让我想不到的是，他不仅是桥滩通，而且是个大戏迷，能够完整地背得几十折川戏，因为闲来无事，他正在把他记得的台词全部记录下来，当时桌上就摆了好几本。

这么巧的事情就居然让我遇到了，此事至今我都还感到不可思议，相信确有冥冥之力。五通桥再小也是方圆几十里，城里常住人口少说也有几万人，但我恰恰就找到了他，而且是在一条狭窄的小巷子里，要是换一个时间空间，我找不出任何一个理由去敲开一道普通得不能再普通的房门，何况之前我还真不知道有谢瑾诚这个人。但这件事居然神奇地出现了，因为找到他，就等于找到了五通桥的戏根。

谢瑾诚的父亲叫谢百川，是民国时期五通桥的头号戏迷，可以说当地所有的戏剧活动都与他有关。当年，谢百川在竹根滩开有"未晚先投宿，鸡鸣早看天"的百川旅馆，来往的名角只要到五通桥，他包吃包住。都知道他是个戏痴，听戏不说还要自己上台唱戏，还能演《斩鬼手》中的陈仓老妖。当年在成都红极一时的戏班"新又新"是二十一军少将师长刘树成办的，后来他的部队换防到乐山，"新又新"也跟着到了乐山。1939年8月乐山被日机轰炸，"新又新"遭重创，当场炸死三人，人马只好疏散。正是此时，谢百川就邀请"新又新"到五通桥休整，并在秦和全经营的顾曲茶园演出，直到1943年才重新回到乐山。

顾曲茶园是过去五通桥有名的戏园子，建于1930年前后，由盐商出资兴建，股东可以坐楼厢看戏，楼下设茶座，那是个很舒服的地方，喝茶看戏嗑瓜子。顾曲茶园早前以川剧、杂技、曲艺为主，也放过无声电影，后来是抗战来临才开始接纳京剧班子，生意一直火爆，声色犬马，红尘万丈。此间发生过一件事，朝峨寺的映清和尚与"东南美"旅馆的施大娘在顾曲茶园看戏，不料眉来眼去勾搭上了。映清就管不住自己了，对德高望重的演怀大和尚的劝诫不听，最后脱了僧衣与那个女人跑了，从此不见踪影。

除了顾曲茶园以外，唱戏的地方还有盐商公园内的"五通桥大剧院"，平时多是放映一些电影，盐务机构也爱在此举办活动。我曾经在北京与朱峻嵩老先生聊天，他虽然离开家乡六十多年，但谈起"五通桥大剧院"里放映的电影仍然记忆犹新，他在那里看过《荒江女侠》《火烧红莲寺》《夜半歌声》等，特别是1949年后金圆券成为废纸，就是在大剧院门口烧，他也是有幸目睹。我曾在档案馆看到过"五通桥大剧院"给警察局申报审查的两部外国影片《伟大记者》和《歌舞天堂》，这在当时是非常小众的电影，并不对引车卖浆者流的胃口，只有盐务局那帮小资产阶级才会喜欢。剧院经理是王伯臣，也是场商办事处主任，西装革履，头发梳得光光亮，是个很洋派的人物。

抗战时期，王永年、何清海两人也在竹根滩搞起了一家"众乐"剧院。王永年是犍为盐船公会、五通桥运盐船业公会的主席，也是义字袍哥"五义公"的舵主，还组织了一个两百人的"信义社"作为私会，那是犍乐盐商界响当当的人物；而何清海则是地道的袍哥人家，是五通桥最大的袍哥组织"同仁社"的副总舵爷，下面有两千多人，也是义字袍哥"仁和公"的总舵把子，他在竹根滩码头上开有江声茶社，每日人声鼎沸，聚集了三教九流。他们一联手，台子就撑了起来，那时外地来五通桥的戏班多，这就引来了从下江来的友联京剧社，其中还有一段故事可讲。

友联京剧社的经理叫郜俊卿，江苏人，时年四十八岁。此人在江湖上早有名声，唱南派老生，是周信芳的麟派传人。而他的夫人李兰英，当时三十五岁，也是当红名角，专工老生，扮相儒雅，嗓音高亢，以《逍遥津》《上天台》《辕门斩子》等誉满蓉城，早年曾是成都东丁字街"华瀛大舞台"的台柱子。后来，郜俊卿夫妻两人便自己组建了友联京剧社，带领一个四十余人的戏班在四川各地演出，年龄

五通桥一对唱川戏的青年男女的西式婚礼，新郎叫李明良。

最大的已经六十六岁，艺名月月红，最小的才十三岁，叫刘美蓉。行话说："生旦净丑，龙凤猪狗。"行当要齐全，堂子才扯得圆。但大队人马在外面奔波了一阵后，也感到累了，于是他们就在五通桥留了下来，原因一是当地票友热情，又有盐老板捧台，二是当地生活条件好，环境也比较舒适。谢瑾诚告诉我，邰俊卿夫妇后来就在唐家渡码头修了一处"茅屋别墅"安家落户，一直待到抗战前才离开，这情景犹如当年杜甫在成都浣花溪边的草堂，找到了乱世之栖。

"众乐"剧院是友联京剧社主要的演出场地，合作很紧密，甚至"众乐"剧院的兴衰都与友联京剧社相关。五通桥档案馆里有两份关于"众乐"剧院的史料。

一份是"众乐"剧院邀请友联京剧社来演出而给盐区警察局上报的函，其中写道："本院为提倡正当娱乐，并应桥滩人士业余顾聆之需要起见，特邀请友联京剧社前来公演，兹已组织就绪，定于六月三日正式开幕。以后即于每日午、夜上演，除分呈外理合具文报请鉴核备查，并恳出示保护派队弹压。"[1]应该说，文中所反映的是"众乐"剧院红红火火接纳友联京剧社的开端，当时谢瑾诚因为父亲的熏陶，已是个小戏迷，邰俊卿、李兰英的戏看过不少。

值得一说的是，民国时期各地对剧目都要严格审查，对色情、淫秽、有明显政治倾向的剧目都是禁止的。所以按规矩是每天的戏目都必须上报当地警察局，不然不得上演，而只有审查通过，警察局才会派警员到场弹压，维持秩序。据谢先生讲，一般最后一排是留给警员坐的，黑压压一排，一旦有任何异动，他们就要站出来制止。

---

[1] （系年不详）6月3日，"众乐"剧院致犍乐盐区警察局的函，原件存乐山市五通桥区档案馆。

实际上，警员与剧场发生纠葛的事时常发生，1946年4月某日晚场，"众乐"剧院就发生了一起犍乐盐场警察队长不购票入场观剧的事情。对这种霸王行径，剧院一般都不吭声，自吃哑巴亏。但这一次却有点欺人太甚，对方不买票不说，还要挑最好的位置坐，等买了票的客人来了，招待生胡光德只好去请他移座。这一下队长就不高兴了，恼羞成怒，拂袖而去。但事情并没有完，等散场后，队长便带人冲入内堂，当时剧场的一群人正在吃饭，结果是桌椅朝天，碗筷横飞，招待生刘景芳左额重伤，血流不止，现场一片狼藉。这就惊动了军警："闻报赓率官警前往调解，适杨祠堂驻军胡营长亦率队前来，立即警戒，以防不测。"①过去的剧场就是个是非之地，这碗饭实在不好端。

第二件是1944年7月4日，"众乐"剧院又给盐区警察局奉上一函，内容却不太妙，说要关门："经营萧条，实已无法继续维持，兹决于七月四日正式停业。"②

它为什么要关门了呢？是真的经营萧条吗？半月后，友联京剧社也给盐区警察局呈报了一函，起草人是郜俊卿，道出了原委："公演以来实为生活过高，入不敷出，赔费胜重，困于金费无力再能支持，迫于昨日业已正式宣告解体，了结各项手续，脱离经理职责。"③

显然，"众乐"剧院的关门与友联京剧社的解散几乎发生在同

---

① 1946年4月5日，犍乐盐场警察局《众乐剧院与场警队肇事经过情形一案调查指令》，原件存乐山市五通桥区档案馆。
② 1944年7月4日，"众乐"剧院致犍乐盐区警察局的函，原件存乐山市五通桥区档案馆。
③ 1944年7月30日，友联京剧社致犍乐盐区警察局的函，原件存乐山市五通桥区档案馆。

一时间的，也就是友联一走，"众乐"剧院也就开不下去了。当时已到抗战后期，人心惶惶，郜俊卿与李兰英已产生了东还之意，而不久就去了湖北。既然把戏班子解散了，多年置办的箱底不便带走，修建的房屋也要转让，怎么办呢？王永年就出面说，朋友一场，好聚好散，我们都收下吧。于是他给五通桥的场、运二商打了个招呼，将之全部收入囊中。

其实就在1943年10月，五通桥组建了一个更大的剧社，叫玉津剧社，社长袁清海，经理何清海，副经理是谢百川。玉津剧社的人员达到了百人，绝对算得是一个大戏班了，里面单负责事务的就有总务主任、财务主任、交际主任、会计、宣传、排剧、布景、灯光、接待、查票、厨工等近二十号人，演员有陈国华、罗长发、张素华等，其中最老的六十五岁，叫刘炳照，最小的十三岁，叫曹玉林，所有演员主要从四川各地招收、聘请，以川剧表演为主。袁清海是玉津剧社出钱的老板，何清海则江湖通达，是五通桥码头上"宰干"了的人物；而谢百川是懂戏的行家，与成渝两地的戏班联系密切，能够约集各路名角。三个人各有所能，就又在桥滩两地咚咚锵锵地唱了起来。

玉津剧社开张的第一天是1943年10月20日，演出地点在"众乐"剧院，其在给警察局的函中是这样写的："为提倡正当娱乐，补助社会教育暨促进市场繁荣起见，约集桥滩及犍为属士绅等合资组成玉津剧社，现已就绪。"[①]友联京剧社走后，玉津剧社正好填补了这个空缺。

抗战胜利后，郜俊卿夫妇到了武汉，后来就一直在湖北戏校当

---

① 1943年10月15日，玉津剧社呈报犍乐盐区警察局函，原件存乐山市五通桥区档案馆。

教师，几十年中培养了一批优秀的戏剧人才，著名京剧丑角朱世慧就是他的徒弟。而他们留在五通桥的衣箱则传给了"与众乐"川剧社，谢百川后来又到成都去添置头帽和一些服装道具，聘请了有名的鼓师张澄波和坤角群英、爱华、凤卿等重组了戏班，在岷江边的王爷庙里演出《红梅阁》《白蛇传》《白鹦鹉》等剧目。

1952年后，"与众乐"川剧社的演员多转入五通桥川剧团，它实际就是其前身，而我前文说的周阿姨就是当年"与众乐"里出来的，十几岁开始学戏，虽然后来不唱戏了，但从小的熏陶锻炼，总感觉她在走路时有腰肢，说话时是带韵的。

这就不得不又说到谢百川了，民国五通桥的那一段戏剧往事跟他息息相关，但他后来的命运不济。我问谢瑾诚他父亲后来的事，他欲言又止，就不便再问。那天，他告诉我一件事，五通桥川剧团成立前的那一年，顾曲茶园的舞台突然就坍塌了，那个剧院是他最熟悉的地方，从小就在那里看戏，但它从此就不在了。

他为什么要告诉我这件事呢？我突然就想起了他那些工工整整手抄的戏本，他一本一本地写着、抄着，并不知道究竟有何用，那些戏有不少已经失传了，其实也没有人再去唱，它们只是一个时代的遗物而已。但是，当我走出他的家门，走在那个狭窄的巷子里时，我突然明白了一件事情，谢瑾诚的记忆并没有坍塌，他一直还活在那个旧的时代里。

戏班过桥滩

"桥滩"二字，连着江湖，牵动着恩怨，有道不尽的人间悲喜。当年，走过桥滩最瞩目的一道风景，就是来来去去的戏班。

1944年6月初，中国艺术剧社一行四十多人来到了五通桥，阵容豪华，群星璀璨，其中有几位已经是红遍南北的戏剧人物，如金山、张瑞芳、蓝马、于伶、王萍等。剧社的总干事是金山，这一年他三十三岁，正与小他七岁的张瑞芳在热恋之中。但在犍乐盐区警察局的登记资料中，金山写的是三十四岁，而张瑞芳写的是二十四岁，当时没有身份证明，岁数大概是任由填写①。应该说那一期间正是金山与张瑞芳刚刚走到一起不久，分别是他们两人的第二段婚姻，金山的前妻是演《放下你的鞭子》的王莹，而张瑞芳的前夫是搞怒吼剧社的工程师余克稷。实际上，那时正是张瑞芳与余克稷分手的前夕，而在五通桥的那一段是张瑞芳从业余转向专业演员的重要时期。

金山与张瑞芳相识于1942年才成立的中国艺术剧社。金山原名

---

① 参见《中国艺术剧社职演员名单》，原件存乐山市五通桥区档案馆。

赵默，出道很早，十多岁就加入了地下党，1937年他在《夜半歌声》中出演宋丹萍，一夜之间大红大紫。后来他与王莹两人组建了"中国救亡剧团"，一直演到了东南亚，筹集了五千万美元支援抗战。1942年，金山又在重庆组建中华艺术剧社，排演郭沫若的新剧本《屈原》，张瑞芳是主角，在演戏当中两人很快就擦出了火花，走到了一起。也就从那时起，中国艺术剧社开始在四川一些主要城市巡演，1944年5月在四川内江演出后，剧团开赴乐山，并于6月初来到了盐业重镇五通桥。

在五通桥演出的演员中有黄宛苏、柏李、殷野、蔡茵、宋宛琼、白颂天、沈纪周、方为策、岳健中、方辛、林朴华等，汇集了一批有艺术才华的演员，他们后来不少进入了影视业。如黄宛苏在电影《长相思》《乡情》中扮演柳青和吴姨，柏李在电影《中华儿女》《三年》中饰演安大姐和陈英。可以说这群人就是中国早期剧坛影界的精英，如剧作家于伶，他创作的《花溅泪》《夜上海》《戏剧春秋》《聂耳》《七月流火》等影响巨大，是中国电影的奠基人之一；又如后来成为了导演的王萍，她本是一个好演员，演过《一江春水向东流》，后来执导了《柳堡的故事》《永不消逝的电波》《长征组歌》等红极一时的影片和舞台剧。当然，中国艺术剧社最有名的演员是张瑞芳，她在电影《松花江上》《南征北战》《李双双》《大河奔流》中塑造了若干鲜活的人物形象，成为家喻户晓的大明星。所以，他们突然来到一个小城，对桥滩老百姓而言简直就是一件空前绝后的艺术盛事。

小时候，《南征北战》是20世纪70年代孩子们最熟悉的一部电影，我看过很多遍，倒背如流。记得当时盐厂新村里爱放"坝坝电影"，这部电影就放过很多次，人们好像是百看不厌，那是一个精神

中国艺术剧社职演员名单

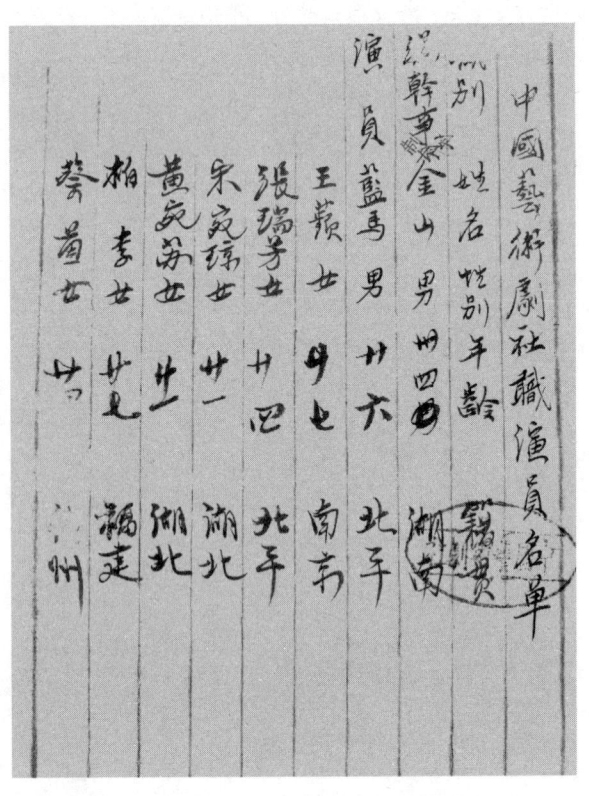

别	姓名	性别	年龄	
理干事	金山	男	卅四	湖南
演员	盖马	男	卅六	北平
	王蘋	女	廿七	南京
	张瑞芳	女	廿四	北平
	朱琳	女	廿一	湖北
	黄宛苏	女	廿一	湖北
	柏李	女	廿七	福建
	蔡菊	女	廿	贵州

1944年6月，中国艺术剧社到五通桥演出的演员名单（部分）。

生活极度贫乏的时代，看电影就是唯一的"声色犬马"了。那时，我一个同学的父亲就是盐厂放电影的，每次他都会神秘地把要放电影的消息告诉我们，那种兴奋难以形容，天黑前胡乱地把作业涂写一气，不怕第二天收获一大把算术老师的"叉叉"，为的是尽快去新村看电影。《南征北战》中的女村长赵玉敏给人印象很深，扮演者就是张瑞芳，那是一个积极、上进的女干部形象，这与1944年她在五通桥出演《草木皆兵》中的交际花是完全不同的人物，一个妇女干部，一个名媛佳丽，当然这已经是两个不同的时代了。

其实，在抗战时期来到小城的各路戏班不少，这里面有个大的历史背景，前方抗战在持续，只留下半壁江山，文艺团体活动的空间压缩在了大后方。而每个戏班、剧团都是带着不同的目的，或为谋生私演，或为宣传公演，或为募捐义演而来，中国艺术剧社就是在周恩来的授意之下而组建的，带有"加强进步剧运力量"的目的。

就在中国艺术剧社来到小城的前两个月，1944年3月底，"雷声襟技团"来到了五通桥。这个杂技团仅有十三人，只是个不算起眼的小戏班，没有大明星，只是些小演员而已。团主叫顾雷声，年近五十，江苏人。整个戏班的核心人员其实就是一家人，顾邓氏是其妻，顾小雷是其子，顾四雷、顾五雷是其孙。像这样的小戏班，无法跟中国艺术剧社相比，只是为了讨生，但它往往又有一些吸引观众的祖传秘籍、独门技艺。在过去，民间的杂技功夫就是靠着这些小戏班在传承。

在我的记忆中，四望关是一个"耍把戏"的地方，路边空地，大树下面，两个人就能扯圈子。咚咚咚，铜锣一敲，人马上围了几层。也见过单枪匹马开耍的，赤裸上身，膀大腰粗膘厚，拳头在胸口上擂得嘣嘣响，接下来是吃铁吐火、舞刀使棒一路耍来，看得人眼花缭乱。人群中不时掌声雷动，高声叫好，钱币也就纷纷飞到了他的布袋里，这种风气在20世纪七八十年代还盛过一阵。

"中国全福武术马戏团"就比"雷声襟技团"大多了，有近四十人，演出马术、武术、柔术、滑稽和杂技，浩浩荡荡而来。团主是江苏人高云山，四十多岁，主要演员都是"高家军"，其长女高叩女二十岁，表演马术；二女高叩花十八岁，表演武术；最小的女儿高叩春才三岁，表演柔术。这个戏班人员齐整，外交、卖票、司乐、喂马、守棚、伙夫、医务等一应俱全。1943年8月，"中国全福武术马戏团"一行人马开到了五通桥："率领家眷并演员男女大小二十余人、马四匹逃难行抵。"①这家过去一直在上海扎根多年的马戏团，却在抗战后失去了市场，只好到大后方寻求生存。当然，马戏团四处游荡，总是要有冠冕堂皇的理由："提倡民族武艺，尚武图强，显我国光。"像这样规模的大马戏团，小城里过去是很难看到的，它们一般在大城市里驻场演出，大受观众欢迎，也有钱可赚，根本不需要四处辗转，奔波劳累。但战争摧毁了美好的一切，逃到后方寻求继续生存，这也是戏班子在抗战时期独特的现象。

值得一说的是，过去的武术、马戏、杂技类戏班，很多都是家族成员组成。不仅"雷声襟技团""中国全福武术马戏团"如此，1948年5月来五通桥演出的"海京泊飞车歌剧团"也是如此，它实际就是一支"蔡家军"。该团团主是北平人蔡云武，一个气宇轩昂的中年汉子，演员蔡小龙、蔡娜娟、蔡小凤、蔡娜香、蔡娜莉、蔡娜南、蔡娜霞、蔡娜珍、蔡娜燕、蔡娜金、蔡娜云等都有亲缘关系，其中

---

① 1943年8月，《中国全福武术马戏团呈犍乐盐区警察局请予演出函》，原件存乐山市五通桥区档案馆。

五通桥街景旧照

最大的三十岁,最小的蔡娜云只有八岁,他们就是一大家人[1]。为什么会出现这样的情形?主要还是艺不传外,一家人走到哪里都不会散,同吃一锅饭,同甘共苦,外人就很难做到。加之武术杂技之类是硬功夫,表演常有危险性,需要高度配合才能完成,就更不能依靠外人了。"海京泊飞车歌剧团"以飞车表演外带歌舞为主,这就与马戏团有区别,但特色鲜明,各擅其强,带来了娱乐的丰富性。

在来往的戏剧歌舞表演类戏班中,还有一种现象,由于戏班的流动性质,演员也会有流失,所以随时要在途中招收、补充。1945年11月,一个名叫"江苏剧团"的戏班出现在了竹根滩"众乐"剧院,团主蔡啸天是江苏吴县人,这大概也是取名"江苏剧团"的原因。但实际上整个四十多人的团队中,江苏籍的仅六人,而四川籍的有二十人之多,占了一半。很明显,这个戏班在演出途中不停在增补人员,在四川招收的人最多,并且是在不同的州县招收的,如成都的王楚狂、重庆的张蒲氏、万县的杨金芝、合川的白琼仪、三台的李秀英、盐亭的梁文富等等[2]。所以,称为江苏剧团就有点名不副实,但它当初可能并不是这样的,而人员变动实属无奈,来的来,去的去,不知有多少悲欢离合的故事。

除了从下江来的戏班外,四川本土也有不少的戏班,也常常要走出去演出。1945年7月下旬,"泸县通俗评话游艺社"就来到了五通桥,它以花鼓、竹琴、清音、评书、魔术、金钱板等曲艺演出为主,有不少艺术人才,2016年泸县被评为"中国戏曲之乡",可以说跟这家戏班就有千丝万缕的关系,是泸县曲艺的老根子。这一次中,

---

[1] 参见《海京泊飞车歌剧团演职员花名册》,原件存乐山市五通桥区档案馆。
[2] 参见《江苏剧团演员花名清册》,原件存乐山市五通桥区档案馆。

"泸县通俗评话游艺社"到小城来演出的只是其中的"魔术组",演员一共只有八个人,组长段平治,演员是段银山、段平贤、段长生、段国治等,也是个小小的"段家军"。那么,他们将为小城的观众带来什么节目呢?演出那天,他们首先表演了几个小魔术,空手飞牌、巧变纸牌、一纸变四、烧带还原等,中间不断穿插有滑稽笑话表演,观众情绪很高,气氛极为活跃。演到后面开始升级,奇怪魔手、手中飞走等接踵而至,让观众开心不已,最后是最精彩的大型魔术"万宝奇箱",点燃了全场。[①]不过,这种小戏班有机动灵活的特点,轻装上阵,观众热情就多演几场,场面寥落就尽快挪窝,不像大马戏团一样,单几十号人的吃喝都要花费不少心思。幸好五通桥是个富庶之地,挣碗饭吃大概也不难。

1944年3月,"青白剧艺社"也来到了小城。这个剧社不到二十人,社长是湖南人孙云松,年仅二十七岁,副社长是南京人高涛,才二十五岁。整个剧组只有负责剧务的刘文存,刚满三十岁,其余全都是二十多岁的小青年,是一支非常年轻的团体。他们来到五通桥是为乐嘉小学募捐而进行一场义演,演出的剧目是《朱门怨》,故事讲的是一个封建大家庭的破裂,后来在香港还把这出戏改编成了电影。青白剧艺社无名演员,但剧中人物和情节复杂,表演难度并不小。这是由一批戏剧爱好者组成的团体,他们是演技未必精湛,但充满了激情,这恰巧是民间戏剧中最活跃的一股力量。

在过往的戏班中,有不少有爱国情怀,演出内容中多有抗日剧目,如"泸县通俗评话游艺社"就要求无论在哪里演出,开幕后都

---

① 参见《泸县通俗评话游艺社魔术组节目表演单》,原件存乐山市五通桥区档案馆。

要先要演一个抗日节目，这不是为了应景，而是在鼓舞一种抗战精神。1945年2月，诞生于南京的"南方旅行剧团"来到了五通桥，他们就明确表示要"假地表演抗敌话剧"，无疑这是一个爱国剧团。团长胡平是地道的南京人，他亲历过丧国之痛，所以剧团的宗旨就是："共赴国难，挽救危亡，争取民族自由生存。"[①]在《当兵去》这出剧中，剧情介绍是这样写的："描写一个守财奴不明国家真相，以后终遭强日屠杀，本剧实可作迷梦同胞当头棒。"显然，这是个以抗日宣传为己任的剧团，不以盈利为目的，这样的剧团往往有高扬的精神力量在支撑，不怕吃苦，四处奔波，在当时对推进民族抗战运动有不可低估的宣传作用。

"归侨义侠精武团"是一个有四十人的大杂技团，团主杨宝忠，天津人，时年六十四岁，在江湖上负有盛名。他的经历非常传奇，六岁进富连成科班学京戏武丑，后习杂技，有"盖天津"之誉，曾到京为末代皇帝溥仪登基表演。1913年杨宝忠去上海，遇日本浪人劫持女艺人，他仗义相救，后避难逃回天津；1924年他在武汉组建义侠精武团，后到南洋一带演出多年，大受欢迎。但杨宝忠很爱国，放弃赚钱的机会，于1942年回国参加抗战宣传慰问演出，他的团队取名"归侨"就是因为这个原因。

"归侨义侠精武团"自从1946年初到四川以后，已经在川内盘桓了大半年，到五通桥已是11月底。正是入冬时节，天气越来越冷，他们在五通桥的演出就有特殊的任务，应当地警察局的邀请义演几

---

① 1945年2月5日，《南方旅行剧团致犍乐盐区警察局演出申请函》，原件存乐山市五通桥区档案馆。

场,"承贵镇自卫队之聘,为募寒衣经费演出"[①]。那么,他们到底募到足够的经费吗?自卫队员穿上了暖和的寒衣没有?但为了这次演出,他们下了一些功夫,正式演出之前,先免费"欢迎"了一场,两天后才开始卖票,也就是想证明他们的诚意。值得一说的是,"归侨义侠精武团"在五通桥确有收获,临走时招了两个当地的学员,一个叫王绍周,一个叫蔡秋林。

后来的故事也不妨讲讲。1949年后,杨宝忠已过七十岁,走南闯北一辈子就有了归隐之心,所以"归侨义侠精武团"走到重庆时就不想走了,最后是与另外几个戏班合并成了重庆市杂技团,而曾经在五通桥参加演出的杜少义、张少兰、杨俊英、杨翠英等人成为了该团的台柱子。实际上,作为游走四方的艺人在那个时候面临一个选择,要么投入新时代的行列做公家的人,要么解散回乡。但如果要让一身的功夫不至于荒废,走上集体的舞台是必然,这是一代戏班人的命运,而那曾经闯荡过的江湖就仅仅是一场旧梦了。

---

① 1946年11月15日,《归侨义侠精武团致犍乐盐区警察局演出申请函》,原件存乐山市五通桥区档案馆。

集益社的名票们

抗战来临后,小城五通桥成为西迁最重要的地方之一,迁入的机构、人数之多都处于抗战大后方的前列。当时南京的盐务总局、天津的永利化工、上海的美亚绸厂陆续搬到了这里,又开办了岷江电厂、川康毛纺厂等工矿企业,桥滩两地一时热闹非凡。那么,外来的文化对当地有些什么影响呢?

我还是从西迁而来的甘贡三家族开始说起。

甘氏家族为江南望族,在南京,"九十九间半"的甘家大宅院为人熟知,而甘家又素有戏曲世家之称。1935年夏天,十七岁的甘家四公子甘律之,与其兄甘南轩、甘涛在自家花厅内成立了"新生社",由甘南轩担任社长。"新生社"聘请颜凤鸣、佟志刚、关盛明等人为师,参与的人员有几十人,溥侗、梅兰芳、奚啸伯、徐兰沅、曹慧麟、王熙春、童芷苓、言慧珠等名流经常出入于"新生社"。有人说,"新生社"就是当年南京的半个戏台子。

甘贡三举家随盐务总局迁到五通桥后,相当于把"新生社"搬走了,单甘贡三的长子甘南轩、二子甘涛、四子甘律之、女婿汪剑耘,还有他的两个女儿甘长华、甘纹轩就足以撑起一个戏台。甘贡三一家到了小城五通桥以后，并没有忘记唱戏，但当时主要是在盐务总局内部自娱自乐。

前面已经说过，金执一家同甘律之同租住在五通桥高家院子里，后来他在给我的信中回忆道：

> 大约在1940年前后，我们在四川五通桥时，经常在盐务总局大礼堂作京剧演出，我那时大约十岁，是盐务局票房的小票友，替汪剑耘配过《汾河湾》里的薛丁山，当时演薛仁贵的大约是甘律之。甘的哥哥甘南轩，须生唱得非常好，有"活孔明"的美誉。甘的父亲吹笛子，为甘的两个妹妹伴奏，在盐务局大礼堂演过《游园惊梦》等。

没过多久，盐务总局内成立了一个"平剧组"，是"盐务总局同仁公余集益社"下的一个小组。虽是业余组织，但实际上是"新生社"的底子，人才济济，"剧社规模庞大，箱底齐全，设有专科管理。票社人员的唱腔艺术、表演功底，是全国一流水平"（丁口木《解放前乐山京剧锁谈》）。甘贡三是票友社的核心人物，也是京剧名家，他精于音律，吹得一把好笛子，有"江南笛王"的美名。除他外，盐务总局还有杨畹侬[①]、汪剑耘[②]、王振祖等高手上阵。

杨畹侬是安徽桐城人，自幼喜欢唱戏，嗜戏如命，被视为京剧

[①] 杨畹侬（1907—？），安徽桐城人。读书时曾任复旦大学京剧社总干事，梅兰芳的弟子，1949年后任上海市戏曲学校梅派青衣教师，培养了杨春霞、李胜素等优秀的京剧人才。抗战时期为盐务总局职员。
[②] 汪剑耘（1917—1975），原名汪彭年，早年为盐务总局职员，1951年拜梅兰芳为师，成为梅派入室弟子。1954年在南京组织"汪剑耘京剧团"。

天才。1930年杨畹侬到南京盐务署担任文书，1932年秋，杨畹侬同谢雅柳到北平见梅兰芳，两人一见如故。梅兰芳曾夸"杨先生的嗓子，内外行都少见"。后来梅兰芳邀请杨畹侬同台演过《四郎探母》，居然难分仲伯，听杨畹侬唱戏，就像是梅兰芳住在隔壁一样，人称"隔壁梅兰芳"。

王振祖别号啸云馆主，是盐务总局的丙等职员，曾专门到庐山给蒋介石唱过戏。王振祖后来去了台湾，办过复兴剧校，是台湾京剧的奠基人。

有了这么好的戏剧人才和氛围，像金执这样的盐务子弟，很快就被熏陶成了一个小戏迷。每晚在俱乐部活动，锣鼓一响，人们就汇在了一起，并且逐步有了文武场面。

活跃于其中的就有京剧名家王慧芳。当时王慧芳也辗转从北平来到了五通桥，他与梅兰芳同出一师门，也是梅兰芳的表哥，曾有"兰慧齐芳"之谓。早年的时候，王慧芳在唱戏上的天分公认要超过梅兰芳，民国初年北平举办的一次"菊榜"上，状元是朱幼芬，榜眼是王慧芳，而探花才是梅兰芳，可见王慧芳当年已负盛名。哪料早年得志，后来却人生潦倒，陈凯歌的电影《梅兰芳》里就有他的原型，剧中化名为朱慧芳，被刻画成了破落戏子形象。

抗战后王慧芳被盐务总局聘为戏曲教师，以教戏为生，汪剑耘曾跟着他学戏。当时汪剑耘在盐务总局里做财会工作，但从小就喜爱京戏，有人看了他的戏，便有"揽镜还须让少年"的感叹。确实，这人长得太好看了，"扮相秀美、歌喉圆润、气质清佳"，迷倒了一片。那时，汪剑耘刚做了甘贡三的长婿，与其女甘长华新婚不久，小夫妻都痴迷于京戏，家中就是小舞台；后来他又正式拜梅兰芳为师，专工青衣旦，由业余转向专业，成为了梅派传人，人称"南京梅兰芳"。

抗日事起，随盐务总局迁川西，业余仍然参与演出。此际，又从京剧大师梅兰芳之师兄王慧芳问艺，王氏乃清末梨园名家路三宝得意门生，故旦行绝活甚多，王器重剑耘亦悉心传授于他。同时，他学会许多花旦戏，如《坐楼杀惜》《花田八错》《拾玉镯》《打樱桃》均极擅长；又学会本头戏《虹霓关》，全本《金玉奴》，全本《能仁寺》等。而好学精神异于常人，每日黎明即起，踩跷、跑圆场、喊嗓、练唱，再练各式刀枪把子，经数年锻炼，技艺大进，文武皆备，基本功扎实，非一般票友所能望其项背者。（《汪剑耘先生诞辰八十周年纪念》）

关于王慧芳，有一事可顺带一提。当年，京剧名家蒋叔岩也是盐务大礼堂戏台上的常客。2007年夏天，我曾去拜访她，无意间问起王慧芳当年的情况，蒋叔岩只叹息了一声"唉，他呀……"，就再也不愿多讲，这件事给我的印象很深。有人曾说王慧芳就是梅兰芳的反面，是旧时梨园艺人的写照，但从汪剑耘那里，能看出王慧芳是真戏骨，只是命运蹉跎而已。

盐务总局的"同仁公余集益社"是为职工业余生活创办的一个组织，里面有"学术部""游艺部""体育部"等，其下又分别有"书报组""平剧组""旅行组""话剧组""歌咏组"等，但最受欢迎的是"平剧组"，最活跃的也当数"平剧组"。

1941年11月，盐务总局的处长刘文荪奉调赴渝，"平剧组"就派上了用场。刘文荪在同人中的口碑颇佳，像个完人似的："公秉性刚毅，刚直不阿，临财不苟，尤所难能，故虽历任要职，而仍两袖清风,宦囊无积。"(《集益旬刊》)为此,同人们便邀约起为他饯行道别,首先是为他组织了一场欢送会,然后是办了六桌的席面,"畅谈甚欢,觥筹交错,轮杯把盏,极尽一时之盛"。摆宴之后又开锣,要安排看戏,先由模范小学学生歌咏队上台唱歌,接着是京剧表演,《上天台》《游园》《六月雪》《珠帘寨》《梅龙镇》等依次上演,气氛热烈。

刘文荪年轻时候就喜欢听戏,在北平时曾是昆弋荣庆社的戏迷,所以他很支持"平剧组"。他也好太极拳,教他的师父是郭孟申[①],此人曾是南京国术馆的教练,武艺高强,以八卦拳闻名于天下。但刘文荪结识郭孟申却是因为唱戏,郭孟申也跟京剧有缘,当年梅兰芳曾向他学过双剑,《霸王别姬》中的虞姬舞剑就受益于他。其时,郭孟申在抗战中也辗转到了四川,曾在峨眉山、五通桥一带盘桓,其子郭振亚就出生在五通桥,后来也成为了一代武术名家。

11月4日这天,为了表达对刘文荪的感谢,"平剧组"的一帮人便张罗了起来,活动搞得热热闹闹。在会中,"平剧组"代表傅澜芳就站起来发表高见:"我们希望刘处长到了重庆以后,抗战不久就胜利,那时我们唱一百天的戏,让他过着快乐的日子。"此话多少有些奉承的意思,但刘文荪听了受用,就在现场发言中也不吝夸奖一番"平剧组"的人。他是这样说的:

> 现在京剧组杰出人才很多,如甘南轩先生艺术造诣,诸位早已深知,他的唱作兄弟看来很像是王义宸[②]。汪剑耘先生可惜未能

---

① 郭孟申(1891—1973),字子平,河北固安人,著名武术家。刘派郭氏八卦传人,人称"郭快手"。
② 王义宸,民国时期京剧名家。

下海，不然将来五大名旦，一定可占一席。甘律之先生进步尤快，嗓子动作一天比一天好。"宜昌梅兰芳"聂静澄先生在汪先生（指汪剑耘）未来以前，是京剧组唯一青衣，人极温和，时常唱开锣戏，并不躁急，甚为可佩。金维成先生生旦净末丑，无一不会。马廈韵先生活活是一个老旦，一点票习没有，《春秋剑》一剧尤为擅长。陈世邨先生学言菊朋颇有讲究，朱仲达先生唱老生，还有甘菊生之兄仲寅先生均各有所长，十几位同人凑成了一个很盛局面。（《集益旬刊》）

说来也怪，因为刘文荪的一番点评，有人便从此得到了雅号，如聂静澄被称为"宜昌梅兰芳"，甘南轩则是"王义宸第二"。而此次演出中最出彩的是甘南轩与汪剑耘合演的《梅龙镇》，堪称珠联璧合，表演现场让人叹为观止，有人甚至高呼"戏剧是人类高尚的表现"，大赞这是出游龙戏凤的好戏。

显然，这是盐务总局内部一次极有纪念意义的艺术聚会，让人难以忘怀。有个笔名叫洪流的人，就写了篇叫《夜的序幕》的文章，表达了他观演的奇妙而美好感受：

……精彩的节目，令你神往；化装的深刻，令你惊叹。甘律之先生的《上天台》动作大方，嗓音清亮，几乎怀疑他不是岁年轻轻的"迦蓝地"的酒，而是素有研究、老于阅历的金字塔。《游园》一幕会教你联想起神仙世界、古雅乐土。更有那发髻斑白的老夫子，精神焕发的老少年，横吹短笛，清脆的声音刺进每个人灵魂的深处……夜深了，人们带着紧张兴奋的心，踏上归程，但所有故事印象还不住的在脑海里盘旋。

犍乐盐场内有庞大和严密的管理机构组织，图为盐工干部讲习班。

如此良辰美景，刘文荪自然也有些恋恋不舍。到了重庆还有没有这样的环境就是个问题，当时正是日本轰炸重庆最凶的时候，硝烟漫卷，谁还有心思去听戏，想要有五通桥那样宁静的地方真是不易。所以他在临走前就嘱咐同人们尽量利用晚上的时间加强练习，聘请打鼓师傅，多发展几个票友，以后回到五通桥，还能看到大家更好的表演。

真正撑起"平剧组"的是甘家。随着"平剧组"的不断壮大后，也常常四处演出，调用名票登台献艺成了常事，但那些演出多数是为了职工、眷属和少数市民娱乐需要，更主要是当时盐局高级盐官们迎宾送客、庆贺喜寿以及各种场面助兴。"平剧组"不仅在五通桥演，也去外地演，如乐山、自贡、重庆等地。又接受社会各界的邀请，参加一些公演，如在1941年11月底，"平剧组"就应当地防护团的邀请，做了一次"防空献金"的公演，定期两天，且演的是拿手戏。

十年前，我在牛华溪见到了年逾九十的"戏痴"柯愈稷先生，他过去是盐商，早年在成都学过京戏，按他自己的说法是"戏台上经常需要配戏的小角色"。其实，他在当时非常活跃，一则是同盐务总局有不少业务来往，经常参加他们唱戏演出。柯愈稷工小生，运腔与道白不俗，他的声音在"平剧组"学了不少。

"平剧组"里人才济济，生、旦、净、末、丑齐备，演出的行头、戏箱也足，才有了唱、念、做、打的本钱。当时除了普通的职员外，高级盐务人员也经常参与，后来当接任缪秋杰当上盐务总局局长的张绣文也是不折不扣的票友，他就亲自上台唱过《坐宫》。

家眷里会唱戏的也不少，太太小姐齐上阵，缪秋杰的女儿缪希霞就登台演过《汾河湾》，这样的戏剧气氛很难想象是在艰难的抗战时期，当然没有抗战形成的大后方局面，也不会将这些人汇聚到一个僻远的川西小城,而当时这样的戏曲场面在全国都是少见的。可以想象,宁静的小城也曾划过几声婉转清丽的唱腔,也曾响起过几段撩人心弦的西皮二黄,虽然这样的声音在激越的时代氛围中多少有些突兀。

逃伶蒋叔岩

在成都春熙路上，来往行人只要稍稍细心一点，就会发现地上有一些反映春熙路历史的铜雕。其中有一幅讲的就是"春熙大舞台"和"蒋家班"的故事。当年"蒋家班"一班人马坐着滑竿翻过龙泉山来到成都后，在"春熙大舞台"上大展技艺。

"蒋家班"之翘楚当为蒋叔岩，她是"春熙大舞台"上的头牌，在台上风采照人，风靡一时。蒋叔岩1916年生于苏州，由于父母都是梨园中人，所以六岁就开始学戏，并师从闻名南北的筱兰英学戏；后来她跟着其父蒋宝和的"蒋家班"在武汉、上海等地四处演出，从此开始了演艺生涯。1930年，蒋叔岩到了成都，那时她年仅十四岁，但名声早已在外。

当时蒋叔岩虽然年纪尚幼，但已经拥有了很多戏迷，其中不乏大名鼎鼎的文化人。如当时已经八十高龄的方鹤斋，他是安徽桐城人，曾经当过四川督学，后隐居成都，位列"五老七贤"之首。方鹤斋特别喜欢蒋叔岩的戏，对她尤为关爱，视为忘年之交，还曾在他的《鹤斋诗存》中对她是赞不绝口：

蒋叔岩（左）年轻时在成都的照片

叔岩聪明绝顶，而又烂漫天真。其登台也，高唱入云，浩气横海，明君良相，壮士高人，历历在目，足以发人思古之情。及其退闲在室，呰呰而语，嬉嬉而游，跂跃犹有童心，謦笑纯乎天籁。余尝赠陆树田诗，叔岩羡之，憨然索句，乃口占云："已许教坊第一名，美人真似牡丹行。朝阳台上生光彩，雏凤清于老凤声。"

此时春熙路正在新修之中，凤祥银楼老板俞凤岗购置二亩地皮，修了"春熙大舞台"，据说这个剧场最多时能够容纳上千人看戏。蒋叔岩的拿手好戏是"三打"：《打棍出箱》《打鼓骂曹》和《打渔杀家》，都是须生扮相。蒋叔岩的嗓音清润高亢，唱做功夫精湛，台上一派风流倜傥。当时，方鹤斋确实是被一个十几岁的小姑娘震撼住了，没想到蒋叔岩能够把老生唱得如此宛转苍凉，"能传悲壮苍凉概，不信余郎是丽娟。"

此时的蒋叔岩可谓大红大紫，有人形容她的演技是"文武昆乱不挡，唱念做打俱佳"，戏迷专门为她印刷出版《叔岩专刊》，并广为流传。剧场老板慷慨出手，每月给她的包银是七百块大洋，蒋叔岩成了"蒋家班"的摇钱树。

虽然是红伶，但蒋叔岩的思想比较活跃。她曾经演过"京剧时装戏"，如由张恨水的《啼笑姻缘》改编的连台戏，以及由《汤姆叔叔的小屋》改编的话剧《黑奴吁天录》等，这些戏大多反映的是一些反对封建思想、歌颂自由爱情的内容。蒋叔岩的行为举止也比较前卫，常常留男式发型，穿男式西装，很有一股叛逆的味道。也就在这时，她认识了川大女生张腾辉，张腾辉喜欢蒋叔岩的戏，两人成为了亲密朋友，后来张腾辉常常鼓励她识字看书，在唱戏之余，蒋叔岩常常到成都启化学校去补习文化。

旧时梨园艺人被视为倡优之辈，而戏场子里也是鱼龙混杂的地方。当时的四川是袍哥大爷、兵痞流氓的天下，对当红女伶自然有垂涎之人。有个姓刘的师长，自从看了蒋叔岩的戏后，就想娶她为妾，但被拒。可这种人不好惹，成天带着几个兵痞到戏场里来搅，不达目的不罢休。蒋叔岩的母亲蒋甫和是旧时唱戏艺人，一心想让女儿嫁个有钱有势的人，想从中促成此事。结果是蒋叔岩为此大病一场，最后是蒋叔岩在朋友的帮助下，逃出了成都。这件事情在当时的成都成了轰动一时的新闻。

1938年春，蒋叔岩就从成都突然消失了。她到哪里去了呢？读者且慢，下面我将调转笔头，说说在六十年后我去寻找蒋叔岩的经历。

说句实话，在开始写蒋叔岩的时候，我认为她可能已经不在人世了。但是一个偶然的机会，我得知了她的下落。2007年夏天，当见到九十高龄的蒋叔岩老人时，让我大为惊讶。她一头银发，个子不高，但身体很硬朗，精神非常好。那天兴致很高，谈到中午她留我吃饭，饭菜中居然还有卤排骨，没有想到她的牙口很好，啃得津津有味，还不断给我夹菜。

蒋叔岩的生活很简单，房屋也简陋，大概只有六七十平方米，是单位的老房子。她的话里仍带着吴音，那天我们聊到了一些人，很多是我不知道的，她便把名字写到纸上。但她边写边说："都不在了，像我这个年龄的朋友已经快没有了！"我能感到她的孤独。

蒋叔岩从成都逃了出来后，先到了西康打箭炉，后辗转到了五通桥。此时的蒋叔岩已经不叫蒋叔岩了，她有了一个新的名字：严曦。"严""岩"同音，"曦"是新的一天来临的意思，虽然是隐名埋姓，但也有重获新生之意。这个名字或许就是蒋叔岩的人生转折点。

同蒋叔岩一起逃出成都的是张腾辉，她们一路辗转后，终于在盐务总局办的四川第三保育院（简称川三院）里找到了工作。保育院是接纳抗战难民孩子的地方，1938年3月"战时儿童保育会"在汉口成立，1938年秋全国各地迅速建立起了十四个分会，分布于湖南、湖北、四川、贵州及重庆等地，在总会、分会之下又普遍筹设了保育院，对难童进行抚恤、教养。当时，五通桥的任务是负责接纳一千名难童，犍乐盐场负责从盐税中每月为每个孩子拿出十块钱来供养。

1940年春，由于工作出色，张腾辉当上了川三院院长。张腾辉有进步思想，擅写政论文章，还会拉京胡唱京戏，是位女才子。而她在很大程度上也是改变蒋叔岩命运的人，蒋叔岩崇拜张腾辉的人品学识，张腾辉倾慕蒋叔岩的艺术才华，两人惺惺相惜，相约不考虑婚姻，全身心投入到工作中去。

保育院是利用五龙山上破旧的多宝寺建起来的。寺庙不大，那么多人一下子住进去，大大小小的孩子们就密密地挤在一起，睡的仅仅是地上垫的一层稻草，环境的恶劣可想而知。难民孩子都是衣衫褴褛，浑身肮脏不堪，很多人的头上都长满了虱子，但严曦仍然要忍着恶心替孩子们剪头、洗头。饮水也是大问题，山上的水不够吃，她们就同孩子们一起到山下去挑水，跑一趟需要半天时间，工作可以说是又脏又累，非常艰辛。但对这一份工作严曦是心甘情愿的，因为她的身心都自由了，那是一块新的天地。

我曾经寻访过川三院当年的难童，后来成为了清华大学教授的何其盛先生。何先生是江苏常州人，1938年全家逃难，他随大哥何凤笙一起从江苏、安徽、江西等地辗转到了五通桥。他告诉我，当时保育院的孩子来自四面八方，年龄悬殊，所以按年纪分班，一年分三个学期，没有寒暑假，半天上课，半天劳动。劳动的内容有打草鞋、绣枕头、磨豆腐等生活技能的学习，也有缝纫、翻砂、织布等实际工作技能的学习。当时的院长是章太炎的堂妹章文,章文在1940年初调走后,接替她的就是张腾辉。在川三院里,学生的吃穿是统一的,学习管理也严,院里设有农场和工场,还在寺庙里辟出了两个篮球场,所以生活和学习都比较丰富。院里定期给孩子们换洗被罩、床单,头发长了要给他们理发,还要定期给他们检查身体。由于山上雨水多,每人还发有一顶斗笠。

把一个破庙要变成个可以容纳上千人的学校,谈何容易,但从此以后,多宝寺里有了琅琅读书声。据何其盛先生介绍,从川三院走出来的孩子中,有不少当上了教授、专家,成为了社会的有用之才。当时,严曦的工作是既当保育员,又兼财务,她还学会了打算盘。

在那段岁月里,有一件事情让严曦难忘。1939年的一天,突然来了一大群人,走在前面的人严曦一眼就认出来了,原来是蒋夫人宋美龄。当时严曦小心翼翼地介绍院里各方面的情况,宋美龄很有耐心地听,不时点头。为了表达爱心,宋美龄提出要为那些难民孩子剪指甲,于是就在照相机的闪光灯下,宋美龄为几个孩子剪起了指甲,这一场景的照片很快出现在了各大报纸上。但蒋叔岩对我说,那时保育院里的辛苦,宋美龄不一定真正清楚,由于办院资金募集非常困难,在最艰苦的时候,孩子们每天只能吃一顿稀饭。

全国当时有五十多个保育院,川三院被公认是办得最好的,被列为中国战时儿童保育会的首善救亡单位。严曦就是其中的一员"难童妈妈",她在保育院里前后待了四年多时间,成为一名在中国抗战时期难童救助保护历史上的默默奉献者。那时的她不过二十出头,扎着一对小辫子,充满激情和真诚。

"蒋叔岩"这个名字仿佛已经不再存在了。人们在传有个叫严曦的姑娘很会唱戏的时候,他们哪里知道她就是名震华西坝的蒋叔岩。当时因抗战而西迁到五通桥的科学家侯德榜、孙学悟等人很爱戏，常常主动请她到永利川厂去演上几段。不仅如此，临时隐居在五通桥的徐悲鸿都知道她，曾专门画了一匹马送她，她回去将画贴在墙上，有个同事看见后喜欢得不得了，她顺手从墙上扯下来就送给了对方。

那是一段有趣的往事。当时严曦同张腾辉去见徐悲鸿，但找到他租住的屋子时，里面却没有人。她们正要返回，就看见徐悲鸿穿着一双草鞋、扛着一根鱼竿回来了。进了屋，徐悲鸿给她们倒水，水杯上的图案是一只摇篮，摇篮里有个孩子，非常可爱生动。

徐悲鸿曾写道："廿四（1935）年初夏，遂游五通桥，为川省产盐处之一。群山环水，巨榕簇簇，如岗如峦，列于水旁，倒影沉沉，有若图绘，市廛繁富。"（《自传之一章》）严曦她们见到他可能是之后的一个时期，也就是说徐悲鸿可能最少两次去了五通桥，而后一次是在那里生活了一段时间。

抗战后期，蒋叔岩的妹妹蒋艳秋找到了她的下落，坐船寻来。姐妹相见分外欣喜，为此两人在乐山同台演出了一回《打渔杀家》，正在乐山经营嘉乐纸厂的李劼人听后感慨万千，专门宴请她们，还亲自下厨做了他拿手的一道"坛子肉"。

蒋叔岩在小城五通桥隐姓埋名了十四年，正是青春年华。1950前后她回到了成都，到川西盐务局工作，后又转到了成都市京剧团，重新回到了舞台上，还原了自己一个京剧演员的身份，而此间相距已有二十年的时间。

在与蒋叔岩交谈的过程中，她给我讲了一件难忘的事情：在抗战胜利的那一天，她把自己的一件大衣拿到竹根滩卖了两元钱，然后同张腾辉、彭瑞叶、许重五、许滕八等几个朋友买来些酒菜，又唱又跳地欢庆了一个通宵,因为她们觉得苦难的日子就此不复了。

其实在抗战当中,她还曾唱过一次,公开了自己的真实身份。此时已经离逃婚风波有好些年了,很多阴影都已经渐渐化去,所以在一次特殊的场合下,她、严曦、蒋叔岩,痛痛畅畅地亮了一回嗓子!在五通桥她被广为人知,可能就来自这次不同寻常的挥袖一唱:

> 民国二十八年(1939),四川著名京剧演员蒋叔岩化名严曦来到五通桥,安排在盐务局慈幼院作保育员。三十年(1941),盐务总局为欢迎总办缪秋杰来桥视察,严曦唱了一折《打鼓骂曹》震动桥滩,蒋叔岩其名从此为桥滩群众所知。(《五通桥区志》)

《打鼓骂曹》一戏常为节事所选,台上演员的扮相多以大红基调为主,表现了新年的喜庆气象。蒋叔岩唱这出戏也藏有深意,因为从此以后,她隐姓埋名的生活彻底结束了,一去不返了。

需要补充的是,当年逼她成婚的蒋母后来也到了五通桥,跟着蒋叔岩生活,最后是病故在了五通桥。而与蒋叔岩形同姐妹的张腾辉(保育院解散后,她又当过五通桥盐区小学校长,并兼任盐区医院院长),就是这位非常优秀的女性,当年她为了听蒋叔岩的戏,毕业论文都是在舞台下面完成的,可以说是她的超级粉丝。也是她为帮助蒋叔岩逃婚,两人一同到康定靠教书的微薄收入来度日,后来才折返到了五通桥待下来,这一路是张腾辉的帮助才让蒋叔岩度过了人生的困境。但让蒋叔岩万万没有想到的是,由于张腾辉出身大地主家庭,她没有逃脱暴风骤雨般的政治运动,跳楼身亡。

张腾辉性情豪爽,做事干练,有须眉之气,她也拉得一手好京胡，会写诗赋词，与朋友聚会还能猜拳行令。2010年，我在五通桥档案馆查寻盐业资料时，无意中看到了一张有张腾辉亲笔签名的函件，事关一个叫陈集仁的孩子到永利川厂做工的事情。当时保育院要负责为一些"难童"寻找生活出路，所以会送他们去附近的工厂劳动，锻炼他们自食其力。这个函件正好反映了"难童妈妈"们为抗战工作的细节。其实这只是一份普通的函件，但看着"张腾辉"三个字时竟让我也有些感慨万千。记得蒋叔岩在给我说起张腾辉跳楼一事的时候，突然情绪激动，充满了深深的惋惜。她们之间有刻骨铭心的感情，只有时间能够作证。

　　蒋叔岩告诉我，张腾辉一生爱花，张腾辉去世后她从此不再养花。

寻找大业盐号

前些年的一天，我突然接到个电话，是个老人打来的，他说希望见我一面。第二天，我就如约去见了他，是在成都合江亭附近的一个茶馆里。老人叫赵永嗣，已经九十多岁，长期随儿子住在美国，这次是回国探亲，才有机会促成我们的见面。

赵先生是看了当年我写的《桥滩记》来找我的，而我们的话题就从那本书的封面开始的。那是一幅我偶然得到的老照片，觉得很有意思，就用在了封面上。照片上是"桥滩业余平剧社"的票友合影，上面有二十多个人，而他居然认识大半，这让我非常吃惊。赵先生说，你看到没有，前排最中间那个拿手杖的人，他叫沈筱卿，是江浙一带的人，喜欢唱须生，最擅长的戏是《仁贵探山》，他是大业盐号的经理。

一听大业盐号，我的兴趣就来了，那是我一直想了解的地方。大业盐号的前身是公太盐号，由上海银行创办，董事长是金融巨头陈光甫，而最早的业务是办运淮盐。抗战之后，淮盐沦陷，缪秋杰便邀请陈光甫到四川办运川盐，在重庆开办大业盐号，并在自贡和五通桥两处设立分号，承运湘、黔、楚岸之盐，它在20世纪40年代中介入川盐之深，势力之大，非一般盐号可比。当时，赵永嗣先生就说它在吊桥对面的山坡上，我又着着实实吃了一惊，因为那个地方我太熟悉了。那是幢别致的西式小洋楼，是我小时候常常去玩耍的地方，楼里的那个漂亮的旋梯曾是我们飞翔的滑板。

记忆就回到了四十多年前。那时我在读小学，住在四望关的一个小院子里，有十几个跟我同龄的孩子，几乎是一起长大的，成天在一起打打闹闹，但我却喜欢跟外面的一个同学玩耍，其实是我对那个西式小洋楼感上了兴趣。记得去那里要经过那座晃晃悠悠的吊桥，桥下是茫溪河，河水常年都是清澈的，两岸是黄葛树，像大朵大朵的绿云罩在河边。桥的名字叫"群英桥"，沿着群英二字，思绪便会发散开去：我的小学也叫群英，大概那是一个争当英雄的年代，在一群小英雄里我有个斗志昂扬的老师，她很上进，也非常严厉，常常是蹙紧眉头，要把我们个个都锻炼成横眉冷对的小英雄。记得那是在夏天，学校边就是茫溪，但她绝对不准学生下河游泳，每天中午她都会像猫头鹰一样盯着我们，然后用手指一勾："你，过来！"每当此时，我就暗地里叫了一声，又遭了！她会伸出指头在我的腿肚子上划一下——那是检验是否下过河的方法，只要皮肤上出现一道白痕，那就惨了。但在严厉的管教中我照样顽劣不化，照样偷偷下河，甚至有时会忘记了学校的打铃声，那是我最为倒霉沮丧的时刻，而其中跟我臭味相投的那个同学，他的家就住在那幢西式小洋楼里……

只要想完这些既愉快又不愉快的事情，我就应该走到那座小楼前了。其实，每次走到这里的时候，我就有个疑问，这幢房子怎么跟周边的房屋不一样呢？它就像在一群穿工农装的人群中站着一个穿西装的人，格外突兀和醒目。

沿着石梯走上去，我就迅速钻进了小楼里。小楼的左侧有一间会议室，大概有七八十平方米大小，里面有一张乒乓球台，我们就常常在那里打乒乓，打得满头大汗。记得有一次乒乓球打到了一个洞子里，然后我们就钻到地板下去找，结果发现下面有个半人高的隔层，里面还有不少乒乓球，那些飘飞的白色小精灵们不知在那个黑暗的空间里待了多少年。在我的记忆中，那可能是小楼里最大的一间房间，后来我就想沈筱卿他们会不会就常常在这里聚会，"桥滩业余平剧社"的聚点会不会就在那里？

1944年，抗战胜利前夕，在盐务总局迁走后，集益社的那帮票友都回了重庆，但留在五通桥的京剧爱好者们一时没有了着落。怎么办呢？于是五通桥盐务分局就仿集益社而成立了一个"九修会"，目的也是为了丰富职工的业余文化生活。而"九修会"下面也成立了一个平剧组，聘请蒋叔岩来当老师，这样一来，京剧玩友们便有了自己的乐园。

这里有个背景，略作陈述。当时单犍场盐工就有一万多人，由于抗战经济极为衰落，盐场生产非常凋敝，失业者不在少数，盐工的生活困难重重。1943年12月还发生过一件让盐务管理当局高度紧张的事情，犍乐盐场一夜之间贴满了一份名为"伤心歌"的传单，"攻讦盐务官厅"，一时之间议论纷纷，人心惶惶[①]。为了平息盐区工人日益激化的情绪，在1946年元旦这天，五通桥盐务分局就敲锣打鼓地成立了一个"盐工福利社"，对各盐业机构筹集福利基金，结果是犍场捐赠320万元，运商120万元，票商60万元，劳方300万元，共800万

[①] 参见1943年12月犍为盐场盐业公会、犍为盐场雇员公会《为"伤心歌"假借名义郑重声明》，原件存乐山市五通桥区档案馆。

桥滩业余平剧社同人合影　龚静染收藏

元来开展福利事业。不久，他们在创办的壁报《新盐工》发刊词中写道："过去我们在抗战中吃尽了辛酸，流干了血汗。胜利了，哪个人不愿喘息一下，恢复我们的疲劳，福利社就是我们盐工的喘息所在，是我们盐工新生命的摇篮。"

既然话说得那么好听，就得给出点实际的好处，那么他们做了些什么事呢？第一是办了个茶社，"工余品茗游憩"和"调解盐工间纠纷"；二是办了俱乐部，设响器、管弦、棋类、收音四组，每天下午5至8点开放；三是设立了一个询问代笔处，也就是为盐工咨询民刑事诉讼和撰写书信、契约、公文等；四是特约中、西医，为盐工问诊看病；五是办了个理发室，为盐工们免费理发；六是开办了个浴室，盐工可以免费沐浴。其实，它还有一项最重要的功能，就是为盐工紧急贷款，也就是遇到急、难之时的小额借款。应该说这些举措虽不能根本改变盐工的生活质量，却不乏温情和善意，确有让盐工"喘息"的愿望。

也就在这样的氛围下，由彭康道组织的"桥滩业余平剧社"在1945年12月成立了，而在盐工福利社中负责的周兆元等人就成为其中的骨干，而前面那段发刊词中的"喘息论"就出自周兆元之笔，他是私立五通桥盐区小学附设幼稚园的校长，能说会道。

彭康道当时三十多岁，个头高挑，微胖，穿长衫，大背头，戴一副圆框眼镜，此人是五通桥盐务分局的职员，对公益事业极为热心。"桥滩业余平剧社"设在犍盐银行，主要参与者是银行界、盐务机构的人士，如魏作周是和通银行经理，李中孚是盐务税警第二区部区长，黄光裕是五通桥盐务分局科长，陈子勋是盐区内乐公路段管理站站长，孙善交是税警团副团长，等等，都是当地有头有脸的人。其他的还有朱鸿儒、杨大富、王乐群、刘德润、先文、黄丕德、徐梦黑、戴默池、卜寿嘉、陈锦文、胡春生、杨朝昌、刘季常、杨光斗、闵子元等六七十人。其中，像黄光裕、杨大富、王乐群、刘季常、徐梦黑等人过去就是盐务总局集益社平剧组的票友，他们是从那边转投过来的。

人员一多，他们就专门聘请了一个教戏的老师，叫陈富方，富连成科班出身。但人们发现，剧社里面并没有盐工等下层群众参加，他们好像在业余时间并不好这口，可能主要想的是如何填饱肚子，而参加的都是当地的阔气人，唱戏大概还是有闲阶级的事情，需要闲情逸致。赵永嗣就告诉我，其中的黄光裕不仅爱唱戏，也喜欢打网球，常常在五通桥公园的网球场上一展身姿；而魏作周英语流利，也喜欢书法，写得一手魏碑好字。

最值得一说的还是沈筱卿，他是个大戏迷，娶了京剧女武生徐惠宝为妻。说起徐惠宝演的《薛仁贵探山》，赵永嗣难掩嘉许之色，又让我不免惊讶。那时沈筱卿也常常登台亮相，与唱花脸黑头的李中孚配对演戏，为人称道的是《捉放曹》。"桥滩业余平剧社"唱戏一般不卖票，只内部赠送，唱戏的地方不是在犍盐银行，就是在平泉公馆，后来又移到了大业盐号，这是因为沈筱卿的缘故。

沈筱卿是江苏人，毕业于镇江大学，当时年龄在四十岁左右，中等个头，人有些清瘦，显得比较老成。他是五通桥大业盐号的老板，是重庆大业公司派下来的，专门做购销引盐买卖，实际上就是做桥盐的垄断生意，而沈筱卿在其中左右倒腾，如鱼得水。

这里可以讲一件事。当年金融大亨潘昌猷在五通桥开办华昌煤炭公司，因为煎盐靠煤，煤的需求旺盛，也就是做盐商的生意。1949年，协理黄晋藩想以85吨工薪煤（工资以实物抵）调换巴盐100担，便委托曾当年在盐务总局的同事高清厚去转卖，但由于盐价低迷，出售未果。后来黄晋藩只好再添上20吨煤，向五通桥盐商田祝嵩换得巴盐仓单100担，再托沈筱卿售出，得银380元，这单买卖因为中途折腾让黄晋藩吃了点亏。但不久，市面上的盐价跌至280元，这时沈筱卿就给他出了个主意，建议他追进。黄晋藩便迅速购进100担巴盐，运到宜宾销售，这回他就赚了不少，并用赚的钱买了一块黄金。沈筱卿深谙经营之道，信息畅通，买进卖出拿捏得恰到好处，他就是一些人心中的财神。

当然，这是职业生涯中精于算计的沈筱卿，而在业余生活中，他却是个很有生活情趣的人。"桥滩业余平剧社"自然缺少不了像沈筱卿这样有能耐的组织者、召集人，当时剧社聚集了五通桥社会中一批中高层的精英人士，自娱自乐，一般不与外界接触，参加演出也只是在盐务局、永利川厂、川康毛纺厂、嘉阳煤矿、岷江电厂、中国银行等几个大单位之间联谊，有点孤芳自赏的意思，他们平时更多的就在大业盐号里聚会，那幢小楼就是他们的逍遥之地。

小楼有三层，木地板铺地，宽大的玻璃窗，装修极为精细。第二层楼中的一间是我同学的房间，站在窗口，可以望见对面不远处的茫溪河和对岸更远处的菩提寺山，也可以看到吊桥，桥下的盐船，以及晃晃悠悠如我满脑袋散乱思绪的水波。后来我想，沈筱卿会在哪一间屋子里办公呢？从视线上看，他应该选择一间开阔、明亮、宽敞的房间，而房间应该在朝阳这一面，而不是后山坡朝阴的一面。

那时候，我常常借到同学家做作业去那幢小楼，但实际上我们常常在屋子里看《三国演义》《水浒传》，乐此不疲；也偷偷看那个年代才有的手抄本，如《一双绣花鞋》《阁楼的秘密》等，把门锁扣紧，看得津津有味，直到楼梯上传来笃笃笃的脚步声，才慌忙将之藏在床下。但正是那些书催生了我的文学梦想，也可以说，那幢小楼就是我的文学启蒙地，我就是在那里想站得更高一点、更远一点，看到小城外的世界。

小楼的第三层一直是锁闭的，我们很少上去。我的同学悄悄告诉我，说其中有一间里藏有很多"宝贝"，但要进去就得冒险，要顺着一道窄窄的屋棱梭过去，然后翻窗而进，别无他法。那道屋棱的宽度仅容一足，只有像壁虎一样贴着墙过去，若稍有不慎必然坠落楼底，后果不堪设想。我们犹豫过很多次最后都放弃了，但有一次，也不知是什么原因，我们决定冒一次险。其实，可能是那间屋子的诱惑太大了，那是在看了手抄本《阁楼的秘密》之后，小说中的故事吸引着我们去放胆一搏。

冒险居然成功了。进了屋后，才发现那些"宝贝"很神秘，那是资本家被抄家后缴获的东西，陶器、字画、衣服、相册等，堆了满满一屋。当时，我的同学翻出一件绸缎长衫穿了身上，还找来一顶毡帽戴上，使劲拍着上面的灰尘，兴奋得不得了。但他矮小的身材显然撑不起那件大人的服装，裹得他转来转去不停地摆弄，像个滑稽小丑，那时我们觉得好玩极了。但当我翻开相册的时候就不免有些惊恐，黑白照片中的人与我们现实生活中的人完全不同，他们散发出一种阴森森的气息，我迅速地翻上几页，就赶紧把它们关上。那一次，我们只从其中偷走了一叠纸烟盒，因为上面有烫头发、穿旗袍的摩登女子，后来我才知道那就是有名的月份牌美女。而这些纸烟盒藏在了同学的床底，秘不示人，只有偶尔偷偷拿出来看，看得脸红耳热。

我不知道那一屋子东西跟曾经的大业盐号有多大的关系，也不知道它们后来的去向，但它确实跟我的那个时代有关。在整个70年代中，对我而言，除了这件事，再无惊心动魄的事情发生。只是在赵永嗣的回忆中，我又知道了一个叫沈筱卿的人，知道了大业盐号，以及曾经的"桥滩业余平剧社"，它们跟那幢小楼是连在一起的，只可惜我连一声京腔都没有听到过，唱戏的人早已经走出这里，去了另外的世界。

"桥滩业余平剧社"的照片摄于1948年12月7日，是为纪念剧社成立三周年而拍的。照片的原主人是其中的一个叫先文的人，照片背面有他的签名，并留有"以志纪念"的字样。先文站在后面二排最右边，穿长衫，是个白面书生。

我很惊叹赵永嗣老先生的记忆力，他那时应该在二十岁左右，对照片上的剧社票友非常熟悉，如数家珍，但他怎么会认识那么多的人呢？这是我一直不解的，而他没有回答这个问题，他的身世好像也是个谜。我们的见面就只有那一次，后来再也联系不上，如果他还在，应该满一百岁了。

1949年之后，大业盐号因为亏损歇业，沈筱卿"将五通桥四望关河对面白虎嘴新建的大业盐号楼房一幢全部抵亏折欠款"（孙维干《淮商大业盐号对川盐运销的经营》）。也就是说，从那时开始，大业盐号就与我熟悉的那幢洋房没有关系了。前几年，我曾回五通桥去那里寻找大业盐号旧址，小楼已经不在了，据说是二十多年以前就拆掉了，一块砖都没有留下，真的是干干净净。

陆

咸味江湖

1943：犍乐盐区调查记

1944年初，春寒料峭。3月3日这天，犍乐盐区警察局突然接到一起报案，说竹根滩托儿塘河边发现了一具女尸。据现场勘查，死者系年轻女性，烫头，穿阴丹色短内衣，花短裤，芭毛色丝袜，贡呢鞋。她是被枪杀的，子弹从右眼打入对穿后脑[1]。

死者叫祝畹兰，成都龙新街人，时年二十一岁，死之前是穿的一件红色旗袍外套一件羊皮袍子，还戴了一只手表，但在被发现时这些都没有了。难道是劫财劫色？但一分析案情却感到扑朔迷离。祝畹兰的丈夫是三二补训处的侦缉队队长吕顺卿，二十五岁，两人结婚已有四年，感情不错，但夫妻俩都是外地人，一直长住在百川旅馆里。就在案发的前几日，吕顺卿曾带队到石板滩打匪，当场击毙了匪首黄孝全。是不是这件事引发了报复？

在祝畹兰出事的当天，吕顺卿一早到嘉定去办事，同行的还有机枪连连长李君志和步兵连连长李振一，下午2时回到百川旅馆后不

---

[1] 1944年3月3日，《犍乐盐区警察局辖区竹根滩分局发现无名女尸一具呈请核查案》，原件存乐山市五通桥区档案馆。

见妻子，以为她外出玩耍去了。后来他到茶馆里喝茶，听说有个年轻女人在河边被打死，吕顺卿顿感不妙，马上带人去看，祝畹兰就躺在河滩上。

一个侦缉队队长的妻子被杀，足见匪徒之猖獗，而社会治安之复杂也让警察局对破案感到棘手。桥滩两地是岷江边的大码头，以盐巴行当为大宗，市廛繁富，帮派林立，江湖的水很深。谁是凶手？这不好说，单说袍哥组织就是一张庞大的网，人员众多，插足于黑白两道。如瓦窑沱的仁字袍哥"同升社"就有五百多人，青龙嘴的义字袍哥"叙云乐友社"有四百多人，竹根滩的义字袍哥"东隅仁和公"有七百多人，牛华溪的礼字袍哥"复礼社"有一千人，而竹根滩正中路的"同仁社"最大，达到了两千多人。如果加上"四青公""集义社""施记堂""结记""志诚党社"等大大小小的各种袍哥组织，人数将在万人以上[1]。

如此复杂的局面，发生祝畹兰被枪杀案也就不足为奇了。但军警家眷被杀还是触动了社会的神经，犍乐盐区警察局虽然感到案情重大，承诺"严缉凶犯法办"[2]，但真正要顺利破案并非易事，而破案的基础首先是要对当地的社会情况了如指掌，而非在一塘浑水里搅。事实上在1943年7月，犍乐盐区警察局就对五通桥的社会情况进行了一次总调查，其目的就是要把那些犹如毛细血管一样密布于社会肌体之中的大小行业、机构、组织摸得清清楚楚。

在调查中，茶馆、酒馆、烟馆是三个重点行业，分布广、数量

---

[1] 参见《五通桥区志》第三十篇《社会风土》第三章"行帮"，巴蜀书社，1992年。
[2] 1944年3月9日，《犍乐盐区警察局辖区竹根滩发现女尸枪杀案》，原件存乐山市五通桥区档案馆。

五通橋第一戒煙所攝影 一九五一、一、十八

1951年五通桥被强制戒烟的烟民

大，可以说杀害祝畹兰的凶手就藏身在这些地方。烟酒茶是日常消费品，无处不在，恰巧也是藏污纳垢之地，警察局就势必要下大力去摸清辖区的情况，为今后办案提供准确的信息。

先说烟。抽大烟是禁止的，也就是说开烟馆只能是隐蔽的行径，不能明目张胆，不能公开化。而警察局要做的不是调查烟馆，而是查禁，烟馆是社会的毒瘤，必须铲除，但这个数字和情况不会对外公开。在犍乐盐区警察局的档案卷宗里，我看到过一份查获烟民邓廷国、张廷安的记录，现场查获烟具如下："铜瓢一个、烟筒箕一个、烟灯座五个、空烟杯一个、万金油一盒、烟木瓢一个。"[1]既然人赃俱获，那就将受到惩办，但像这样的烟客到底有多少、查办了多少烟馆，却是个谜。

卖淫嫖娼跟抽大烟的性质相似，也是政府严厉打击的对象。1944年8月，犍乐盐区竹根滩警察分局进行了一次查捕行动，"于本月七日晨，计查获娼妓阮太婆、三娃子、七娃子、琴妹、菊花、菊芳、张素卿、小庚、培兰、龚大娘、曲昭等十一名台基老板，胡妈、尤广兴、赵顺义、吉保余、周张氏等五名已先送总局拘押"[2]。而总局得到"战果"后，仍然敕令竹根滩分局"将未获之妓女继续按名拿送，勿得徇隐"。由此也可以看到一夜就查获了十六名"台基老板"，可想竹根滩一地的"台基公馆"（地下妓馆）有多少，游娼暗妓是何等猖獗，只是它跟烟馆一样不能公开买卖，实在是难以确切统计。

但酒馆就不一样了，它是合法的正当生意，可以正正当当地

---

[1] （系年不详）牛华溪盐区警察局查获烟民证明单，原件存乐山市五通桥区档案馆。
[2] 1944年8月8日，犍乐盐区警察局竹根滩分局《为补报查拿游娼情形函》，原件存乐山市五通桥区档案馆。

开，所以民国时桥滩的酒馆有近一百家，相当兴盛。值得一说的是，过去的酒馆既非饭馆，也非酒吧，就是纯粹卖酒的地方，以白酒为主。酒馆中经营的一般是土烧酒、大曲酒、泡子酒几种，一般没有红酒和洋酒之类，店内也就三五张桌椅而已，非常简陋。但那时候就是这样喝酒，在我的记忆中，每到逢场天喝酒的人最多，几个人挤在一起喝转转酒，一个碗转来转去；也有独酌之人，各有各的安逸，嘴唇在酒碗上咂得滋滋有声，喝得有滋有味。打酒的时候也有讲究，店家从酒坛中扯一提倒入碗中，酒提用竹筒制成，小提一两，大提二两，老板揭开盖布，酒筒子咕咚一声落进坛中，手要稳稳地提起来，不能有丝毫晃荡，不然客人觉得吃亏。大概也没有什么好下酒的，爱喝酒的多是下力人，聚在一起喝酒，高兴了也划几拳；也有急匆匆来的，想是酒瘾来了，大热天都在喝，咕咚咕咚几口下肚，当凉水解渴一样，喝完走路。但有几个小钱的人就要讲究一点，坐下来慢慢喝，来一碟干豌豆，几颗炒花生，或者一块豆腐干，要是有半边猪耳朵那就是开洋荤了。小酒馆里往往是解气使性的地方，喝酒的人大声武气地冲着壳子，单脚踏在凳子上，喝得个脸红筋胀，口沫四溅，衣衫大敞。当年，祝汉文的"青洲肆"卖花酒，王祥和的"天和"存酒几千斤以上，随便你是哪路江湖好汉，到了那里，都能把你变成条快活的炝泥鳅。

　　酒馆一般设于闹市之中，一条街上酒馆林立也是正常的事。牛华溪是犍乐盐区的重镇之一，乃盐业兴旺之地，盐工云集，酒馆自然也多，单民族路上就有"隆记""度森荣""竹红顺""康记"等九家，民权路上也有"庆丰""懋昌""和成源""同兴源"等十三家。酒馆其实就是民间生活的一个排气通道，既可舒筋活血，也可快慰心胸，还能浇灭块垒。当然，那里也是观察民国底层社会的一个绝好的窗口。

茶馆跟酒馆有相似性,所以犍乐盐区警察局对酒馆、茶馆的管理是并在一起的,制订的规则也是一样的。其中最关键的有四条:一是每季度必须刷一次墙壁保持清洁;二是要设置痰盂,且须多贴"请勿随地吐痰"标语;三是茶叶、酒质须纯正,不得以泡过之茶叶或以水掺酒欺骗顾客;四是营业时间有期限,只能在早晨六点到晚上九点之间经营,不准顾客逗留,违反必惩[1]。

从这个规定来看,茶馆、酒馆确是鱼龙混杂之地,管理也相应比较严格,特别是最后一条对经营时间的管理,实际是治安之关键,深夜做买卖难免扰民。其实,警察局对每个行业都有管理规则,现在看来仍颇觉有趣,比如理发业,"少年学艺未成、目力短视及年逾五十目力昏花者不得充当理发者",同时,"理发时不得恣意谈笑及为客人洗眼挖耳"[2]。又如饮食饭馆业,"工役厨夫应着规定或整洁服装""端菜肴时手指不能伸入碗内,应以捧盘代双手"[3],等等。

四川人爱喝茶,五通桥尤盛,这跟码头文化有关,单大大小小的茶馆就有二百多家,有名的如"可谭""澄清""沁园""鼎烹""一味凉""话桑麻"等。茶馆最多的是牛华溪中正路,这条小街不过百米,但街上就有二十二家茶馆,热闹非凡,就是一个小江湖,牛华溪当年盐业之盛通过这条街上的茶馆就能看出。

中正路上有三家是清朝时就有的老茶馆,如卢敬堂开的"看香

---

[1] 参见《四川省犍乐盐区警察局管理茶馆酒店业规则》,原件存乐山市五通桥区档案馆。
[2] 参见《四川省犍乐盐区警察局理发业规则》,原件存乐山市五通桥区档案馆。
[3] 参见《四川省犍乐盐区警察局饮食饭馆业规则》,原件存乐山市五通桥区档案馆。

吟",此人时年六十九岁,也就是说他开了三十年以上的茶馆;又如中正路98号茶馆,光绪元年(1875)开办,有七十年历史,主人王世元,时年六十岁,开办之时他还没有出生,他是从父辈手上接过来的。中正路151号茶馆时间更久远,是同治五年(1866)就开办的,主人叫黄先昭,已经办了八十年,这家茶馆应该经历了三代人的经营。有趣的是,这三家老字号中,有两家居然没有名号,就是无名茶馆,但当地人有约定俗成的称呼,一般是用"王世元的茶馆""黄先昭的茶馆"来指称,绝对不会混淆。

中正路上不仅有老茶馆,也在不断冒出新茶馆,隔上几年就会有新的出现,如中正路40号万光才的茶馆(1926年开办)、杨生权的"浮香"茶馆(1933年开办)、刘志诚的"忍让"茶馆(1937年开办)、邓林国的"最乐"茶馆(1939年开办)、向唯楷的"品香"茶馆(1941年开办)等就是接连兴起的。范德钧的"澄清"茶楼是在1942年开办的,距犍乐盐区警察局的调查仅一年时间,这家的堂面比较宽敞,老板花了一万元来建造,与那些简陋的"棚棚茶馆"不可同日而语。这一则说明茶客人数不断在增加,有旺盛的需求;二是茶馆也不断变化,以适应更高档的消费。

在五通桥,茶馆里除了挂着小木箱卖纸烟、炒瓜子、卤豆干、盐胡豆、五香虫、白糖泡粑的川流不断外,还有头上顶着簸箕卖"油鲊呃"的、提竹筅卖"黄鸡肉"的、挑担子卖椒丝薄饼的小商小贩,到了晚上则是消夜吃食上场,"炒米糖开水喔!""醪糟荷包蛋喔!"的叫声此起彼伏,叫得人饥肠辘辘。而茶桌上最常见的娱乐是打"贰柒拾",这是当地独有的一种纸牌,也俗称"桥牌"。按照现在的说法,"桥牌"就是一种纯粹的数字游戏,据说是发源于盐场,运盐工人将记数的牌子变成了游戏的纸牌,老少咸宜,其乐融融,风靡犍乐盐场一带。当然，打牌自然免不了赌博，茶馆里除了清谈，也还需要一点刺激。

其实，在五通桥像中正路类似的街道还不少，有很多小街就是茶馆连着茶馆，门板靠着门板，茶馆消费占了大半，几乎就是一条"茶街"。但每个茶馆的情况又不尽相同，场所环境、消费对象、经营效果各异，茶馆就是个"见缝插针"的行业，其生存形态犹如苔藓，四处生长。一般来说，有间几丈宽的房屋，能够摆下三五张桌子即可开张，甚至有不少"坝坝茶馆"，散落于河堤之上或大树之下，也无须缴纳几十元的登记费，出太阳就摆上桌椅，刮风下雨即收。但大的茶馆完全不一样，可以唱戏听说书，如牛华溪花溪公园里的"绿天"茶馆，有十五张桌子，一百根竹椅，三个伙计跑堂，五把茶壶轮流掺水。还有更大的，如王爷庙余至仁开的大茶馆，有桌子二十二张，茶壶七把，炭火烧得滚烫，壶盖被热气冲得咕噜响，水缸里每天要挑十几桶水才够用。当然这里档次就不同了，投资了四万元，内堂阔大，桌椅碗盏讲究，服务周到，又设有戏台，长年不断更换戏班剧目，可以整日消磨于此，堪称桥滩人气最旺的茶馆。当然，老板的钱也不会白扔，这里正好处在岷江码头的冲要位置上，每天行人上上下下，络绎不绝，是个赚钱的好口岸。

茶馆也是物以类聚、人以群分的地方。比如文人雅士爱去的茶馆是唐码头河边的"话桑麻"，当地有名的画家吴成之是这里的常客，后来外省来的画家梁鼎铭在抗战中盘桓于桥滩间，也爱去这里喝茶。"话桑麻"茶馆的老板叫邢用泽，去世后由其儿子邢昌如继承，小伙子长得浓眉大眼，为人活络。"话桑麻"因为沾了文气，便有了清雅之名，几十年后当地所有的茶馆都被人忘记了，而它还被人记得，在文章中常常提起它，成了一段佳话。

1943年7月开始的社会调查，是犍乐盐区警察局有史以来最深入、最彻底的一次，甚至连一家"梦奇梦幻函授社"都登记在案，想来它跟一般的营生实在不同，说不清它到底是算命、打卦，还是占星、测梦的地方，也许只有哈利·波特一样异禀之人才会寻去"函授"，当然要是在我小时候，可能会迷上这种地方。在调查饮食业的时候，他们在花盐街也查到了一个打饼子的小店"义和轩"，并将之纳入到了统计中，但未想这家主人突然申请关门。原来，此店附近有三二补训处的驻军，主人原想士兵人数多，消费必不差，哪知才做了十几天驻军就要移防他处，他的生意自然就落空了。既然不开了，那么这家店就要从名单中核销，最后是在警察局的批文中留下了这样的字句："查该店确已歇业，准予报请备案。"[1]

这是个特例，但也是行业经营的常态。犍乐盐区警察局的调查虽是一时之需，但它客观上为当今的历史社会学研究提供了丰富而生动的细节，1943年的桥滩因为时间的久远而早已模糊，却因为有这样调查而使之变得立体和真实起来。

祝畹兰被枪杀案在二十天后还是没有结果，虽然警察局调动各路人马在努力侦办，依然一筹莫展。但此事实在影响很大，谣言甚嚣尘上，闹得人心惶惶，而军警家属被杀也震动了上层。3月24日，乐山专员兼城防司令员柳维垣对办案不力颇为恼怒，责令犍乐盐区警察局"严令各属上紧缉凶犯究办"[2]，以平民沸，而结果究竟如何已无从得知，旧年的血迹仍然在漫长的岁月中飘散着。

---

[1] 1943年8月6日，《郑明兴呈请犍乐盐区警察局查明核销面食店文》，原件存乐山市五通桥区档案馆。
[2] 1944年3月24日，《柳维垣责令犍乐盐区警察局侦办竹根滩女尸案》，原件存乐山市五通桥区档案馆。

陈蝶仙办厂记

陈蝶仙是20世纪20年代非常有名的鸳鸯蝴蝶派小说家，而在商界他也是个传奇人物。

陈蝶仙从十八岁就开始文学创作，以"天生我虚"之名仿《红楼梦》写出了长篇小说《泪珠缘》，该书一发行即风靡一时，名声大振。后来他在《申报》任职，又陆续写作了《孽海疑云》《满园花》《郁金香》《新官场现形记》《新泪珠缘》等十多部言情小说，写的都是才子佳人的故事，有清新艳靡之风，有人说他的作品是"千金难买才人笔，写尽闺帏倩女情"。

陈蝶仙原名陈栩，蝶仙是号，"脱然无累似神仙，故号蝶仙"。他1879年生于杭州，读过私塾，当过晚清贡生，也留学过日本，他不仅是新潮文人，还是个精明的商人。说起他的经商路，还颇为奇特。1912年，陈蝶仙偶到浙江慈溪，发现海边到处是扔掉的乌贼鱼骨，便认为这种鱼骨可用来制作牙粉，白白丢弃甚为可惜，应该大加利用。

过去，生产牙粉的原料碳酸镁和碳酸钙都是从日本或英国进口，但我国沿海一带的盐场中这些原料很富足，只是没有技术来开发利用。陈蝶仙与当时中国驻日本大使许世英关系不错，便通过许世英牵线，与日本某化学制品厂联系上了，在得到对方的同意后，陈小蝶与其堂兄陈春痕一起到日本学习技术。

学成回国后，1918年陈蝶仙便放弃了当时在《申报》的工作，成立了上海家庭工业社，专门研制生产国产牙粉。为什么开始叫家庭工业社呢？就是因为当时资金少，没有厂房，无须雇工，"由家人动手制作，以手工代替机器"，产品委托烟纸店代售，完全是以家庭为单位而兴起的一份事业。

这个事业一开办就大受欢迎，陈蝶仙很懂包装，他在产品外包装上设计了一只大蝴蝶，人们把他的小说称为鸳鸯蝴蝶派，他就干脆借此用来宣传自己的产品，"蝴蝶"与上海音"无敌"相似，自那以后人们便称"无敌牌擦面牙粉"了，产品居然大卖。后来家庭工业社不断发展，便走出了家庭，在上海建造厂房扩大生产。陈蝶仙不愧是策划高手，造势功夫相当了得，他同时请了十二位当红电影明星替他做广告，产品迅速红遍全国。

到抗战前，家庭工业社的资本已积累到了五十余万元，产品四百多种，生意相当兴旺。此时，陈蝶仙在上海大世界购进地皮数亩，造"蝶邨"，还在杭州筑"蝶墅"，又扩建"蝶来饭店"（杭州饭店的前身）。但就在企业欣欣向荣的时候，1937年抗战爆发，上海的全部厂房均毁于炮火之中，无奈之下陈蝶仙只好西迁，与长子陈小蝶来到四川另寻发展，但在那时他已接近破产，"家里多次变卖首饰偿还零星借款"（陈小翠等《天生我虚与无敌牌骨粉》）。

1937年冬天，犍乐盐场的乐场评议公所评议长李从周到重庆办事，突然接到友人的邀请，说是有人要想见他，来人正是陈蝶仙的儿子陈小蝶。

陈小蝶也是鸳鸯蝴蝶派作家，父子二人曾合作写了十多部长篇

自行车在民国时期是新鲜事物,当年五通桥富裕人家对之趋之若鹜。

小说，其中的《柳暗花明》还被上海明星电影公司拍成了电影，在当年的上海滩文坛，他们曾被称为中国的"大小仲马"。但这时的他不是为文学而来，而是看上了五通桥的盐卤副产品，想要利用五通桥的食盐副产品来继续"无敌牌"牙粉的生产。

原来，五通桥盐区的食盐中富含钙、镁、钾、氯、碘等副产品，卤水可以用来提取制造牙膏牙粉的原料。当时五通桥本地还没有能力来做盐卤副产品的提炼加工，陈小蝶的到来让李从周眼前一亮。

两人见面后，李从周当即表示欢迎上海家庭工业社的到来，也希望他们尽快到桥来详细考察。李从周早年在川大学习化学，在盐业技术方面颇有研究，特别是对盐卤化工产品非常关注，他是当时五通桥盐商中的新生代，大力吸收新科技，是改良旧式盐业生产的积极推动者。

不久，李从周到成都见到了陈蝶仙、陈小蝶父子，双方相谈甚欢。在宴席中，陈蝶仙坦陈由于抗战影响，他们只好将家庭工业社迁到重庆，为了解决自给自足的问题，才寻访到了五通桥有充足的盐业资源，并准备在此设厂生产。其实，陈蝶仙之前有不少顾虑，他对犍乐盐场略有所闻，知道盐这个行业都是各自为据，非常保守，如果当地盐业界不欢迎，家庭工业社就无法落地生根。幸好他是遇到了李从周，一听到李从周代表五通桥盐业界的表态，表示欢迎他的到来，这让他感到非常欣慰。

1938年春，陈蝶仙派陈春痕到五通桥落实厂址。由于"无敌牌"牙粉是家喻户晓的品牌，五通桥盐商对这新鲜事物极感兴趣，纷纷想出钱来合作经营。后来经过协商达成协议，资金由上海家庭工业社出一半，另一半由犍乐盐场的场运两商合股出资，产品中的碳酸镁和碳酸钙由家庭工业社包销，这样一来家庭工业社的原料有了保障,而五通桥盐商也得到了好处。为此,他们专门成立了董事会,由宁开诚任董事长、杨建中、刘慎三、龙子宜任董事,王伯臣担任总经理,另外公司还设了三个股,是工务股、业务股、财务股,以便于生产经营的开展。

工厂取名为"五通桥食盐副产品厂",地址选在了宝庆街万寿宫地基上。工厂虽然规模不大,但一切运作都很规范,等机器设备安装好之后,陈蝶仙、陈小蝶父子专门来五通桥剪彩祝贺。

工厂开业后,呈现出欣欣向荣之势。刚开始每天都能生产出碳酸镁两担,碳酸钙五担,运给在重庆的家庭工业社再加工生产牙粉、牙膏及其他化妆品等。硫酸镁则联系畜牧场或医药机构购买,还有一种纯碳酸镁专门销给烟草公司,作为卷烟纸外层的涂剂。另外工厂也能每月生产出四五百担精盐,专供乐山全华酱油公司。

厂虽红红火火,但董事长宁开诚始终不太满意,觉得它小了,想把它做大。宁开诚是个大盐商,也是川康平民商业银行五通桥分行的总经理,他的想法自然不一样。他甚至想利用这一新的投资项目在金融业上赚大钱。当时陈蝶仙父子的想法是坚持办家庭工业社的思路,也就是走小而精的路子,不做大企业,而是以小企业做大事业,所以他们仅仅想把这个小企业作为原材料厂,并没有扩张它的意思。这就在经营中出现了分歧,难免与几家五通桥盐商的想法发生冲突。

而关键的问题是抗战以来经济的迅速崩溃,经营大受影响。当时家庭工业社都是预订半年成品,价格按预订价付款,但原材料不断上涨,而货币不断贬值,产品逐渐从微利到亏损严重。尽管在经营上多方想法,但均感吃力,协调多次后无果,这家小厂面临倒闭的危险。

1939年3月，陈蝶仙在云南突然病重，陈小蝶送他回到上海医治，这一医就是一年，陈小蝶再无心打理五通桥的工厂事务，所以这个厂办了不到两年时间，于1940年春宣布停产，而陈蝶仙也就在这年3月去世了，年仅六十二岁。

他死后，有人给了陈蝶仙盛赞，其实也正好反映了他在五通桥的这段经历："从颇孚盛名的文人墨客，到卓有成绩的近代企业家，陈蝶仙走过了一条迥异于常人的艰辛道路，在民族危机加深的紧要关头，在中国资本主义得以初步发展的时期，他毅然放弃较为悠闲舒适的文墨生涯，投身于险象环生的实业界。"（董智颖《陈蝶仙研究》）

工厂虽然关了门，但陈蝶仙、陈小蝶父子为五通桥盐化工带来了新鲜的血液。仅仅过了一年，也就在1941年初，一家名为"五通桥化学工业公司"的工厂开张了，其公司董事会基本是"五通桥食盐副产品厂"的原班人马，董事长仍是宁开诚。他们在"五通桥食盐副产品厂"关门之后就重起炉灶，开始酝酿新工厂的建设，这说明他们其实是非常看好盐化工产业的，加之当时永利化学公司也西迁到了五通桥，他们看到了盐化工新的发展天地。

这家公司第一期就集资十万元，这在当时是个不小的投入，而之前的"五通桥食盐副产品厂"才投资一千元，不可同日而语。"五通桥化学工业公司"仿永利公司的公司结构，设立了董事会，田子谦任总经理、王伯臣任副总经理，此二人是五通桥的大盐商，又请来黄海化学工业研究社的刘养轩、郭浩清两位技术人员分别当总工程师和工务处处长，财务处处长李宝珊也是从上海银行聘请来的。

工厂地址选在原"犍乐来卤制盐公司"筲箕湾的井场上，地面宽敞，又请来基泰建筑公司修建厂房。开业后，主要产品有碳酸镁、碳酸氢钠、硫酸镁、硫酸钡等，跟"五通桥食盐副产品厂"的业务相差不大，只是规模大多了。应该说，没有陈蝶仙父子把新的技术带到五通桥，当地的盐商要想从食盐中提取副产品恐怕还有待时日，从这里也可以看出，在抗战西迁中，外来的新东西对五通桥一个内陆偏远小城的影响是非常大的。

陈蝶仙去世后，陈氏企业逐渐萎缩，陈小蝶一时无心重振父业，从此淡出商界；后来他专心从事绘画事业，改名陈定山，遂成画坛一代名家。而家庭工业社则在1952年后被公私合营，20世纪60年代更名为上海日用化学品四厂，日后成为国内护肤和美容彩妆产品的龙头企业，只是这一段往事已经少有人提起了。

熊十力在黄海社

1947年1月15日，熊十力在四川给他的朋友钟山写了一封信。信中写道："吾开春欲回北大，但不知路上便利否？"很明显这封信在提前问路，因为他感到抗战胜利后，各路人马纷纷返回，大后方呈现一片寂寥，气场已散，自己的事业已难有作为。此时的熊十力显得很茫然，所以他在信的最后又补了一句："世局不复了，我仍不知安居处。"

熊十力于1947年仲春去了重庆，后又到武汉，4月抵达北京，结束了他在小城五通桥的一段短短的历程。这一年他六十三岁。

有人说，熊十力是最具原创性的哲学思想家，是中国近现代具有重要地位的国学大师。当然，熊十力到五通桥不为他事，也是奔着哲学而来。熊十力一生有个夙愿，就是想创办一个民间性质的"哲学研究所"。

早在1931年，他就曾向北大校长蔡元培提起办学之事，但没有结果。1939年，他与马一浮到乐山乌尤寺搞"复性书院"，这个书院就有点哲学研究所的意思，但由于两人的思想分歧很大，结果不欢而散。1946年的时候，蒋介石听说熊十力有办哲学研究所的愿望，便令陶希圣打电话给湖北省主席万耀煌，送一百万元给熊十力办研究所，但被熊当场婉谢。这年6月，徐复观将熊十力《读经示要》呈送蒋介石，蒋感叹其才学，令何应钦拨款法币二百万元资助之，但熊十力再次拒绝。1946年6月，熊十力致函徐复观、陶希圣："弟禀气实不厚，少壮已多病，兄自昔所亲见也。……今市中与公园咫尺，每往一次，腰部胀痛。此等衰象，确甚险也。生命力已亏也，中医所云元阳不足也。弟因此决不办研究所。"

很显然，熊十力故意以自己身体差、年纪大为由谢绝了这件事。但实际上，此时的他已经做好去四川的准备，黄海化学工业社社长孙学悟主动请他到五通桥，邀其主持黄海化学工业社的哲学研究部。孙学悟告诉熊十力要去的地方："清溪前横，峨眉在望，是绝好的学园。"而这一次他是慨然应允。

为什么他会做如此选择呢？其实熊十力是明白人，他不愿接受蒋介石的钱是他从根本上认为"有依人者，始有宰制此依者；有奴于人者，始有鞭笞此奴者"（《十力语要》），所以他在给徐复观的信中再度写道：

> 章太炎一代高名，及受资讲学，而士林唾弃。如今士类，知识品节两不败者无几。知识之败，慕浮名而不务潜修也，品节之败，慕虚荣而不甘枯淡也。举世趋此，而其族有不奴者乎？当局如为国家培元气，最好任我自安其素。我所欲为，不必由当局以财力扶持。

孙学悟与熊十力是老朋友，但他们重新联系上是在1945年2月，经马一浮的学生王星贤牵上线的。结果两人相谈甚欢，一拍即合，

1946年初夏熊十力就去了五通桥。在熊十力看来，此事正合了他"纯是民间意味"的意愿。

其实，孙学悟请来熊十力也不纯粹为了友情或个人喜好。黄海化学工业研究社"二十五年，历经国难，辛苦万端。赖同人坚忍不拔，潜心学术，多所发明，于国内化学工业深有协赞。复蒙各方同情援助，益使本社基础渐趋稳固。学悟窃念，本社幸得成立，而哲学之研究实不容缓"（孙学悟《黄海化学社附设哲学研究部缘起》）。

当然，这件事跟范旭东也有很大的关系。1945年范旭东不幸去世，生前他一直认为科技进步是民族的富强之道，西洋科学有今日之发达并非偶然，他一直在思考一个问题，那就是中国哲学思想是否储有发生科学之潜力？作为实业家的范旭东在把久大、永利等企业做大之后，想到的还是哲学问题。孙学悟认为："哲学为科学之源，犹水之于鱼、空气之于飞鸟。"于是，范旭东的去世成为了一个契机，对他的追思内化为进行哲学研究的动力，"今旭东先生长去矣，余念此事不可复缓。爱函商诸友与旭公同志事、共肝胆者，拟于社内附设哲学研究部"。

当时的"黄海"不仅在科技方面走到了国人的前列，而且也是中国科学界的一面思想旗帜，他们主张："工业的基础在科学，科学的基础在哲学。"孙学悟就曾说过："中国民族，本来有哲学思想的，为什么现代科学不产生于中国？这个问题何等重要！如其放过它，我们又何能谈发展中国科学？更还有甚么工业建设可言？盲人瞎马，空费周章，令人不胜惶悚。这是在黄海二十年最苦心忧虑，而亟待为国家民族竭尽心力追求的一目标。"（《二十年试验室》）

孙学悟作为黄海化学社的领头人，在一个搞化工的学术研究机构创设哲学部，这是中国科技与哲学相结合之思想发轫，就是现在看

熊十力（后排中留胡须者）在五通桥办学时的留影

来，仍是中国科技界的一大盛举。这个哲学部虽然只是黄海下的一个部门，但它将承担的却是"置科学于生生不已大道，更以净化吾国思想于科学熔炉"（《黄海化学社附设哲学研究部缘起》）的重任。

1946年8月望日（15日）这天，黄海化学社附设哲学研究部正式开讲，熊十力演讲了一篇洋洋洒洒的讲词，这篇讲词后来发表在了一些杂志上，又题《中国哲学与西洋科学》。熊十力在文中系统阐述了哲学与科学的关系，强调"夫科学思想，源出哲学。科学发达，哲学为其根荄"，他办哲学研究所的愿望在五通桥这个小小的地方得到了暂时的满足。熊十力在这篇文章的结尾，不无深情地写道：

余与颖川（孙学悟）先生平生之志，唯此一大事。抗战八年间，余尝筹设中国哲学研究所，而世方忽视此事，经费无可筹集。今颖川与同社诸公纪念范旭东先生，有哲学部之创举，不鄙固陋，猥约主讲。余颇冀偿夙愿。虽学款亦甚枯窘，然陆续增益，将使十人或二十人之团体可以支持永久，百世无替。余虽衰暮，犹愿与颖川及诸君子戮力此间，庶几培得二三善种子贻之来世，旭东先生之精神其有所托矣。

黄海化学社附设哲学研究部以后，专门制定了简章，分"学则"和"组织"两部分。"学则"中又分教学宗旨和课程设置，其中教学宗旨规定为甲乙丙三条："上追孔子内圣外王之规"；"遵守王阳明知行合一之教"；"遵守顾亭林行己有耻之训"，并"以兹三义恭敬奉持，无敢失坠。原多士共勉之"（《黄海化学社附设哲学研究部简章》）。哲学研究部的主课为中国哲学、西洋哲学、印度哲学，兼治社会科学、史学、文学。要求学者须精研中外哲学大典，历史以中国历史为主,文学则不限于中国,外国文学也要求广泛阅读。

黄海化学社附设哲学研究部还制定了一个完整的组织机构。设有主任、副主任,又设主讲一人,研究员和兼任研究员若干。兼任研究员不驻部、不支薪,原黄海化学社的研究员也可兼任哲学部,但不兼薪。设总务长一人,事务员三人,分办会计、庶务、文书等事项,但创业之初均由研究员兼任。在学员方面,不定额地招收研究生,"其资格以大学文、理、法等科卒业者为限。研究生之征集,得用考试与介绍二法。研究生修业期以三年为限"。研究生给一定津贴,待遇跟一般大学研究生相当,但鼓励自给自足。哲学研究部也招收"特别生",可以不受学业限制,高中生也可,只要实系可造之才,就可以招收。不仅如此,还设有学问部,"凡好学之士,不拘年龄,不限资格",都可以入学问部,只是膳食自理。从这个组织机构就可以看出,熊十力希望的这个哲学研究所确系民间性质,没有官方的任何赞助,虽然得到一些黄海化学社支持的常年经费,但"黄海"本身就是民间团体,且"学款亦甚枯窘",还需要另行募集。好在正因为是民间组织,学术自由、思想自由得以倡导,而里面的师生更多是不图名利、甘于吃苦勤学的有志之士。

熊十力来到小城后,他的一些学生、朋友也追随至此,有些是他请来的,有些是从其他地方转过来的,也有慕名而至的。

当时马一浮有两个学生,一个叫王伯尹[①],一个叫王星贤[②],可以说是一生追随马一浮,是他的得意弟子。当年他们除了跟马一浮学习以外,还负责乐山乌尤寺"复性书院"的事务、书记、缮校等工作,马一浮的论述多由两人记录保存。1945年复性书院由乐山东归杭州,王伯尹和王星贤则到了黄海化学社附设哲学研究部工作。其实这两人当年也是熊十力的学生,在熊十力的著述中多有提及,如王伯尹为他整理有《王准记语》,王星贤曾协助他汇编《十力语要》卷三、卷四等,这些都是在五通桥期间做的事。

1946年10月6日,马一浮在杭州给两人写过一首《秋日有怀·寄星贤伯尹五通桥》的诗,以慰思念之情:

五通桥畔小西湖,几处高陵望旧都。
九月已过犹少菊,江东虽好莫思鲈。
游船目送双飞燕,世路绳穿九曲珠。
却忆峨眉霜抱月,一天烟霭入看无。

当年马一浮与熊十力在乐山乌尤寺办复性书院的时候有过不谐,最后各奔东西。但马一浮在这首诗的最后附加了一句"熊先生前敬为问讯",可见他不计前嫌,早已经解开了心中的疙瘩。王星贤

[①] 王伯尹(?—1949),名准,浙江遂安人。1940年入复性书院学习,任书记兼缮校;1945年到东北大学教书,后至黄海化学研究社哲学部;1947年在浙江大学任教,1949年9月去世。

[②] 王星贤(1888—1990),名培德,山东威海人。1925年毕业于北京大学英语系,除1937年和1946年在浙江大学教英语外,一直追随马一浮,在复性书院任都讲、事务史、编校。译有《修墓老人》《钮可莫一家》等,编校有《荀子集释》《礼记集解》等。

后来担任黄海化学研究社的秘书,一直跟随到迁回北京,并参与负责了1951年黄海社的财产移交中国科学院的工作。

在很多人心中,熊十力是个怪人。他的学生曹慕樊[①]就是这样评价他:"熊先生通脱不拘,喜怒无常,他与人处,几乎人最后皆有反感。"(邓小军《曹慕樊先生讲学记录》)他回忆有一次黄海化学社在五通桥举行庆典活动,请熊十力讲话,但他一上台就开始大骂政府当局,而且越骂越起劲,让下面的人都坐不住了,简直是粗野之极,但"好恶真切,是如此。体道深,无世俗东西"(邓小军《曹慕樊先生讲学记录》)。

当年曹慕樊收到熊十力的信后,不顾待遇低廉,来到了五通桥,跟随熊先生学习佛学及宋明理学,后来《十力语要》中收入的《曹慕樊记语》就是曹慕樊当年为他记录整理的文字。他们为什么要不顾一切追随熊十力呢?一是慕其才学,二也是慕其人,虽然熊十力是怪人,但"其人甚怪,实摆脱一切世俗,蝉蜕尘埃之中,不可以俗情观之"。

废名与熊十力是同乡,当年两人曾经住在一起讨论学问,但常常是争得耳红面赤,时不时还要老拳相向,但隔一两天又好如初,谈笑风生。周作人就记下过这样的事情:"……大声争论,忽而静止,则二人已扭打在一处,旋见废名气哄哄的走出,但至次日,乃见废名又来,与熊翁在讨论别的问题矣。"(《忆废名》)后来熊十力到了五通桥,与废名几乎是每天通一信,每次拆开信,总见他哈哈大笑,而他的笑非常独特,如婴儿之笑不设防。这两人是见不得来离

[①] 曹慕樊(1912—1993),号迟庵,四川泸州人。1946—1947年在五通桥师从熊十力,1953年后在西南师范大学任教授。著有《杜诗杂说》《杜诗杂说续编》《杜诗选注》《目录学纲要》等。

不得，但争论之后很快又光风霁月，在旁人看来熊十力就是个不通人情世故的人，这大概也是熊十力的独特人格。

任继愈对熊十力讲课的记忆深刻："熊先生讲起来如长江大河，一泻千里，每次讲课不下三四小时，而且中间不休息。他站在屋子中间，从不坐着讲。喜欢在听讲者面前指指画画，讲到高兴时，或者认为重要的地方，随手在听讲者的头上或肩上拍一巴掌，然后哈哈大笑，声振堂宇。"（《熊十力先生的为人与治学》）

熊十力在五通桥的时候，也有不少朋友、学生去看望他，唐君毅就是其中之一。当时唐君毅正好在华西大学教书，成都到五通桥可以走岷江顺舟而下，两日可到。师生见面自然高兴，但熊十力每次见面都不谈其他，只谈学问，他激情似火，言语炽烈，让人实在受不了，但走后不久又想再回去聆听他的"疯言狂语"。

从1946年夏到1947年初春，熊十力在五通桥一共待了大半年时间。1947年2月后他去了重庆梁漱溟处，"十力先生自五通桥来勉仁，小住匝月"（《梁漱溟日记》）。但他这一走，意味着他们之前谋划了近一年的黄海化学社附设哲学研究部不了了之。他走之后，王星贤去了中华书局，而王伯尹到了浙大任教，从此以后，熊十力的哲学研究所梦想烟消云散。

熊十力离开五通桥既有经济的原因，也有环境的原因。

黄海化学社作为一个民间学术机构，除了最早范旭东给的一部分启动资金，其他资金来源都靠民间筹措。但在抗战期间，"公司川西各厂创建先后六年，乃内困于交通之阻碍，外扼于越缅之激变，加以物价飞腾，材料奇缺，全局几濒倾覆"，"公司各部皆在极度困难中挣扎，尤以新立之财务部及运输部为最"（《永利企业档案》），这些记载都说明当时企业的困境。

工厂的情况如斯，"黄海"也绝无宽裕的可能。但"黄海"除了自力更生以外（如给外面的一些企业提供技术支持，收取一定费用等），还在努力筹措资金。当年范旭东曾经说过："黄海是一个孤儿，大家应当拿守孤的心情来抚育他，孩子将来有好处，那将是国家之福。"（范旭东《黄海》卷首语）所以，他在1945年抗战胜利前夕曾在美国借成了一笔巨款，用以实现他的"十厂建设计划"，但他没有忘记"黄海"，拨给了四百万法币用来补充仪器和书籍，又送"黄海"里的多名研究人员赴国外留学深造。这个时间是1946年2月，正是有了这难得的时机，熊十力主持的黄海化学社哲学研究部才得以成立。但钱刚领到不久，币值便急遽跌落，不到两年时间，这些钱已形同废纸。

实际上在建立哲学研究部的时候，当惯了穷社长的孙学悟自然会把钱捏得紧紧的，在理事会的简章中就明确写道："哲研部为发展研究工作凡购书或印书等事需要重款，不能仅恃社款拨给时，本会得向外募集。哲研部经费除由本社按月拨发正款外，应更筹募基金。"（《黄海化学社哲学研究部理事会简章》）所谓正款，无非是人员的薪俸支出，其他的钱则是卡得很严，连笔墨信笺之类的用品都常常得不到满足，这也让熊十力感到万分"枯窘"，做事颇为掣肘。

正如熊十力所言，"世局不复了，我仍不知安居处"，当时的社会环境正处在抗战结束不久，国内形势纷乱复杂，流亡大后方的各路人马回到曾经失去的土地上，所有西迁的企业、单位都纷纷复原，仿佛一夜之间，那种焦灼、紧张、艰苦的抗战气场突然消失，美好的生活曙光重现，而大地依然满目疮痍，百废待兴。当时范旭东在天津等地被日本人抢占的企业已经收复，复原大幕一经拉开，"黄海"只好酝酿迁回北方。

1947年春天，孙学悟到上海参加黄海化学社董事会，专门讨论了复原问题，决定新社址初选在青岛，后又改定在北京，把五通桥作为分社。直到1951年，撤销了青岛研究室，结束五通桥分社，在北京设立总社，但最后的结果是并入中科院，以黄海化学社为基础成立化学研究所。在这一过程中机构和人员都动荡不安，可以想象熊十力在这样的背景下也是难以静心做学问的。

离开五通桥后，各方都在争取他，但他最后的人生轨迹还是并入了解放运动的滚滚洪流中。而改朝换代中的人们关注的已经不是什么学问了，对于他的旧学更是无人问津，这已经注定了他日渐寂寥的命运。

但就在这样的情况下，他仍然不忘创办哲学研究所的事情。1947年4月熊十力返回北京大学，建议在北大设哲学研究所，但没有得到回应；1948年2月，他远赴杭州讲课，期间专门谈过在浙江大学建立哲学研究所一事，但当时的校长竺可桢考虑到资金、时局等问题，也无回应；1951年5月，熊十力致信林伯渠、董必武、郭沫若，在信中他恳切建议"复兴中国文化，提振学术空气，恢复民间讲学"，"政府必须规设中国哲学研究所，培养旧学人材"。他甚至有些悲怆地写道："中国五千年文化，不可不自爱惜。清季迄民国，凡固有学术，废绝已久。"当然，他的这些奔走呼告皆付诸流水，事实是直到最后熊十力也没有实现这一梦想。

盐商的火车

四川地处内陆，过去经济落后不说，交通、信息也极为闭塞。但从明清开始，情况就有所改变，而这同一条盐矿带的发现和开采有关。在这条盐矿带上出现了两个大的盐场：犍乐盐场和富荣盐场。当年宋美龄在游历了西南地区后曾说："川西平原有极大盐井，一处名自流井，一处名五通桥，这两处尤大。"这两大盐场的兴起，改变了四川的经济和贸易，它们成为民国以前蜀地最大的财富引擎。

其实，这两个盐场相毗连，由于行政区划的关系，在明清很长一段时间中，富荣盐场的大片区域还曾属于嘉定府管辖。

五通桥和自贡在城市形成方面，有着惊人的相似性，两地均在威西盐矿带上，一西一东，同处在北纬29度附近；同时，自贡是将富顺和荣县两地的盐业之盛集于一地，而五通桥也是由犍为和乐山两地合力而成。所以两个地方都是因盐成邑，诞生的时间很短，都是盐盛之后被催生出来的。

我母亲是1950年初到的五通桥，那时候百废待兴，到处都需要商业人才，母亲在泸州读书后便去五通桥参加工作。她曾经告诉我，五通桥当时是个工商业比较发达的地方，富庶程度周边城镇远远不及，她当时坐着船就去了那里，在那里工作生活了三十年。

五通桥地方虽小，但气魄不小。过去一度在四川省工业总产值占前四位的是成都、重庆、自贡、五通桥，后两者显然是以盐称雄。正是有了这样的实力，又处于川南腹地，所以在四川尚没有一条铁路的时候，它们就在做铁路梦了，而地处其间的五通桥简直可以说是渴望已久。那么，这件事是怎么来的，其中又发生了些什么呢？

四川修建铁路的倡议早在1903年就开始了，当时四川总督锡良奏请朝廷，拟修建川汉铁路。但就是这条铁路，引出了1911年的全川保路运动，成了辛亥革命的肇端。民国时期，修建川汉铁路及其西端的成渝铁路的动议一直在继续，1937年成渝铁路开始兴建，但很快进入抗战时期，工程处于停工状态。但抗战一结束，成渝铁路的建设就很快提上了日程。

而这一回兴建，就引来了五通桥盐商们的强烈关注，并开始积极活动，他们的目的是要改一步四川交通的大棋。即把原来成渝铁路从重庆到成都，途径内江、资阳、简阳这一段，改为到内江后走自贡、乐山、五通桥然后到成都，也就是说拦腰截断，让它拐个大弯。

抗战胜利还不到一个月，即1945年10月，四川省第五区行政督察专员兼保安司令刘仁庵就给四川省经济委员会发了一封电报，其中写道："抗战已获胜利，建国工作急待展开。川省经济地位在战后更形重要，成渝铁路之敷设，倡议已久，势在必行。乐山及自贡市两地盐产之丰，工业之发达，在经济上之价值，关系全川命脉。不仅川南一隅，朝野人士对于成渝铁路线路，多主张由成都经过乐山、自贡、内江直达重庆。"

这个刘仁庵曾经当过自贡市市长，后来又调到乐山，对两地的经济都极为重视,所以他一直主张把铁路线修到自贡和乐山,支援四川工业经济最发达地区的发展。当然,他之前已与四川省参议会议长向育仁有过数度洽商,极力推进此事。刘仁庵上任乐山市专员后,很想有些作为,铁路这件事正好遇上,自然会用心去促成,当然他谦虚说是因为"众意所在,未敢轻慢"。

一石激起千层浪,但各方的反应就不一样了。资阳、简阳等地当然不干,早定的线路突然要改,等于是搅了人家的好梦,所以对方迅速组织人马上省请愿,捍卫旧议。成渝两地的报纸自然不会放过如此大的新闻爆料,各方穿梭,竭尽捕风捉影的能事,将铁路改道之事炒得沸沸扬扬。

如何应对这样复杂的形势呢?1946年6月,犍乐盐区商会理事长张仲权就提出了政府应该在建设铁路上有轻重缓急之分,"抗战八年,元气大伤,国家在此器材缺乏、复员万难之际,而兴建此国防工业交通之大动脉——成渝铁路——亦应有缓急轻重之分,孰先孰后、孰重孰轻当在政府洞鉴之中"①。

张仲权在五通桥一带是赫赫有名的人物,他曾当过刘文辉二十四军财经统筹处处长,后在五通桥大开盐灶,家赀雄厚,富甲一方;其二弟张仲铭则更有名,是刘文辉部第五混成旅旅长,人称张二旅长,与刘伯承是重庆陆军将弁学堂的同学,交情深厚。1923年刘伯承在"讨贼之战"中受伤,就被张仲铭秘密接到五通桥家中养伤,张家在五通桥是声名显赫的大家族,财、权倾于一地。

对于铁路改道之事,张仲权自然不会袖手旁观。关键是他的

---

① 1946年6月27日,张仲权《为电请转恳层峰将成渝铁路改道由内江经自贡、乐山而达成都由》,原件存乐山市档案馆。

改道倡议极为充分，所以在慷慨陈词中，讲出了七大理由，其实是总结了五通桥的各种好处，但最为重要的一条是："乐（山）、犍（为）、自贡、荣（县）、威（远）一带所产之盐煤铁等国防工业用品，即可大量由贡井及乐山分运至成渝等地，转运各处，以作建设之需要而达供求相应之目的。"①

张仲权虽是以个人名义来倡议这件事情，但实际是背后有众多盐商的利益。1946年6月，犍乐制盐工业同业公会的所有同仁都发起了倡议，变成了集体行动。他们联名请求政府将成渝铁路由东大路折转五通桥，经乐山到达成都。而且，他们在张仲权的基础上又特别强调两点，其一是要继续"繁荣工业"，并将之作为最大的理由。其中写道：

> 至抗战以来，犍乐一带，工厂林立，具最著、最大者计嘉定方面，有大业印钞厂，华新、凤翔丝厂，天豫绸厂，保险伞厂，嘉华水泥厂，嘉裕碱厂，嘉乐、正中、川嘉纸厂，木材干馏厂等。计犍为五通桥方面，有焦油厂、川康毛织厂、美亚绸厂、永利化学厂、嘉阳煤矿厂、岷江电厂、五通桥食盐化学厂等。其他工厂尚多，指不胜屈，即以经济部资源委员会计划与兴办之大渡河水力发电厂，一朝成功，工业前途必更发展。②

文中提到的那些工矿企业，几乎都是在抗战时期冒出来的，其

---

① 1946年6月27日，张仲权《为电请转恳层峰将成渝铁路改道由内江经自贡、乐山而达成都由》，原件存乐山市档案馆。
② 1946年6月，犍乐制盐工业同业公会关于成渝铁路改道倡议书，原件存乐山市档案馆。

1951年五通桥从犍为县分出来单独成立析置市，1959年撤销；1962年再度恢复五通桥市，1964年改为乐山市五通桥区。从两度成立市上看，证明了五通桥在盐业经济上的特殊地位，而这实际是民国时期盐商一直呼吁恢复玉津县的结果，这张照片正是五通桥这一历史时期的反映。

中如永利川厂、岷江电厂、嘉阳煤矿厂等的规模宏大，已经成为了大后方的工业新兴基地。

二是"发展拓殖"：

> 嘉定毗连雷马屏峨等县，蕴藏丰富，原始树林亦多，亟宜开辟。惟其地与夷地接壤，夷人盘踞，俨若敌国，致令难及。文化极缺，倘嘉定有铁路通行，交通不至于梗阻，智识分子、政教名家，可以源源而往，提倡教育，拓辟荒漠，既可打破汉夷畛域之见，并可使抗战退伍军人前往该地，从事垦殖，尽量安置，造福国家，实未可量。

应该说，这两点在当时是确实有重大现实意义的，特别是发展拓殖，可以促进四川小凉山地区的建设。在抗战中，大小凉山地区的战略位置已经凸显了出来，它甚至已经成为了抗战的最后防线，而乐山、五通桥一带是进入这些地区的北大门，古代就曾经在此设置军镇。

但修铁路的真正目的就是为了盐，盐是五通桥的最大财富，盐商们想的是如果解决了运输的问题，此地的盐还将大有作为。就在犍乐地区盐商积极倡议下，四川省政府正式将成渝铁路改道方案呈交交通部。在这个过程中，犍为、乐山两地参议会又致函四川省参议会副议长唐昭明，想再组织人马不断壮大声势，为此事火上浇油，"应否组织成乐铁路期成委员会，以期经常请愿催促，早日修筑"。

虽然群情振奋、各方呼应，但结果并不让人满意。1946年9月12日，交通部致函四川省政府，认为成渝铁路改线"迂回太甚，不适于干线之用,惟以该地物产丰饶,亟须开发,故内江经自贡、乐山以至成都之线亦列入五年计划案内,将来成渝干线完成后即可筹议"①。

这一答复实际否定了改道的提议,但还留了一线希望,也就是五年后将成渝铁路内江到乐山段作为支线考虑。为此,五通桥盐商没有死心,又想既然暂时不能把成渝铁路折入乐山,但可以先修成都到犍为的支线,以后两头一接,仍然可以达到目的。如果真的能够实现,五通桥一带就可以成为川南水陆交通的枢纽,对盐业的发展大有好处。

他们的想法能否实现呢?1947年12月17日,四川省政府发去了一份《关于修筑成渝铁路成犍支线案复函》的训令,否决了修建成犍支线的提议,并坦陈了"财力支绌"的实情,也就是根本没有钱来修,不必再作妄梦:

> 查修建成都乐山线业经本部列入战后铁路建设计划案内,而成犍线为成乐铁路之一段,惟以目前国家财力支绌,修筑新线仅能就财力所及逐步进行,且成渝铁路正在赶修,款料筹划已感不易,更无余力可同时顾及,拟俟成渝正线完工后,再行酌情筹建。②

此时的国内形势早已经处在经济崩溃的边缘,百姓挣扎在生死线上,而战争浓云密布,内战即将开始,谁还有心思去关心一条铁

---

① 1946年9月12日,四川省政府建四字9850号指令,原件存乐山市档案馆。
② 1947年12月17日,四川省政府《关于修筑成渝铁路成犍支线案复函》训令,原件存乐山市档案馆。

路？所以，一场酝酿了三年的成渝铁路改道计划就此烟消云散。

线路是改不了了，但铁路物资的生意还是可以谈谈。1947年11月，刘仁庵给重庆成渝铁路工程局局长邓益光一封短信，其中写道："本区雷马屏峨各县广产森林，品质甚佳，可供成渝铁路枕木之用，顷拟各县绅民呈请，转请采用前来。"①

但这只是一厢情愿，成渝铁路虽已陆续动工，实际直到1950年初，土建也仅仅完成了不足十分之一，根本是连一根枕木都还没有铺设，刘仁庵的想法自然破灭。

新的成渝铁路建成是在改天换地之后的1952年，成乐铁路实际变为了1970年通车的成昆铁路的一段，但这又是二十年后的事了。也就是说，在成渝铁路与成昆铁路之间一直都没有建成一条连接两端的支线，川南的铁路梦一直未能实现。

20世纪70年代后期，我第一次坐火车是在成昆线上的夹江站（今乐山北站），是从五通桥转道去的。那是个破破烂烂的三等小站，父亲排了半天队也没有买到车票，只好坐了一列临时过境的闷罐车去成都。车厢里空荡荡的，除了散落的煤渣以外什么也没有，那些人像逃荒似的挤在一堆，外面是萧索的冬天，每个人的脸都是那样僵硬、呆滞。没有车窗，看不到外面，仅仅只有一点挡板的缝隙，透进一点光线，而车开到了哪里谁也不知道，只听见轰隆轰隆的声音，耳边时时传来一声长鸣。

我那时才九岁，对火车充满了好奇。在沉闷的旅行中，我东张西望，试图去引起人们的注意，但没有人在意我，他们昏昏欲睡。在黑暗里，我拼命地想着外面的世界，对于一个在小城里长大的孩

---

① 1947年11月3日，刘仁庵致邓益光函，原件存乐山市档案馆。

子，那绝对是个巨大的诱惑。火车一路向前，轨道与车轮激烈地摩擦着、撞击着，仿佛没有什么能够阻挡它的步伐，而时间就像那张早已丢弃的车票，早已飘散在了风中。

枪声乍起：新的时代来临

1940年3月14日，成都《时事新刊》编辑朱亚凡正在老南门外的印刷厂里校稿，突然听到外面有喧闹声，他跑出去一看，原来是有人在米店抢米。出于新闻敏感，他很想了解一下到底发生了什么，但还没有反应过来，一群人就冲了过来将他抓捕。

《时事新刊》是由邓锡侯资助办的一张进步报纸，朱亚凡主要担任该报的编译工作。但他实际上是名老布尔什维克，早在1925年就是中共上海霞飞路支部书记，而且曾被国民党逮捕过。那是在1936年冬，朱亚凡参加完鲁迅的追悼会后，在返回的途中被捕，囚禁于苏州反省院，直到七七事变后才被释放；出狱不久就被地下党派到了五通桥，以教书为掩护继续开展活动。但这次他没有那么幸运，几天后朱亚凡迅速被枪杀，城墙上只贴了张草草的布告。实际上，指控他煽动春荒暴动的罪名只是个阴谋，而事情已经超越了一般的层面，蒋介石专门签署文件，指令"迅速将时事新刊社登记证追缴来府，以凭送部核销为要。"[①]

[①] 《四川省政府追缴〈时事新刊〉社登记证训令》，原件存成都市档案馆。

朱亚凡被杀之后形势急转直下，川康特委书记罗世文、"努力餐"车耀先等人相继被捕，四川的共产党组织遭到严重破坏，全面转为地下。郑伯克曾回忆说："成都抢米事件是第一次反共高潮中国统区的一件大事。"①

朱亚凡离开通材中学后到成都干上了他喜欢的文字工作。朱亚凡很有才华，曾翻译过列宁的《唯物论与经验批判论》一书，本来还雄心勃勃地想翻译几本列宁的原版书，但这个热血青年被逮捕后，没有经过任何法院庭审。3月18日，一声枪响，朱亚凡倒在了成都新西门外的城墙下。

这个看起来有些文弱的朱亚凡，正是原通材中学特支书记朱泽淮，朱亚凡是他的化名。他同贺国干的交往是非常密切的，在通材中学时非常活跃。实际上，当时朱亚凡才刚从五通桥到成都不久，而他之所以到五通桥跟贺国干有很大的关系。

且说当年贺国干逃到上海后，抗战一来他又回到了五通桥，并加入了共产党，活动很公开也非常活跃。这期间，郑伯克也已经从上海回到了四川，任川康特委宣传部部长。五通桥是他常去之地，他一去经常是住在贺家，"贺宗第"就成为革命党人的秘密聚集点。在贺国干的影响下，不仅妻子张觉非，他的兄妹中也有多人参加了共产党，如三妹贺龄佩、五妹贺龄玺、五妹夫杨茂德、八弟吴观美等。甚至连他的母亲为了儿女的安危，也经常在"贺宗第"的大门口给他们放哨，这个盐商家庭变成一个红色家庭。

1938年8月，嘉州工委在"贺宗第"成立，侯方岳任书记，贺国干管统战。又考虑到贺家在当地的地位和影响力，他很快被选为五

---

① 郑伯克：《回忆一九四0年成都'抢米事件'》。

通桥盐业同业公会主席，同时还担任通材中学董事会董事长，这一切都是共产党暗中的安排。

通材中学的历史需要简单介绍一下。它的前身是通材书院，所谓"通材"，即培养通用之材的意思。1903年，在通材书院的基础上成立了犍为盐场私立通材小学，由五通桥盐商集资兴建。1931年又成立初中部，中小学始分开办学，小学移到井王庙，而中学则在山顶的菩提寺旧址上。1937年，学校正式定名为"犍为盐场私立通材中学"，校董事会十一人，盐商占了九位，盐商是学校的支柱。1938年下半年，贺国干出现在第三届董事会中，并任通材中学董事长。

贺国干一上任，"即到成都向地下党省工委反映，希望党派些进步老师到通材任教。省工委遂决定派李嘉仲到通材任校长"[1]。朱亚凡就是在这个时候到来的。很快通材中学就云集了一批地下党员教师，如张守璞、周烈三、卓问渔、赵君陶、秦之良、石秀夫、廖友陶、卢良弼等人，而在短短一年间，通材中学"男女生共六个班，总人数240人，就发展党员80余人，学校变成了人人皆知的红色学校"[2]。值得一说的是，赵君陶是赵世炎的九妹，当年就是她带着年幼的李鹏兄妹到了五通桥，并在通材中学教过一年多书。贺国干的妹妹贺龄玺就是她的学生，而李鹏则就读于通材小学。

关于这段历史，我曾在成都寻找过廖友陶老先生，他是继李嘉仲之后的通材中学地下党支部书记，也是1938年暑假护送赵君陶母子三人从成都到五通桥的人。有一年，我好不容易打听到他的住址，就在水碾河一带，准备去拜访他的时候，却突然看到报纸上登有他去世

---

[1] 林文阁：《五通桥中学简史》，载《五通桥文史资料》第五辑。
[2] 中共五通桥区委党史研究室编《中国共产党五通桥历史》。

丁佑君（左）1931年出生于五通桥盐商家庭（父亲丁栋臣以办盐公仓为业），后在西昌征粮工作中被杀害，年仅19岁。图为丁佑君在通材中学就读时与同学的合影。

的消息，不禁有些遗憾。后来我偶然走过他所住的小区，突生好奇，便去问看门的大爷，他给我指了指廖友陶曾经住过的地方，也就是幢低矮、陈旧的居民楼，穿梭在附近的多是小商小贩，叫卖声盈耳。我站在那里望了一阵，心中有很多感慨。

那段时间应该是贺国干人生中最为辉煌的时期，他做了很多事情，"组织发动了轰轰烈烈的抗日救亡宣传活动，举办'民众夜校'，创办《锻冶》刊物，成立'读书会'，举行'周政治形势报告会'，组建'晨呼队'，建立'寒假学生抗敌宣传队'等"[1]。

后来，通材中学中出了个丁佑君，她是1944年那一届的学生，这个从盐商家庭中走出来，在西昌征粮中英勇献身的年轻姑娘，她的成长经历跟当时通材中学的教育氛围是分不开的。丁佑君的纪念铜像就矗立在四望关江边，正好是小城的中心地带，小时候每天我都要从铜像前路过，由于时间久远和日晒雨淋，铜像有些灰暗和斑驳了。2010年我去北京，见到了丁佑君的哥哥丁好德，他当时已是八十高龄。那天给我开门的是丁好德的女儿，门开的一瞬间，我惊住了，眼前的不就是丁佑君吗？确实，她太像她的小姑丁佑君了。这件事给我的印象很深，因为那座铜像几乎就是我童年最深的记忆之一。

贺国干在通材中学并没有做多久，1939年风云突变，局势发生了巨大的变化。这年7月，五通桥盐业同业公会改选，贺国干失去了主席和通材中学董事长的职位，五通桥盐务局督察员王淳暗中插手，将他排挤在外，这已是反共高潮的前夕。不久，校长李嘉仲被迫离开通材中学，学校里的不少共产党教师被疏散，这其中包括赵君陶，她当时带着年幼的李鹏兄妹，由周恩来派人接到了延安。此时的

---

[1] 引自《五通桥区志》人物篇，巴蜀书社，1992年。

形势越来越紧张，贺国干曾回忆："因为反共高潮的猖獗，党的活动就更加转入隐蔽，活动更困难。这时，我的一位小学耍得好的同学王方蕃任场商办事处主任，有天他秘密告诉我，有人在注意我的活动，这就让我更加警惕。"①朱亚凡也应该是这段时间离开的通材中学，他去成都的《时事新刊》仍然是从事地下党工作，但他早已被盯上，出现后面的事并不奇怪，抢米风波不过是借口杀人的一个阴谋而已。

后来，贺国干一直处于隐蔽状态下，甚至到成都"慈惠堂"工作了很长一段时间，躲过了大逮捕，1947年才再度回到五通桥。当时他是"通顺隆"盐灶的经理，又兼任场商办事处的盐商代表，并以"桥滩三学士"的姿态逍遥于士绅之间，他的身份扑朔迷离，只是到1948年后的一次工潮中，他才再次现身。

1948年7月8日，犍乐盐场警察唐俊初给上司报告了一个情况，说发现有一些盐工以物价猛涨、工资微薄为理由，向工会呈请请假，人数已达数百人之多，而且还不断在增加，如此下去有停工之虞。警察局长得知此事后，马上批复："该工人等集体请假，其用意殊堪注意，演变情形仍仰随时报局核办为要。"②

仅过了四天，即7月11日，犍乐盐场第八、三、二分会的盐工全体罢工。这件事惊动了国民党四川省政府，迅速发来密令，要求彻查此事。贺国干便浮现了出来，"详细原因，确系五通桥区党部秘书邓衍鸣，勾结奸匪贺国干、梁崇铭二人从中煽动所引起"③。而关键

---

① 据1968年整理的贺国干自传材料，原件存乐山市五通桥区档案馆。
② 1948年7月8日，犍乐盐场警察局三分局简报，原件存乐山市五通桥区档案馆。
③ 1948年7月11日，四川省政府督察室呈第五区行政督查专员刘仁庵文，原件存乐山市五通桥区档案馆。

是，其中的八分会"拥有枪械数十支，政府亦难控制"，有武装暴动的趋势。

那么，邓衍鸣与贺国干是怎么"勾结"在一起的呢？密文中是这样讲的："邓氏见贺奸财力雄厚，背叛本党，勾结奸党，丧心病狂怠工。期中，邓衍鸣常出没于各分会所在地，时常秘密集会，行动诡异。"[1]从这段话中可以推断，邓衍鸣被定性是在鼓动盐工罢工，且与共产党人有密切的联系。他作为国民党政务组织中的一员，本应固守该党的利益，此时他的行为显然已经相当出格，完全是背叛。

这次工潮是贺国干暗中积极策划和参与的，整个事件闹到这年11月才结束。实际上在翻过年后的1949年，贺国干已经主动在联系川西南军区游击队，积极参加"岷江纵队"，以迎接和平解放。贺国干的长女贺宗炘曾告诉我，当时她就看到父亲在家里擦手枪，经常半夜三更才回家。1949年12月，贺国干确实做了一件大事，当时国民党孙元良十六兵团残部的一批船只溯岷江到了五通桥金粟镇，他和秦之良便主动与之谈判，做通了对方的思想工作，成功策划了起义。1950年后，贺国干参加了公私合营，将通顺隆灶业股份和春先灶全部交公，脱离了资本家阶层，满怀热情地融入到新中国的建设当中去。那一时期他的主要工作是负责修建公路，长期奔波在崇山峻岭之间，但修到甘孜州的东阿洛，就因为"给养不力"被处分，下放到犍为养路段当道班工人，不料积劳成疾，死于1961年10月。

而邓衍鸣的情况就没有那么好了。1951年，在五通桥岷江边的一块沙滩地上，愤怒的群众把十多个反革命分子抓到了那里执行枪

---

[1] 1948年7月11日，四川省政府督察室呈第五区行政督查专员刘仁庵文，原件存乐山市五通桥区档案馆。

决，其中就有邓衍鸣。他被绳子反绑着，头发凌乱，脸色铁青，两眼极度绝望，而就在这个过程中，一声枪响，他顺势倒了下去。

实际上，在贺国干的个人回忆中，邓衍鸣救过他一次。那是在1947年6月，"五通特务刘汉章、乐山特务罗君准于6月2日深夜率领反动军队到我家围捕。我当天下午在一个盐商何浩然家玩，五通区党部秘书邓衍鸣跑来通知我说乐山特务来围捕人，要我注意，最好当夜不要回家"[1]。后来贺国干是翻山越岭跑到红豆坡曾伯候家去藏了一阵，躲过了一劫。邓衍鸣显然是清楚贺国干的身份的，跟他通风报信本身就要冒巨大的政治风险，但就在这种情况下为什么还要去帮助贺国干呢？他们之间仅仅是因为私谊？邓衍鸣有没有同情甚至支持共产党的动机？而最关键的是，如果没有邓衍鸣的这次相救，贺国干会不会成为第二个朱亚凡？

人物命运的转折如此之大，让人不寒而栗。枪决的场面非常血腥，那是我在档案馆中看到的一张现场照片，是最真实的留档资料。在震惊之余，也留下了一个谜，为什么是这样？其中到底发生了什么？大概已没有人能够回答。只是在枪响之后，留下了一片血迹，也留下了一个难解的世道和人心。

---

[1] 据1968年整理的贺国干自传材料，原件存乐山市五通桥区档案馆。